AF234838

Christian Gloggengießer

Husham Blasiny

Gib Gas, Canim!

MPM

Der Kriminalroman »Gib Gas, Canim!« und die Autoren

In Baden-Württemberg, Pforzheim, südlich der Schwarzwald, rettet zufällig der junge Mustafa, ein muslimischer
Deutsch-Türke, die junge Teresa nachts aus der brennenden
Villa des Großimmobilienhändlers Akbay und fährt unerkannt weiter seines Weges, um sich von einem vorher
begangenen Mord zu erholen. Verliebt ist er in eine Frau im
Internet, mit der er vor einiger Zeit Kontakt knüpfte; eine
deutsche Katholikin. Ihre Vertrautheit wächst, doch kann es
eine feste Beziehung werden? Tage später erkennt er nicht
nur, dass der Brand ein Anschlag auf die ihm Unbekannte
war, sondern dass seine befreundete Internetperson genau
jene Frau ist! Eine Liebesgeschichte nimmt ihren Lauf, aber
ein in der Öffentlichkeit stehender machtvoller Mann
versucht mit Gewalt, sie zu verhindern, denn für ihn hätte
sie mit Sicherheit fatale Folgen. Nicht nur ein getarnter
Profikiller spielt längst mit, auch Mustafas sonderbarer
Bruder Sezer heckt etwas Schreckliches in einer verlassenen
Hütte bei der Monbachschlucht aus...

Christian Gloggengießer, geb. 11.7.1961, Autor u.a.m.. Einst
Studium: Philosophie, Musikwissenschaft, Germanistik und
Kunstgeschichte an der Universität Regensburg.

Husham Blasiny, derzeit (2021) noch Schüler an der
Heinrich-Wieland-Schule in Pforzheim. Seine Fantasie als
längst in Deutschland integrierter junger irakisch-deutscher
Jeside gab die grundsätzlichen Anregungen zu dieser
Verbrechens- und Liebesgeschichte in Anlehnung an *G. E.
Lessings Drama »Nathan der Weise« (1779)* und *W. Hauffs
Schwarzwald-Märchen »Das kalte Herz« (1827)*. – Ein
Folgeroman »Ich bin´s, Canim!« ist im Entstehen.

Christian Gloggengießer

Husham Blasiny

Gib Gas, Canim!

Wenn Mäuse sich bewusst

für die Katze plagen –

ohne nach dem Sinn

ihres eigenen Lebens

zu fragen…

Ein Kriminalroman aus dem Schwarzwald

Impressum

Geschrieben vom 10. Juni bis zum 10. Oktober 2021

312 Buchseiten, Größe 12 x 19 cm, Schrift Corbel, Größe 11,

Text ca. 58´300 Wörter, COVER mit canva.com erstellt.

MPM – Miteinander Projekte Managen
MPM-Lehrinstitut-Tegernsee: Ein **LEKTÜRESCHLÜSSEL**
als Taschenbuch ist in Arbeit, dann in amazon.de bestellbar.

Bibliografische Information der Deutschen National-bibliothek: Die Deutsche Nationalbibliothek verzeichnet diese Publikation in der Deutschen Nationalbibliografie; detaillierte bibliografische Daten sind im Internet über http://dnb.dnb.de abrufbar.

21.1.2022 © Christian Gloggengießer, MPM, Deutschland

Herstellung und Verlag:

BoD – Books on Demand, Norderstedt

ISBN 9783755798132

Widmung

Dieser Roman, in Anlehnung an Gotthold Ephraim Lessings Drama »Nathan der Weise« (1779) und an Wilhelm Hauffs Kunstmärchen des Schwarzwalds »Das kalte Herz« (1827) geschrieben, ist all den vielen »Johnys und Joes« in der Welt gewidmet, welche aufgrund ihrer gottgewollten Liebe zueinander Drohungen und Verachtung boshaft-religiöser Egozentriker ernten, die ihre antik patriarchalischen Ideologien als angeblich humane Moral einsetzen – nur zur eigenen Rechtfertigung ihrer völligen Unfähigkeit, ihrer von Kindheit an dressierten Unterwürfigkeit, ihrer eigenen Unmündigkeit als Mensch, der die Liebe zwischen den Menschen als höchstes Gut des Menschseins zu bewerten hat, zu entfliehen.

»Wagen wir, zweifelnd zu denken und gemeinsam gegen das Böse zu handeln – auch wenn es Religionen entspringt!« – sehr frei nach Immanuel Kant (1784)

　　　Ch. G. - zu meinem 60. Geburtstag am 11.7.2021

SCHWARZWALD

Der HOHE HERR Christ

CHAUFFEUR

MÜCAHIT Islamist + EDANUR Muslima

SEZER Muslim

MUSTAFA Muslim

KALKAN Muslim + SEMIHA Muslima

POLIZEI

AKBAY Muslim

HEDDA Christin

TERESA Christin

AMON Jude

YÖRÜK

MIRIAM Jüdin

ÄLTERER MANN mit HUND

KATZE

MICHEL

DANIEL Jude

ANWALT Daniels

Die Landkarte der Geschehnisse

Pforzheim

Büchenbronn

Waldschlösschen Wimsheim

Burgruine Liebeneck

Monbachschlucht

Bad Liebenzell
Stuttgart

Nonnenmiss

Bad Wildbad

Tübingen

SCHWARZWALD

Freiburg
Bad Dürrheim

Titisee

Schluchsee
Wutachschlucht

Gib Gas, Canim!

Ein Kriminalroman in 4 Akten in 15 Kapiteln

ERSTER AKT

Wer bist du, Canim?

Drei Kapitel

ZWEITER AKT

Johny und Joe

Vier Kapitel

DRITTER AKT

Joe und Johny

Vier Kapitel

VIERTER AKT

Gib Gas, Canim!

Vier Kapitel

Wer bist du, Canim?

Wer bist du, Canim?

Alarm – bei der Feuerwehr! Am südwestlichen Stadtrand *ein nächtlicher Hausbrand!* Alarm! –

Gras, das ist es. Aber echtes, einfach über alles hinweg.

Es nieselt und er überlegt nicht, was er mitten in der Nacht hier solle, aber es ist ein Weg, sein Weg. Durch die Stadt zu fahren ist einfach sein Ziel – mit ruhiger Musik im Auto. Das ist sein Weg, 'mal den Stecker zu ziehen, ganz für sich zu sein. Genau wie Gras. Diese Musik ist Gras, das man aber mit Ohren raucht. Genau.

Und tief in der dunklen Nacht sein eigenes Auto zu fahren, das ist eben auch wie Gras rauchen, fühlt er immer wieder. So einfach 'mal wie ziellos fliegen dürfen. Ja, das ist Freiheit! Vielleicht seine einzige, seine jugendhaft männliche, eben nur im Rausch.

Während sein Auto auf den regennassen Straßen in einer schönen Wohngegend am Stadtrand langsam dahingleitet, muss er plötzlich an einer mehrstöckigen Villa hinter der meterhohen Gartenhecke ein großes, flackerndes, funkensprühendes Licht entdecken.

»Feuer!?«, schießt es augenblicklich durch seinen Kopf. Er bremst, stellt das Auto rechts am Gehweg ab und rennt mit seinem Smartphone in der Hand die Straße hinüber durch das geöffnete Gartentor. Zwei Gestalten stehen vor dem seitlich brennenden Haus unter ihrem Regenschirm und sehen tatenlos zu.

»Hallo! Kann ich Ihnen irgendwie helfen?« schreit er aufgeregt. »Angerufen habe ich schon lange, die Feuerwehr!«, antwortet gelassen der Mann unter dem schützenden Schirm, den die Frau über den Köpfen beider hält. »Gehen Sie lieber wieder!«, meint die Frau streng zu ihm, »Zu Ihrer eigenen Sicherheit! Danke!«. »Na dann...«, sind seine nicht zufriedenen Worte, während er sein Handy einsteckt und sich umdrehen möchte, um zu seinem Auto zurückzugehen.

»Hilfe! Hallo! Hilfe!« ertönt mit aller Kraft eine Frauenstimme aus einem Fenster im ersten Stock. Da rennt er ohne Zögern zur großen Haustür, versucht sie zu öffnen, aber...

»Schließe sie ihm lieber schnell auf, *Yörük*!«, rät die Frau dem überraschten Mann, der sogleich zustimmt: »Ja, *Hedda*, du hast recht!« Und schon geht er in Ruhe ans Haus und sperrt mit seinem Schlüssel die Tür auf.

»Hilfe! Hilfe!«, hört man es aus den Rauchwolken. »*Teresa*, ja! Bleib, wo du bist! Ein Mann kommt zu dir hoch, Teresa!«, ruft die Frau zur Beruhigung hinauf.

Es dauert in der Tat nur noch wenige Minuten, bis die ersten Blaulichter der rotweißen Feuerwehrwagen nahend durch die Wohngegend blinken. Nach vier Uhr.

»Hast du die Haustür wieder richtig hinter ihm verriegelt?«, fragt die Frau fordernd den wieder neben ihr wartenden Mann. »Ja, aber das würde sogar den dümmsten Polizisten auffallen! Oder etwa nicht, Hedda?!«

»Natürlich! Aber so ist es uns heute vielleicht wieder nicht geglückt. Zu dumm! Wer ist dieser Idiot?«

»Weiß ich nicht. Warten wir ab. Geduld! Und denke daran, du weißt von gar nichts! Du hast niemanden gesehen, bist im Schlaf von mir überraschend geweckt worden. Und beide sind wir so schnell wie möglich aus Angst vor den Flammen aus dem Haus gelaufen.«

Teresa scheint ohnmächtig zu sein, als er sie in seinen Armen liegend zur Haustür hinausträgt. Da sind bereits einige Rettungsleute im Hof an der Arbeit. Teresa wird übernommen, die Feuerwehr beginnt zu löschen und tritt fragend an das Paar heran:

»Sind noch weitere Personen im Haus?« Der Mann meint dazu: »Nicht, dass wir wüssten! Wer sollte da noch sein?!« Die Frau bleibt stumm. Auch die Polizei ist im Anmarsch, fragt nach dem Geschehen, erfährt von dem Mann, dass er Geräusche gehört und eine dunkel gekleidete und maskierte Person im Garten davonrennen gesehen habe. Das sei ganz sicher so ein ausländerfeindlicher Anschlag gewesen. Zumindest hier in *Pforzheim* seien sie ja doch recht bekannte Leute. In der heutigen internationalen Geschäftswelt vieler millionenschwerer Immobilien gäbe es gewiss auch ernstzunehmende Feindschaften. Das ganze Jahr über und Tag und Nacht kämpfe die Konkurrenz mit harten Bandagen, das wüsste die Polizei doch besser als sie beide.

Und er schweift vielleicht wegen der nächtlichen Müdigkeit noch weiter ab, während hingegen die Frau behauptet, sie wüsste gar nichts, denn sie sei ja nicht Assistentin der Geschäftsführung so wie er, sondern früher das Kindermädchen der Tochter und heute mehr die Hauswirtschafterin der Familie. Ja und wer sei denn der Mann, der diese junge Frau aus dem brennenden Haus geholt habe. Das wüssten sie auch nicht, er sei zufällig vorbeigekommen und nun – ja und nun?! »Wo ist er denn?!« Das könnte doch nicht sein, dass er so unbemerkt verschwunden ist. »Hat ihn denn niemand von den vielen Leuten hier am Unglücksort aufgehalten und gefragt? Seltsam!« –

Gras, das ist es. Aber echtes, einfach über alles hinweg, heute über einen eigenartigen Donnerstag.

Es regnet und er überlegt nicht, was mit ihm mitten in der Nacht geschah, denn es ist ein Weg, sein Weg. Noch vor einer Stunde klingelte er an der Haustür eines widerlichen Kerls und schoss ihm wortlos zwei Kugeln ins Herz. Und dort in der Finsternis ruht die Leiche noch immer. Niemand weiß davon und seine Pistole mit Schalldämpfer ist längst in ihrem Versteck, dem Handschuhfach. Durch die Stadt zu fahren ist einfach sein Ziel – mit ruhiger Musik im Auto. Das ist sein Weg, ′mal den Stecker zu ziehen, nur einem ekelhaften Scheusal, dann ganz für sich zu sein. Genau wie Gras. Diese Musik ist Gras, das man aber mit Ohren raucht. Genau, das befreit. –

Aber wer diese gerettete Frau namentlich sei, das würde das Paar doch wohl erläutern können oder?! »Ja, selbstverständlich!«, erklärt die Frau der Polizei,

»Das ist eben die volljährige Tochter des Hauses. Sie wohnt im ersten Stock und wir beide im Erdgeschoss. Eine erwachsene Frau, wir bemerken es meistens nicht, wenn sie nachts nach Hause kommt.«

Das Löschen des Brandes dauert noch einige Zeit. Weil der Regen zwischendurch stärker ist, verläuft es aber schneller als vorausgesagt. Alle sind sehr bald zufrieden. Das Paar müsse jedoch zum Beispiel in ein Hotel umziehen und erst bei Tageslicht könnte der Schaden und die Brandursache an der Villa genauer beurteilt werden. Jetzt würde das gesamte Gelände noch rundum polizeilich abgesperrt werden und das Betreten sei ab sofort verboten. Die Polizei fragt abschließend, wie sie den Eigentümer des Hauses um diese Zeit noch benachrichtigen könne.

»Das ist wirklich nicht nötig, ihn während seiner Heimreise zu schockieren. Er fährt auf der Autobahn und müsste jede Minute hier bei uns ankommen. Schon kurz nach Mitternacht wollte er zu Hause sein!«, so berichtet die Frau ihr Wissen, »Ja, wir regeln das auf jeden Fall selbst.« Die Polizei gibt sich vorerst zufrieden; denn Weiteres würde in ein paar Stunden vom Revier aus sowieso erfolgen. Die Tochter des Hauses, wieder bei Bewusstsein, wird in die Stadtklinik gefahren, nicht nur wegen des Schocks, sondern auch wegen ihrer Rauchvergiftung und der medizinischen Behandlung und Beobachtung. Deshalb tauscht man Kontaktdaten miteinander aus, bis schließlich immer mehr Personen und Fahrzeuge den Ort des Unglücks verlassen. Der Mann fährt mit einem Taxi fort in ein nahes Hotel, die Frau wartet im Gartenhaus auf den Hausherrn der beschädigten Villa, ihren Arbeitgeber. Nach Vorschrift bleibt von der Feuerwehr eine Brandwache auch noch da. Und er? Der Retter! Wo ist er denn geblieben?! –

Und nachts bei Dunkelheit sein eigenes Auto zu fahren, das ist eben auch wie Gras rauchen, fühlt er immer wieder. So einfach 'mal wie ziellos fliegen dürfen. Ja, das ist Freiheit! Vielleicht seine einzige, seine jugendhaft männliche, eben nur im Rausch.

Während sein Auto auf den regennassen Straßen aus der stillen Villengegend am Stadtrand schnell hinausgleitet, muss er plötzlich lachen – er lacht bei der Vorstellung, dass auch *Johny* in diesem Augenblick so etwas Ähnliches wie Gras ist, auch eine Möglichkeit, um den Stecker zu ziehen, eine Weile weit weg von allem Lästigen zu sein – von der alltäglichen Arbeit, den ewigen Verpflichtungen, von dieser unfreien Welt, die wirklich nicht Johny ist, nein, wirklich nicht. –

Als Nächstes nimmt sein Auto die ihm von so vielen Nächten bekannte schmale Einfahrt zum Drive-in eines Fast-Food-Restaurants. Er zögert dort nie, was er essen möchte: »Hallo! Ihre Bestellung bitte!«, wünscht eine sehr freundliche Frauenstimme aus dem in der Box mit dem Display versteckten Lautsprecher, die neben den beleuchteten Werbeschildern am Rand des Weges aufgestellt ist.

»Hallo! Das Spezial-Vanilleeis mit Schokosoße hätte ich gern«, antwortet er, weil ihm gerade nach diesem Eis mit Schokolade ist. Er kennt es ja. »Noch ´was dazu?« »Nein, danke, das ist alles!« Und schon drehen sich die Räder des Autos langsam weiter zur Kasse. Nur ein größerer Wagen steht dort kurze Zeit vor ihm. Von seinem Eis muss er gleich mit dem Handy ein Foto in seine Story posten; ´mal sehen, wer sich da alles melden würde.

Damit das Eis nicht wegschmilzt, bewegt sich sein Auto nicht weit, sondern nur wenige Minuten zu dem *Haidacher Hügel* mit der bemalten Mauerruine, einem Platz mit Aussicht über die ganze Stadt, seine Stadt Pforzheim. Der Wind von Vorhin, als das Auto begann, mit ihm wegzufahren, ist fast verschwunden und es regnet immer stärker. Er fährt wie im Traum, die Musik lässt ihn das träumen. Und es parkt bald auf dem kleinen Platz am Beginn der Römerstraße; sein Auto steht da nun ganz allein im Dunkeln. Das Eis schmeckt ihm wie immer sehr gut und die Schokosoße erst!

Nach einigen Minuten mit der Muzak in den Ohren, steigt er aus, schlüpft in seine geliebte Regenjacke und marschiert mit einer Taschenlampe den Hügel hinauf. Der schmale Weg verläuft geradeaus durch dichte Büsche und Bäume wie eine barocke Allee zu einem aufgrund irgendeiner steinalten Familienfehde verwunschenen Königsschloss. So empfindet er sich beinahe, ja wie ein König; da stört ihn der kalte Regen nicht im Geringsten, noch nie auf diesem kurzen Weg in die Höhe! Zum Sonnenaufgang dauert es immer.

Sein Eis ist gegessen wie die geplante Sache vorhin.

Wie ein freier Vogel genießt er vom Hügel aus die zahllosen Lichter seiner Stadt und denkt an die vielen Menschen dahinter, an schlafende und arbeitende – und denkt an Johny, was sie wohl gerade so mache. »Schlafend zu Hause oder Nachtdienst in der Klinik?«, fragt er sich. Ja, Johny, sie... Da vibriert sein Handy brummend. Schnell öffnet er es und sieht ihr Foto – Johny – blonde Haare mit lächelndem Gesicht. Es ist ihre Nachricht – »Natürlich wegen des Bildes vom coolen Eis mit der Schokosoße«, glaubt er nett:

»Weil du auch heute Nacht wie so häufig unterwegs bist, könntest du mich mit so einem leckeren Eis mit Schokosoße abholen und zu mir nach Hause fahren, *Joe*!« Überrascht schreibt er sofort zurück: »Zu dir nach Hause, aber das wolltest du noch nie!?« Er lächelt, denn er fühlt sich bei ihr, und er wartet, ob er sie vielleicht jetzt... Natürlich würde er in nur wenigen Minuten dort in ihrer Klinik sein können. Das ist ja nicht weit weg. Es kommen aber keine Worte mehr. Sie könne sicherlich im Augenblick nicht..., denkt er.

Joe nennt er sich im Internet, in Wirklichkeit heißt er *Mustafa*, in arabischer Sprache bedeutet das *der Auserwählte*. Unzertrennliche Freunde wurden sie, immer sind sie füreinander da, »in guten wie in schlechten Zeiten«, glaubt er. Sie lernten sich über das Internet wegen seiner vielen geposteten Fotos kennen. Sie meldete sich recht freundlich, weil ihr seine Aufnahmen sehr gefielen. Und da schrieb er diesem *Johny* zurück, wer das wäre, einer seiner ehemaligen Freunde vielleicht? Oder als Frauenname das rätselhafte Mädchen, dem er vor einigen Wochen versuchte, öfters zu schreiben? Aber das beendete er, weil es damals keine Antwort für ihn gab. Das machte ihn richtig wütend auf Johny.

Inzwischen verstehen sie sich so gut, dass sie sich mindestens einmal in der Woche schreiben. Für ihn heißt sie deshalb bis heute *Johny.* Das passt auch, weil das Wort aus der hebräischen Sprache *vertraut sein* bedeutet, wie der biblische »Johannes« eben; – und vertraut ist er ja mit seiner Johny schon seit einiger Zeit. Vielleicht sogar vertrauter als zu seinem jüngeren Bruder *Sezer*, habe er mittlerweile den Eindruck.

Natürlich schreiben sie sich auch sehr oft viel Überflüssiges. Wie sie heute gekleidet seien oder was sie heute Abend essen würden oder mit wem und wie sie ihre Freizeit verbringen würden oder was ihre Mütter gerade machten oder ob ihre Väter wieder an ihnen herummeckern würden oder welche Musik sie gerade hören würden, welchen Film sie trotz der Entfernung zugleich ansehen könnten oder... oder...

Nur der Sport ist kein Thema, denn Johny ist von ihrer körperlich sehr anstrengenden Arbeit meistens erledigt. Und auch noch die ewigen Wochenend- und Nachtschichten! Von den Überstunden gar nicht zu sprechen! Auch deshalb haben sie sich noch nie getroffen, um gemeinsam irgendetwas Schönes zu anzustellen. Joe vermisste das, nicht nur gerade.

»Wer beruflich in die Krankenpflege geht, muss echt nichts Anderes mehr nebenbei wollen!«, denkt

Mustafa daher immer wieder, erst recht, wenn sie von ihrer manchmal sehr verrückten Arbeit berichtet. Mitlachen oder Trösten und wieder Aufmuntern, das sind dann seine Aufgaben. Allerdings gelingt ihm das Aufmuntern wegen eigener Sorgen bisweilen weniger gut, so dass er umgehend das Thema zu wechseln versucht.

Einmal schrieb sie ihm von einem wenige Stunden nach der Noteinlieferung verstorbenen Mädchen. Schuld habe da nur die junge Frau selbst gehabt: Sie hätte sich wegen der Liebe mehrmals heimlich mit einem `ungläubigen´ Mann, wie die Muslime sagen, getroffen. Und ein anderer junger Mann hätte das entdeckt und sie auf frischer Tat ertappt mit einem Schnappmesser niedergestochen. Ihr Liebhaber wäre eingeschritten, der maskierte Täter wäre dann in der Dunkelheit geflohen, so hätte er den Rettungswagen alarmieren können. Und nun hätte die Polizei den älteren Bruder des schwer verletzten Mädchens gesucht, weil er verdächtigt worden wäre, seine uneinsichtige Schwester zur Rettung der Familienehre mit dem Tod bestrafen zu wollen.

Joe verstand das nicht, dass Johny anscheinend die Schuld bei der ermordeten jungen Frau sah, das erinnerte ihn an die Meinungen seiner Großeltern, doch es genügte ihr, dass er für sie zwischendurch sanft beipflichtende Worte eintippte. Das beruhigte sie, das er so tat, als würde er genau so denken wie sie. Vertraute Gemeinsamkeit eben; die Grundlage jeder Beziehung, jeder Freundschaft, auch Partnerschaft.

»Geteiltes Leid ist halbes Leid«, das hat Johny ihm erst gelehrt. Ja, seine Johny!

Der Regen hört noch immer nicht auf. Mit dem leuchtenden Mond am Nachthimmel ist die Aussicht hier oben noch viel schöner, sagt er sich selbst zustimmend und spaziert den Hügel wieder hinab. Nass ist er jetzt genug. Das kalte Wasser tropft ihm von der Nase herab. Na ja. Unten an seinem Auto angekommen, steht da wie jeden Tag ein älterer Mann um diese Zeit und lässt seinen Hund an die niedrigen Büsche pinkeln. »Immerhin hat er ihn fest an der Leine«, denkt Mustafa, während er die nasse Jacke auszieht, sich hinter das Steuerrad setzt und die Tür schließt. Das Handy legt er auf den Beifahrersitz. Vielleicht würde Johny ihn ja noch einmal…

»Das Pinkeln dauert aber lange«, rätselt er vor sich hin. Da wendet der Mann seine Gesicht in Richtung Auto. Mustafa erschrickt so sehr, dass er sein Auto augenblicklich in Gang setzt und losfährt. Das Gesicht war das faltige Gesicht seines Großvaters *Mücahit*. Grimmig, streng und boshaft blickte es herüber. Wie ein greller Blitz schlug es in sein Gehirn ein. Furchtbar! Und seine Weisheit ist abscheulich: »Du weißt doch, dass diese deutschen Frauen das Böse sind! Niemals dürfen wir eine Ungläubige lieben! Allah wird dich dafür strafen! Allah weiß alles, er muss es nicht erst sehen wie wir Menschen!«

Sein Auto eilt davon. Erst im Stadtzentrum beruhigt es sich wieder. Diese Muzak wieder angeschaltet und an den Hund an den Büschen gedacht. Sein Großvater besaß niemals einen derartigen Hund. Was für ein Unsinn! Sein Großvater ist auch bereits seit wenigen Jahren für ihn und seine Eltern `gestorben´, das konnte er doch gar nicht gewesen sein! Er lebt ja mit Mustafas Großmutter *Edanur* noch in der Heimat, der Türkei. Und sie schweige seit Jahren nur noch, weil ihr Mücahit ein von den vielen Hassreden des Präsidenten Erdogan in der fernen Hauptstadt Ankara besessener Muslim geworden ist. Die freundlicheren Eltern seiner Mutter sind beide schon verstorben, bereits mit Mitte 60. Doch Mücahit ist 73 Jahre alt. Ein ungerechtes Trauerspiel – wie das ganze Leben, glaubt Mustafa.

Die Dunkelheit, seine Müdigkeit und die nassen Autoscheiben, da ist es gar nicht möglich, das Gesicht zu erkennen, weiß Mustafa jetzt endlich. Tanken müsste er noch, ja, das Tanken würde ihn ablenken. Welche Tankstelle hat denn jetzt noch geöffnet oder gerade wieder geöffnet?! Er war noch nie um diese Uhrzeit tanken. Nein, sonst fuhr er immer ohne Umwege nach Hause; denn er tankte jedesmal tagsüber, früher, schon abends. Also kann er auch noch morgen Abend tanken. Für die kleine Strecke bis dahin genüge das Benzin auf jeden Fall, redet er sich überzeugt zu und nimmt jetzt doch den kürzesten Weg nach Hause. Die meisten Ampeln sind noch auf das gelbe Blinken geschaltet; ein Rot und Grün sieht er nur selten, nur gelb, goldgelb wie der Sonnenaufgang. Ein paar Stunden müsste er ja auch noch schlafen. Müde sei er wie im Sterben, sagt man, todmüde. –

Zu gleicher Zeit nähert sich das Scheinwerferlicht einer schwarzen Limousine der angebrannten Villa. Es ist der neue, edle Wagen des erwarteten *Akbay.* Der diensthabende Feuerwehrmann mit der großen Taschenlampe in der Hand und in seiner leuchtend gelb gestreiften Uniform und danach die Hausdame Hedda empfangen Akbay auf dem Platz vor dem Haus, als dieser überrascht aussteigt.

»Was ist denn hier geschehen?«, fragt er entsetzt. »Ein Brand vor einiger Zeit! Haben wir bestens löschen können! Ich bin die Brandwache noch bis sieben Uhr.«

»Ja, Yörük und ich haben den Qualm und die Flammen entdeckt und sogleich die Feuerwehr angerufen. Gott im Himmel sei Dank, dass dabei nicht noch Schlimmeres geschehen ist!«

»Und wo ist meine Tochter?«, ruft Akbay aufgeregt, »Was ist mit Teresa?«, und noch lauter in die Richtung seines Hauses: »Wo bist du, Canim?«

»Sie ist gerettet in der Stadtklinik, schon wieder bei Bewusstsein dorthin zur Behandlung gebracht! Im Gartenhaus wohnen Yörük und...«

»Allah sei Dank!«, sagt Akbay, ohne das Ende ihrer erklärenden Sätze abzuwarten, steigt er rasch in sein Auto und fährt los, rückwärts durch das sich öffnende Tor hinaus und ohne Umwege zur städtischen Klinik!

Sehr müde vom anstrengend langen Arbeitstag rast er durch die allmählich erwachende Stadt. Der Regen hat zwischendurch eine kurze Pause eingelegt, Akbay jedoch nicht. –

»Guten Morgen, Canim!«, flüstert Akbay durch den Türspalt in das hygienisch riechende Krankenzimmer, hinter ihm eine Krankenpflegerin mit dem Frühstück. Vorsichtig fragt er zusätzlich: »Darf ich eintreten?«

»Baba, guten Morgen! Herein!«, Teresa sitzt längst im Bett und wartet hungrig auf das erste Essen, doch zunächst umarmen sie sich beide mit Tränen in den Augen vor Freude über ihr Wiedersehen. Nachdem Teresa ihre schnelle Rettung so genau wie möglich berichtet hat, schwärmt sie nur noch in höchsten Tönen von ihrem unbekannten Retter:

»Das muss ein Engel gewesen sein. So wie es Hedda mir schon als Kind oft gelehrt hat, weißt du! Ich habe seine großen Flügel im Rauch gesehen, mit denen er zur Tür hereingeflogen sein musste. Ein Engel rettete mich!«

»Also Teresa, denk´ ´mal nach! Wie alt bist du? Du bist doch kein Kind mehr! Ein Engel in Männergestalt?! Er trug gewiss eine große Jacke so mitten in der Nacht und bei dem Regen! Oder glaubst du an deinen Engel wegen deines Schocks?! Du bist doch Canim, mein Engel!«

»Nein, Baba! Er muss ein Engel gewesen sein, denn sonst wäre der Mann Yörük und Hedda namentlich bekannt! Und in unserem Haus!? Oder nicht! Sie riefen mir zu, dass `ein Mann´ zu mir hochkommen würde, um mich zu retten. Und wo befindet er sich jetzt, dieser unbekannte Mann? Weißt du das! Sag´ es mir! Los, sofort! Na, siehst du! Er muss ein Engel Gottes sein! Ich muss ihn wiedersehen, meinen Retter, denn ich liebe ihn!«

»Wie bitte? Du liebst ihn! Das muss der Schock sein. Lege dich besser wieder hin und ruhe dich aus. Schlaf´ noch einige Stunden, das wird dir gut tun, Canim!«

»Baba, warum nimmst du mich nicht ernst? Das sind wirklich meine Gefühle! Ich liebe ihn! Such´ ihn bitte!« Da weint sie und Akbay versucht sie zu trösten.

»Aber wenn Yörük und Hedda ihn nicht kennen, wie sollen wir ihn dann aufspüren können?! Ich war ja bei dem Unglück nicht einmal dabei! Was könnte ich tun, Teresa? Wenn du es weißt, dann werde ich sofort...«

»Du kennst doch so viele Leute! Kannst du nicht fragen, wer auch schon einmal einem rettenden Engel begegnet ist? Egal wo und wann! Oder im Internet!?«

»Wie meinst du das, `einem Engel begegnet´? Das kann nur ein Mensch gewesen sein, Canim, ein Mann! Weshalb er sofort wieder weggelaufen ist, das können wir nur vermuten. Meinst du, gleichzeitig hätte sich da etwas anderes Wichtiges ereignet, das ihn hinderte bei euch länger zu bleiben? Vielleicht könnten wir das nachforschen? Oder hatte er Angst vor der Polizei? Ist er ein Einbrecher? Ein nächtlicher Dieb!? Vielleicht ein entflohener Häftling oder ein gefährlicher Mörder!? Oh, *Canim*!« –

Bitterlich weint *Teresa* immer wieder, wenn sie an ihren unbekannten Retter denkt...

Bis zum Mittag hat Akbay eine Unterkunft für alle gefunden und es Yörük mitgeteilt. Und Hedda konnte vor einer Viertelstunde zu Besuch ins Krankenhaus kommen. Sofort bohrt Teresa nach, was sie über den Mann in Erfahrung gebracht habe: »Warum weißt du denn noch immer nichts über ihn, Hedda? Das kann ich nicht glauben! Habt ihr denn gar nichts Richtiges unternommen?!« Schon weint sie wieder.

»Aber Teresa! Es ist doch zu Hause bereits sehr viel geschehen! Die Polizei hat verschiedene Gegenstände gefunden, mit denen man ein Feuer legen könne. Sie seien in der Eile zurückgelassen worden. Der Täter habe wahrscheinlich Yörük und mich gehört oder auch gesehen und sei daher ohne Last in der regnerischen Dunkelheit verschwunden. Der Brand müsse folglich wieder ein Anschlag gewesen sein, stell´ dir nur vor!«

»Oh je! Und was sollen wir jetzt machen?«

»Dein Vater lässt seit ein paar Monaten nach und nach einige seiner Häuser in Büchenbronn renovieren und zum Glück ist eine freie, fertige Wohnung seit wenigen Tagen beziehbar. Da sollen wir hin! Möglichst unbekannt! Yörük hat bereits viele Sachen von uns dorthin gebracht. Die Schäden in der Villa müssen erst repariert werden, bevor wir alle wieder einziehen.«

Es klopft und eine Krankenpflegerin, die sich bereits im Stationsflur der Teresas Zimmer suchenden Hedda vorstellte und auch seit einigen Monaten als Teresas Kollegin zu deren Freundinnen zählt, tritt ein.

»Guten Tag! Teresa, ich habe gerade gehört, dass du entlassen werden kannst. Der Arzt kommt bald zu dir. Schreibst du deinem Joe nun doch, ob er dich abholen könnte?«

»Wer ist *Joe*, Teresa?«, fragt Hedda lächelnd.

»Ein Bekannter aus dem Internet. Er wohnt auch in Pforzheim. Ich habe ihm heute früh geschrieben. Aber dann machte ich mir Sorgen, weil ich ihm sicher von dem Unglück und verliebt schwärmend von meinem Retter berichtet hätte, und ich war verwirrt, weil ich nicht wusste, wie das auf ihn gewirkt hätte. Ich bekam plötzlich Angst, ihn damit kränken zu können. Deshalb schrieb ich ihm dann nicht mehr.«

»Das musst du ja auch nicht. Ich bringe dich wie geplant zu unserem neuen Zuhause. Yörük erwartet uns.«

Es klopft wieder kurz an der Tür, ein Arzt kommt herein, erklärt einige Dinge und erlaubt Teresas sofortige Heimfahrt. Sich freuend verabschieden sich alle voneinander. Hedda räumt sofort ihre »sieben Sachen« zusammen und schickt Teresa vor der Fahrt noch zur Toilette, damit sie das mitgebrachte Gift in Teresas Trinkglas mit dem auf dem Tisch stehenden restlichen Tee vermischen kann.

»Hedda, das ist aber toll, dass ich schon nach Hause darf, also in diese Wohnung, nicht!?«

»Warum? Dachtest du, dass man dich noch nicht entlassen würde? Welchen Grund gäbe es denn noch? Du bist doch nicht verletzt und völlig gesund!«

»Ja, das stimmt. Ich meinte es eben so, grundlos.«

»Gut. Haben wir alles beieinander?« Teresa, wieder im Zimmer zurück, blickt noch suchend hin und her. »Und trinke bitte noch schnell deinen Tee auf dem Tisch aus, während ich auch noch zur Toilette gehe!«

»Nein, danke. Er schmeckt leider überhaupt nicht. Nimm ihn bitte mit! Schütte alles in die Kloschüssel und lass uns dann von hier verschwinden, Hedda!«

Nachdem Hedda auch ihr Giftröhrchen ins Klo weggespült hatte, gelangen sie nach einigen Minuten mit Aufzug fahren und Treppen gehen zum Eingang, wo Teresa sich ordentlich abmeldet und drei Tage krankgeschrieben wird. Sie verlassen zusammen das Klinikgebäude, um zur Wohnung zu fahren. Hedda sendet Yörük mit ihrem Smartphone die Botschaft, dass sie beide auf dem Weg zu ihm seien: »Wir sind´s!«

»Und wo befindet sich mein Vater, Hedda?«, fragt Teresa beim Einsteigen. »Wie meistens ist er bei Terminen bei irgendwelchen Immobilien. Geschäft ist eben Geschäft.« Teresa ist traurig, denkt an Joe, den Mann im Internet, wo er wohl gerade sein könne.

»Ist mein Vater denn nicht bei unserer Villa?«

»Nein. Das wunderte mich auch heute Nacht. Die Schäden an der schönen, alten Villa sind ihm eher gleichgültig; wenn es nicht anders ginge, würde er eben eine neue kaufen. Wichtig seist nur du ihm, seine Tochter!« Sofort schwärmt Teresa von ihm: »Ach, Baba. Ich habe doch den besten Vater der Welt! Stimmt´s nicht, Hedda?!« »Doch, selbstverständlich, den allerbesten Vater, Teresa, auch wenn er viel zu wenig bei uns sein kann«, bestätigt sie Hedda. –

Teresa klingelt bereits in der frischen Wohnung in Büchenbronn, weil Hedda sie vorausschickte, nachdem sie das zugehörige Parkplatzschild erst gefunden hatte, als sie schon beim Ausladen und Teresa beim Erspähen des Hauseingangs waren. Deshalb räumt Hedda ihr Gepäck aus dem noch am Straßenrand geparkten Auto und trägt den Koffer und die Taschen zum Haus, um es anschließend passend abzustellen.

Dachwohnung. Zweiter Stock ohne Aufzug. An der Tür begrüßt sie Yörük mit den Worten: »Wo ist denn Hedda? Sie hat dich doch hergefahren! Oder?«

»Grüß dich, Yörük! Nein, die Polizei natürlich. Sie kommt gleich hoch und fragt dich etwas!«

»Polizei? Was?«, erschrickt er und spricht gehetzt weiter: »Schon ein Durchsuchungsbefehl? Das ist nicht meine Wohnung! Nein, besser ist, ich bin nicht hier, wenn sie ´was wollen! Auf den Dachboden verschwinde ich, Teresa. Den Laptop nehme ich mit, um dort zu arbeiten. Sprich du mit denen! Du kannst das besser und kennst dich aus, gehörst ja zur Familie Akbays. Und vom Brand der Villa wissen Hedda und ich auch nicht mehr als gestern Nacht! Wie auch?! Und ich sei in einem Hotel, sagst du sofort. Wenn sie wieder weg sind, dann…«

»Unsinn!«, lacht Teresa verwundert, »Was hast du denn?! Bist du durchgedreht? Das furchtbare Feuer! Oder? Das ist doch nur ein Witz! Hedda bringt unser Gepäck gleich zu uns herauf. Zu spät haben wir den richtigen Parkplatz entdeckt. Sie stellt ihr Auto erst noch um. Wo ist denn mein Zimmer?«

»Witz? Teresa, man macht mit der Polizei keine Witze! Schon gar nicht, wenn… – ja das furchtbare Feuer! Und du warst auch noch im Haus. Das ahnten wir doch nicht. Stell´ dir vor, wenn… Nein, lieber nicht! Vergiss es schnell wieder!«

»Yörük, ich bin ja wieder putzmunter und gesund, hat der Arzt in der Klinik bestätigt. Also beruhige dich. Wie viele Zimmer hat denn die Wohnung? – Ach, ich sehe mein Namensschild schon an der Tür dort hinten. Das ist aber nett, danke!«

»Du hast recht, ja. Rasch vergessen! Und wenn alles Beschädigte am Haus erneuert ist, dann ziehen wir mit Freude wieder zurück. Wo bist du, Teresa?«

»Hier hinten! Ein schöner Raum ist das. Sehr groß und hell. Viel Licht! Muss ich im Winter gar nicht so stark heizen! Oder? Und noch eine eigene Tür, ist das ein kleines Bad? Super! Hat es auch eine Badewanne wie meines zu Hause?«

Yörük steht nun auch an der Zimmertür und bejaht ihre neugierigen Fragen, während sie Heddas Klingeln hören können.

»Du, Teresa, ich helfe erst Hedda beim Tragen; bin gleich zurück! Sieh dich inzwischen genau um! Auch in der Küche und im Wohnzimmer!«

»Gut! Das mache ich bestimmt!«

Yörük rennt das Treppenhaus hinunter, hält Hedda zurück und spricht sie draußen leise an: »Hedda, warte, warum ist Teresa hier? Wolltest du sie nicht in der Klinik... du weißt schon! Ich dachte, du bist klug!«

»Bin ich auch, aber diese überhebliche Göre trinkt ja nicht jeden Tee! Ich habe mein Medikament in ihr Glas füllen können, aber der Tee schmeckte ihr bereits vorher nicht. Konnte ich das ahnen?! Daher sollte ich ihn wegschütten, befahl sie. Und Pech gehabt, weil sie gleichzeitig zur Zimmertür hinaus war – hierher in die neue Wohnung wollte, Yörük!«

»Dumm gelaufen, sagt man ja dazu. Gut, so muss uns leider wieder etwas Wirksames einfallen, Hedda.«

»Ja, das wird uns schon irgendwann gelingen, dieses zähe Biest. Der Teufel soll sie endlich holen! Lass uns zu ihr hinaufgehen.«

»Und Hedda! Wundere dich nicht! Ich habe ihr am hinteren Zimmer ein Namensschild angebracht, damit es so aussieht, als hätte ich sie auch erwartet.«

»Na, wo bleibt ihr denn?«, ruft Teresa die Treppe hinunter, ohne beide sehen zu können. »Wir kommen schon!«, erschallt die Antwort zurück.

Während Teresa verträumt ins Wohnzimmer wandelt, gibt ihr Smartphone das Zeichen einer Meldung: »Johny, wie geht es dir? Du hast gestern nichts mehr von dir hören lassen!« Joe schrieb diese Worte, aber Teresa meldet sich wieder nicht bei ihm. Bestimmt macht das Joe gerade fast verrückt.

»Yörük, das sind doch nur Heddas Sachen, die du da trägst. Wo sind denn meine?«, fragt sie ihn, als sie ihn im Flur vorbeigehen sieht.

»Ja, das stimmt, Teresa. Hedda meinte, wir warten, bis du hier bist, denn dann könntest du entweder eine Liste für deine wichtigsten Dinge schreiben, die wir noch holen, oder wir würden gemeinsam mit deiner Liste zur Villa fahren, damit du dann mit deinem beladenen Auto hierher zurückkommen könntest«, rettet sich Yörük lügend.

»Ja, dann! Wann fahren wir denn?«

»Lass Hedda erstmal auspacken! Du schreibst deine Liste. Und ich bringe uns allen gleich etwas zu trinken. Warst du auch schon in der Küche?«

»Nein, ich gehe und helfe dir mit den Getränken.«

Während die drei herumräumen, klingelt es an der Tür. »Wer kann das sein?«, denken sie gleichzeitig. »Geh du hin!«, sagt Hedda zu Yörük, »Du bist `der Mann im Haus`!« »Wenn du meinst!«, stimmt er zu.

»Hallo! Wer ist da, bitte?«, fragt er freundlich ins Sprechgerät neben der Wohnungstür.

»Polizei. Ist die Fahrzeughalterin des Autos mit dem Kennzeichen...?«, fragt eine ebenfalls freundliche, aber weibliche Stimme, während Yörük aufgeregt unterbrechend das Mikrofon mit seiner Hand zuhält und sofort Hedda herbeiruft: »Hedda! Eine Polizistin! Wegen deines Autos angeblich! Vergiss nicht, du weißt von nichts! Lauf schnell hinunter, damit sie nicht zu uns hochkommt! Hier, nimm den Schlüssel mit!«

»Ja, sie geht gerade die Treppe zu Ihnen hinunter!«, antwortet er der Polizistin, »Eine Minute, bitte!« und er hängt den Hörer wieder ein.

Vorsichtig schreitet Teresa mit einem Tablett mit Getränken aus der Küche und spricht Yörük an: »Yörük, was bedeutet dein Satz `Du weißt von nichts`? Das verstehe ich nicht.«

»Nichts Wichtiges für dich, Teresa! Uninteressant für dich!«

»Darf ich das nicht selbst entscheiden? Was soll das? Ich bin doch kein kleines Mädchen mehr!«

»Aber der Schock! Wir sollen dich schonen, meint Hedda. Auch sie selbst steht doch noch unter dem

Schock, Teresa! Das war eine entsetzliche Nacht und lebensbedrohlich, dieses riesige Feuer am Haus!«

»Das mag ja sein, aber trotzdem macht mich dein auffälliges Verhalten neugierig, wenn du Etwas von `Polizei´ hörst! Was ist los? Verrate es mir! Oder muss ich erst Baba fragen? Sofort kann ich ihn anrufen!«

»Nein, selbstverständlich nicht! Also gut, wenn du es wirklich so haben willst!«

»Ja, Yörük, das will ich! Also was ist das Geheimnis?«

»Heute früh las ich in unserer Tageszeitung, dass gestern um Mitternacht herum der Anwalt meines ehemaligen Chefs an der offenen Tür seines Hauses erschossen aufgefunden wurde. Verstehst du? Von Daniel, bei dem ich Jahre lang und deshalb längst mit ihm befreundet als Immobilienkaufmann gearbeitet habe, bevor mich dein lieber Vater Akbay als sein Immobilienverwalter mit viel besseren Bedingungen abwarb und anstellte.«

»Ja und?! Wieso sorgst dich dann *du* wegen der Polizei? Hast du mit dem Mord `was zu tun? Nein! Oder doch? Weiß Hedda auch davon, weil sie nichts davon wissen soll, wie du ihr eingeredet hast?!«

»Nein, nein. Daniel ist leider kein sehr ehrlicher Immobilienhändler. Er macht viel zu häufig illegale Geschäfte, weißt du, nicht nur Steuerhinterziehung mit Schwarzgeld! Er lässt Mieter durch seinen Anwalt bedrohen und erpresst Immobilieneigentümer, damit sie ihm ihre Wohnung oder ihr Haus verkaufen. Er pflegt beste Beziehungen, um mit Bestechungsgeld die Unehrlichkeit dieser Leute zu erfahren. Und ich musste brav die Verträge aushandeln; er zwang mich dazu. `Entweder oder! Yörük! Mehr Lohn als normal oder du verkriechst dich wieder in deine Wüste!´, mahnte er mich des Öfteren. So wurde er reicher und reicher. Nur er! Mir gab er deshalb noch lange nicht mehr Lohn! Aber in seinem Testament werde ich gut bedacht, das vereinbarte ich später mit ihm, weil ich ihm eines Tages zurückdrohen konnte, ihn bei allen Behörden anonym anzuzeigen. Er ist ein egoistischer Gauner, ganz einfach, Teresa. Anders als sein Bruder Amon, der Arzt mit seiner Privatklinik. Sie haben häufig Streit um solche Angelegenheiten. Das habe ich am Rande miterleben müssen, weil Amon immer wieder Daniel um Geld bat. Und wenn nun die Polizei zu mir will, ja, was will sie dann von mir?! Doch bestimmt nichts Gutes für mich! Daniels Anwalt wurde ja ermordet! Verstehst du mich nun, Teresa?!«

»Schöne Dinge hört man da! Und Hedda? Was hat sie damit zu tun? Ich denke, sie war meine liebevolle Ersatzmutter und ist nur unsere Hauswirtschafterin. Was also bitte darüber hinaus, Yörük?«

»Sie leitete einst die Putzkolonne in einem großen Landhaus, frisch renoviert, das dein Vater günstig an meinen Chef verkaufte.«

»Und? Das weiß ich doch. Weiter!«

»Ja, so lernten wir uns kennen und verliebten uns ineinander. Und daher bewarb ich mich ja dann doch bei deinem Vater und zog so zu euch in die Villa.«

»Yörük! Was weiß sie?! Spuck´s endlich aus!«

»Sie wurde eben meine schweigende Seelsorgerin und so erzählte ich ihr dummerweise einmal von einer sehr schlimmen Tat von mir. Sie vergab mir aber.«

»So da bin ich wieder«, freut sich Hedda, während sie genau im Augenblick zur Wohnungstür eintritt und weiter ruft: »Yörük, die Polizei hat mich nur geholt, weil ich in meiner Aufregung mein Auto auf dem Behindertenparkplatz abgestellt hatte.« Sie huscht weiter berichtend ins Wohnzimmer zu den beiden Unterbrochenen: »Und einige Minuten später wollte ausgerechnet eine behinderte Frau zum Besuch in der Nachbarschaft diesen Platz benutzen. Sie wusste sich nicht anders zu helfen, als die Polizei anzurufen. Ein `Verwarngeld´ oder so etwas Ähnliches sollte ich auch noch bezahlen. Ich entschuldigte mich bei allen, parkte um und schließlich bin ich jetzt bei euch. Soll ich uns Kaffee kochen? Oder fahren wir zuerst zur Villa, um Teresas Sachen zu holen? Wo ist die Liste? Und habt ihr euch schon bei Akbay gemeldet? Er möchte sicherlich auch wissen, wo wir sind.«

»Richtig, Hedda! Und Teresa, du musst diesem *Joe* auch noch Bescheid sagen, wo du wohnst. Oder?«

»Woher weißt du denn von *Joe*?«

»Hedda hat mir von ihm erzählt, dass du ihm geschrieben hast, als du in der Klinik warst. Da ist doch nichts dabei! Oder ist *Joe* eine Freundin? Nein, nicht?! Der erste Mann in deinem Leben, Teresa!? Endlich! Seid ihr ein Liebespaar?«

Teresa läuft weinend in ihr Zimmer, knallt die Tür zu und schließt sie von innen ab.

»Was habe ich denn Falsches gesagt? Hedda, sag´ doch ´was dazu!«

»Ach, was weiß ich?! Sie spinnt eben wie allzu oft, wenn du mich fragst. Außerdem, Yörük, habe ich das Gefühl, dass du es mit ihr wieder einmal gut gemeint hast. Und das konntest du noch nie! Du hast sie an irgendetwas erinnert, was sie gar nicht hören wollte.«

»Kann ich das wissen?! Nein! Diese Weiber und ihre mir rätselhaften Gedanken! Und was soll ich jetzt tun? Mich entschuldigen, dass ich ihr diesen Hinweis gab? Oder ´was?«

»Sie beruhigt sich schon wieder – wie immer. Lass sie einfach bis heute Abend in Ruhe. Das ist sicher auch noch der Schock.«

»Was heißt `in Ruhe lassen´? Wir werden hier einige Zeit zusammen in dieser Wohnung leben! Wird das dann hier ständig so werden – wegen ihrer verrückten Gefühlsausbrüche – jeden Tag? Das kann ja echt heiter werden, Hedda! Hoffentlich werde ich nicht zum

Alkoholiker, um das ertragen zu können, oder zum Mörder! Hahaha...«, lacht er verklemmt.

»Warum so boshaft? Komm kurz in mein Zimmer! Schließe die Tür, aber leise!«

»Wenn du meinst, Hedda, dass es etwas Wichtiges zu besprechen gibt. Gut!«

So verschwinden beide in Heddas Zimmer hinter der geschlossenen Tür, während niemand weiß, was Teresa in ihrem soeben anstellt.

»Das ist doch gut so, meinst du nicht? Denke nach!«, sind Heddas fast hauchend leise Worte. »Wenn du brav weiter so machst, dann wird sie sich schwarz ärgern, weinen in ihrer Verzweiflung und aus Wut. Vielleicht wird sie sogar in nicht langer Zeit an ihren Selbstmord denken, an den *Freitod*, verstehst du?!«

»Du hast recht! Das klingt ja wunderbar. Was für eine schlaue Frau du bist! Ich werde sie immer stärker mit meinen Worten kränken. Genau das Richtige für uns. Wir müssen uns endlich nicht mehr die Hände schmutzig machen. Sie wird in der geschlossenen Psychiatrie landen. Ich könnte dich küssen, Liebling!«

»Dann tue es ruhig, Yörük, mein Schatz!«

»Jetzt nicht! Später! Jetzt haben wir keine Zeit. Ich fahre gleich zur Villa und ihr beide kommt in einer Stunde nach, um Teresas Sachen auf ihrer Liste zu holen. Und stell dir vor! Die schönsten Dinge sind tatsächlich alle verbrannt, das werdet ihr entdecken müssen, wenn ihr beide sie suchen werdet. Was für ein Unglück! Also ziehe ich mich nun zurück und du tröstest Teresa bitte mit ihrem Lieblingstee und dem Schreiben der Liste. Mach´s gut, Hedda, bis später!«

Hedda klopft vorsichtig an Teresas Zimmertür:

»Hallo, Teresa, Yörük ist schon gegangen; er fährt zur Villa zurück, hilft dort weiter beim Aufräumen, sagt er. Er hat den Arbeitern verboten, irgendetwas ohne ihn zum Müll zu bringen. Alles will er vorher genau durchsuchen, damit nichts Wichtiges für uns verloren geht. Und wir beide sollen dann mit deiner Liste nachkommen. Hörst du, Teresa? Ich koche uns erstmal deinen Lieblingstee in der Küche! Du kannst bitte ins Wohnzimmer vorgehen. Tassen habe ich hingestellt.«

»Lasst mich doch in Frieden! Ihr nehmt mich alle nicht ernst! Und Baba sieht auch nicht in sein Smartphone!«, schluchzt Teresa kaum hörbar.

»Unsinn, Teresa! Unser Akbay ist doch immer sehr beschäftigt, das weißt du auch! Und ich meinte es nur gut mit dir, Teresa. Ich habe mich doch so gefreut über deinen *Joe,* dass ich Yörük von ihm erzählen musste. Und er freut sich auch für dich. Das ist alles! Tut mir leid, dass ich dein Geheimnis verraten habe. Musste das denn unbedingt ein Geheimnis bleiben, Teresa? So etwas Schönes! Bitte komm heraus!«

Wenige Augenblicke später öffnet sie schweigend die Tür und setzt sich ins Wohnzimmer an den Tisch, den Yörük heute Vormittag wie andere Möbel auch mit einem Helfer hierher gebracht hat.

»Hedda, du hast ja irgendwie recht, aber ich weiß nicht, wie ich mich Joe gegenüber verhalten soll.«

»Teresa! Gerade hat Yörük angerufen: Ein junger Mann wäre vor wenigen Minuten am Tor gestanden, hätte unsere Baustelle beobachtet. Und Yörük sei zu ihm gelaufen, der Mann sähe eher auch nicht deutsch aus, vielleicht ein Türke. Aber sofort sei er in sein Auto gesprungen, in einen alten Audi, meint Yörük. Und bis in die Kurve konnte er gerade noch das schmutzige Nummernschild lesen: »PF:MU« und dann eine Eins oder eine Sieben, den Rest wüsste er leider nicht.«

»Meint ihr, er könnte mein Retter gewesen sein? Hedda, das wäre ja wundervoll! Oh, Hedda! Wir müssen dieses Auto sofort suchen lassen. Ich rufe gleich die Polizei an.«

»Warte!«, ruft Hedda, »Warte!«, während sie mit der Teekanne ins Zimmer eintritt. »Nein! Teresa! Nein! Halt! Nein!«

»Warum? Was hast du denn?!«

»Das habe ich dir noch nicht sagen können. Heute Vormittag hat uns die Polizei mitgeteilt, dass sie aufgrund all der gefundenen Feuer verursachenden Dinge nach einem Brandstifter suchen. Es gäbe diesmal keine Hinweise auf stadtbekannte Gruppen, die gewalttätig fremdenfeindlich sind. Deshalb muss der Brandstifter typischerweise dein Retter sein. Er habe das Feuer in psychischer Störung gelegt und dich ihn überraschend aus den Flammen retten müssen, weil er ja nur geplant hat, das Haus abzubrennen. Ein Pyromane eben! Das sei auch der Grund, weshalb er sich nach der Rettung sofort aus dem Staub gemacht habe. Solche Erkrankte seien meist bei einer örtlichen Freiwilligen Feuerwehr als Feuerwehrmitglieder zu finden. Daher sucht die Polizei die nächste Zeit mit viel Geduld nach allen nur möglichen Spuren bei den Feuerwehren rund um die Stadt Pforzheim. Es handle sich nur noch um eine Zeitfrage, bis man den Täter entlarven würde. Ganz sicher! Die Villa werde zwar ab heute mit Kameras beobachtet, aber es sei nicht davon auszugehen, dass dieser Brandstifter einen erneuten Versuch an demselben Haus unternehme. Dafür gäbe es zu viele andere Möglichkeiten, meint die Polizei. Ich hoffe, ich habe das alles so richtig nacherzählt, Teresa. Schmeckt dir unser Tee?«

»Ja, sehr gut wie immer. Danke. Und das bedeutet, wenn sie dieses Auto gefunden haben, werden sie den Eigentümer auch für den Brandstifter halten, wenn er nachweislich mein Retter gewesen war. Oh je, Hedda! Was nun?!« Da weint sie wieder und Hedda umarmt sie rasch, um zu versuchen, sie ein bisschen zu trösten.

»Auf jeden Fall werden wir nicht die Polizei anrufen. Das ist klar! Vielleicht sollte Yörük ihn suchen. Das würde heimlicher geschehen. Was meinst du, Teresa?«

»Yörük? Aber wie denn?«

»Er ist doch Türke wie dein Vater. Ein Muslim. Viele Großfamilien kennen sich hier. Man sieht sich in der Moschee. Man kennt sich aus den Geschäften. Wer weiß, irgendein Zufall konnte dabei schneller helfen, als wir denken. Der Brandstifter muss ja gar nicht auch dein Retter gewesen sein, das glaubt ja nur die Polizei, weil es so typisch sei, aber deshalb muss es doch in unserem Fall noch lange nicht wahr sein. Oder?«

»Ja, dann lass uns die Liste schreiben und endlich zu Yörük fahren! Danke, Hedda! Ach, wenn ich euch beide Freunde nicht hätte. Ihr seid so lieb zu mir.« –

Christ sein ist für *Mustafa* nicht möglich, denn »Du sollst nicht töten!« widerspricht seiner Vernunft...

Ich habe längst bemerkt, dass ich immer in der dritten Person von und mit mir spreche, wenn ich echte Schwierigkeiten habe. Klar, ich will nichts davon wissen. Es soll so sein, als wenn ich gar nichts damit zu tun habe. –

Das habe ich aber leider doch! Ich, Mustafa! So ein Mist, Mann! Und jetzt sitze ich wieder ′mal nachts hier oben auf dieser Haidacher Mauerruine als sei sie die meines eigenen Lebens, das doch erst an seinem Anfang steht! Erst 21 Jahre bin ich jung und soll schon lebenslang in ein Gefängnis mit Mauern, die aber alles andere als Ruinen sind?! Also bei bestem Benehmen vielleicht nur zehn Jahre! Das sagt man doch immer. –

Aber trotzdem! Ich bin doch nicht der Verbrecher, nein, dieser Anwalt, der war ein Verbrecher! Dieses elendige Schwein! Hätte er nicht seine unverschämte Mieterhöhung für meine Eltern geschrieben und ihnen auf diese Weise die eigene Kündigung geraten, dann hätte ich ihn gestern doch nicht... Was für ein widerliches Schwein! Ein räudiger Hund! Bestimmt freuen sich jetzt unzählige Menschen, dass er sein Ende gefunden hat. – Die Polizei wird mich nicht entdecken. Wie denn? Es führen ja keine Spuren zu mir. Darüber könnte ich mich freuen, ja! –

Nein, ich freue mich aber nicht. Irgendwie schäme ich mich, ihn getötet zu haben. Aber das musste doch sein. Wer hätte es denn sonst erledigt? Alle hoffen auf Gerechtigkeit, aber wann gibt es sie? Wer denn also? –

Ja, genau! Niemand! Das ist doch das wahre Problem! Niemand hat diesem Schändlichen das Handwerk gelegt! Wo ist denn da die Polizei!? Einfach so brave Leute wie meine Eltern, meinen Bruder und mich aus ihrer Wohnung werfen! Niemand kommt uns da zu Hilfe! Bis heute noch nicht! Niemand! –

Blöde Zigarette! Jetzt habe ich mir doch wieder eine angezündet! Dabei habe ich ihr versprochen, mit dem Rauchen ein für allemal aufzuhören. Sie hat's ja mit der Gesundheit. Was sie wohl gerade macht?! Weiß nicht. Weg mit dem Glimmstengel! –

Und diese Gesetze hier in meinem Deutschland – meinem Deutschland? So viele Leute verhalten sich mir gegenüber, als sei ich ein Sohn Erdogans! Das bin ich aber nicht! Ich kann ihn und seine Anhänger nicht ausstehen! Auch lauter Verbrecher! – Und unsere Gesetze hier?! Warum helfen sie uns nicht? Warum? Das sei gar keine Mieterhöhung, nur die typische, die normale! Das seien die Nebenkosten, die eben steigen und steigen. »Heizung, Strom, Wasser, Fernseher, Internet, Hausmeister und immer eine Renovierung!«, das sagte der Anwalt bei einer Versammlung der Mieter mit ihm, die wir auch noch gemeinsam erzwingen mussten, sonst wäre dieses Schwein gar nicht erschienen. –

Mein jüngeren Bruder *Sezer* nahm das Wirrwarr gar nicht so mit. 19 Jahre ist er, geht auch noch zur Schule, weil wir ja erst vor etwa elf Jahren nach Deutschland kamen. Mein Vater *Kalkan* als studierter Apotheker. Man nahm ihn gleich in einem Pharmawerk. Und meine Mutter, *Semiha, die Großzügige* heißt das, begann in einem Lebensmittelgeschäft zu arbeiten.

Stolz sind beide darauf. Sie brauchten kein Geld von Deutschland, von dem deutschen Staat, so wie es diese Nazis immer laut für ihresgleichen behaupten. Und wir sind es auch, Sezer und ich. Stolz, denn wir strengen uns alle an, Deutsche zu werden, so weit wie möglich, auch wenn wir türkische Muslime sind – oder vielleicht einmal waren, denke ich oft. –

Johny arbeitet vielleicht heute in der Nachtschicht. Sie wird bestimmt keine Muslima sein. Das wäre ja ein lustiger Zufall. Ob ich verliebt in sie bin? Und was geschieht, wenn sie eine Christin ist? Also eine echte, so mit dem sonntäglichen Gang zu ihrer Kirche? Weiß nicht. Und bin ich überhaupt noch ein echter Muslim? War ich das vielleicht noch nie? Meine Mutter sagt immer, sie bräuchte kein Kopftuch, um nach Allahs Gesetzen zu leben. Viele Männer seien nur verlogen, weil sie die eigene Frau verhüllen wollen und zugleich die fremde ver... – wie sagt man das in Deutsch? – »vernaschen«, stimmt! – wollen würden. Ja, meine Mutter! Ob das ebenso für meinen Vater gelten soll? Das kann ich mir nicht vorstellen. Sie lieben sich – und das erfahren wir jeden heiligen Tag ganz offensichtlich dadurch, wie sie miteinander umgehen. Liebevoll! – Allah sei Dank! –

Ja, und gerade jetzt, wo meine Mutter so viel weint, weil wir ausziehen sollen, wir wissen noch gar nicht wohin! Mein Vater tröstet sie immer. Und Sezer wird von ihr getröstet, weil er so viel schweigt und sich ständig zurückzieht, erklärt sie uns. Ihn müssten wir viel mehr trösten. Aber wie soll ich das denn machen, wir sind doch beide erwachsene Männer? –

Das Beste war es eben, diesen Anwalt aus dem Weg zu schaffen. Bei Allah, hat mich das unglaubliche Kraft gekostet! Vor einigen Tagen erschien es mir glasklar zu sein, diesen grässlichen Mann zu beseitigen, doch irgendwie wollte es mir nicht gelingen. Und auch heute Nacht! Vor Mitternacht wollte ich schon bei ihm am Haus sein, aber ich wälzte mich in meinem Bett und wollte doch wieder lieber schlafen. Ich träumte irgendeinen Müll und erst später stand ich bei ihm vor der Haustür. Und ich wusste, dass dieses überhebliche Schweinegesicht niemals die Polizei rufen würde, wenn jemand bei ihm mitternachts Sturm klingeln würde. Er sei ja gottähnlich. Wer sonst?!

Ja, dort stand er, hinter der sich öffnenden Tür. Es ging alles so schnell. Kein Wort antwortete ich ihm, drückte ihm nur den Schalldämpfer auf die Brust, auf sein Herz, und mein Zeigefinger zuckte zweimal am Abzug. Aus war das Leben des Gottähnlichen! Vorbei.

Leider fiel er nach draußen vor die Tür. Aber egal! Ich ging mit ganz gelassener Geschwindigkeit die vielen Wege mit den Abzweigungen zu meinem Auto zurück und verschwand auf diese Weise so unauffällig in der nieselnden Dunkelheit wie ich gekommen bin. Ausziehen müssen wir wahrscheinlich trotzdem, aber den kalten Mittäter verwandelte ich in einen eiskalten!

Ob ich Johny jetzt anrufen soll? Den ganzen langen Tag hat sie mir nicht geantwortet, was mit ihr los ist. Nein, besser nicht. Wahrscheinlich empfindet sie meine Anrufe als aufdringlich, sonst würde sie mir doch wenigstens kurz zurückschreiben. Also lieber jetzt nicht! Vielleicht erst in ein paar Tagen wieder?! –

Mustafa blickt kurz zurück zu diesen Mauerruinen, an denen *Johny und Joe* steht, weil er es damals dort hingeschrieben hat, und rennt den Weg zum Parkplatz hinab. Und tief in der Nacht sein eigenes Auto zu fahren, das ist eben auch wie Gras rauchen, fühlt er heute wieder. So einfach ´mal wie ziellos fliegen dürfen. Ja, das ist Freiheit! Vielleicht seine einzige, seine jugendhaft männliche, eben nur im Rausch.

Während sein Auto auf den Straßen aus der stillen Villengegend am Stadtrand schnell hinausfährt, kann er diesmal nicht lachen – er lacht nicht bei der Vorstellung, dass auch Johny manchmal so etwas Ähnliches wie Gras war, auch eine Möglichkeit, um den Stecker zu ziehen, eine Weile weit weg von allem Lästigen zu sein – von der alltäglichen Arbeit, den ewigen Verpflichtungen, von dieser unfreien Welt, die wirklich nicht Johny war, nein, wirklich nicht. –

Als Nächstes nimmt sein Auto die ihm von so vielen Nächten bekannte schmale Einfahrt zum Drive-in eines Fast-Food-Restaurants. Er zögert nicht, was er essen möchte: »Hallo! Ihre Bestellung bitte!«, wünscht eine sehr freundliche Frauenstimme aus dem in der Box mit dem Display versteckten Lautsprecher, die neben den beleuchteten Werbeschildern am Rand des Weges aufgestellt ist.

»Hallo! Das Spezial-Vanilleeis mit Schokosoße hätte ich gern«, antwortet er, weil ihm wieder nach diesem Eis mit Schokolade ist. Er kennt es ja. »Außer dem noch 'was?« »Nein, danke, das ist alles!« Und schon drehen sich die Räder des Autos langsam weiter zur Kasse. Nur ein Oldtimer-Fiat steht dort kurze Zeit vor ihm. Von seinem Eis postet er heute mit dem Handy kein Foto in seine Story; er möchte heute gar nicht wissen, wer sich melden würde. Vielleicht den Fiat so zum Spaß als Abwechslung an einem Freitag?!

Damit das Eis nicht wegschmilzt, bewegt sich sein Auto nicht weiter, sondern bleibt auf dem Parkplatz des Restaurants stehen. Ob Wind weht, fragt er sich nicht. Er sitzt im Auto ohne Musik und träumt nichts vor sich hin. Sein Auto steht da ganz allein im Dunkeln. Das Eis schmeckt ihm heute jedoch immer weniger und die Schokosoße komischerweise überhaupt nicht!

An der Hecke rundum den Parkplatz steht ein älterer Mann um diese Zeit und lässt seinen Hund an die niedrigen Büsche pinkeln. »Immerhin hat er ihn fest an der Leine«, denkt Mustafa, während er den Rest des Eises auf das Kiesbett am Rand seines Stellplatzes wirft und die Tür wieder schließt. Das

Handy liegt auf dem Beifahrersitz. Vielleicht würde Johny ihn ja doch endlich ´mal...

»Das Pinkeln dauert aber lange«, rätselt er vor sich hin. Da wendet der Mann sein Gesicht in Richtung Auto. Mustafa erschrickt so sehr, dass er sein Auto augenblicklich in Gang setzt und losfährt. Das Gesicht war das alte Gesicht seines Großvaters *Mücahit*. Grimmig, streng und boshaft blickte es herüber. Wie ein greller Blitz schlug es in sein Gehirn ein. Furchtbar! Und seine Weisheit ist abscheulich: »Du weißt doch, dass diese deutschen Frauen das Böse sind! Niemals dürfen wir eine Ungläubige lieben! Allah wird dich dafür strafen! Allah weiß alles, er muss es nicht erst sehen wie wir Menschen!«

Sein Auto eilt davon. Erst im Stadtzentrum beruhigt es sich wieder. Neue Muzak wieder angeschaltet und an den Hund an den Büschen gedacht. Sein Großvater besaß noch nie einen Hund. Was für ein Unsinn! Sein Großvater ist ja bereits seit einigen Jahren für ihn und seine Eltern `gestorben´, das konnte er doch gar nicht gewesen sein! Er lebt ja noch in seiner Heimat, der Türkei, mit seiner Ehefrau *Edanur* zusammen.

Die verschmutzten Autoscheiben, seine Müdigkeit und die Dunkelheit, da ist es gar nicht möglich, das Gesicht zu erkennen, merkt Mustafa jetzt endlich. Tanken könnte er noch, ja, das Tanken würde ihn ablenken. Welche Tankstelle hat denn jetzt noch geöffnet oder gerade wieder geöffnet?! Er ist selten um diese Uhrzeit tanken. Nein, meist fährt er ohne

Umwege nach Hause; denn er tankt jedesmal tagsüber, früher, schon abends. Also könnte er auch noch morgen Abend tanken, aber heute ist ihm wirklich nach Tanken, also los! Er wird schon eine geöffnete Tankstelle finden, natürlich.

Der Tank ist in Kürze voll. »Das lohnte sich wirklich nicht«, sagt er zu sich und hört zur Kasse gehend die ernsthaften Worte dreier Männer, die soeben mit ihren gefüllten Kaffeetassen zu einem Stehtisch spazieren. Was Mustafa hört, kann er nicht so recht glauben. Er glaubt dagegen felsenfest, dass er gerade träume:

»Brutalster Rassismus… rechtsextremistische Tat… in unserem braven Pforzheim… sechsköpfige, jüdische Familie ist ausgerottet… bestialischer Folgemord am jüdischen Immobilienmogul Daniel… gestern am Abend… und vorige Nacht dessen Anwalt erschossen aufgefunden… noch mehr Neonazis nicht nur bei uns…«

»Das kann nicht sein, ich war das nicht! Oder habe ich Gras geraucht und nichts bemerkt im Rausch? Wann sei was geschehen? Und wie überhaupt? Egal, niemals!«, redet er sich überzeugt zu und nimmt jetzt doch den kürzesten Weg nach Hause. Die meisten Ampeln sind noch auf das gelbe Blinken geschaltet; ein Rot und Grün sieht er nur selten, nur gelb, goldgelb wie der Sonnenaufgang. Ein paar Stunden müsste er ja auch noch schlafen. Müde sei er wie im Sterben, sagt man, todmüde. –

»Guten Morgen!«, flüstert Mustafa zu Hause durch den Türspalt in das dunkle Zimmer seines Bruders

Sezer. Vorsichtig fragt er zusätzlich: »Schläfst du noch, Canim? Das Licht soll dir aufgehen!«

»Was? Welches Licht? Und wer? Mustafa? Was willst du hier? Ich bin nicht dein *Canim*, dein Herz und deine Seele«, mit diesen Worten setzt sich Sezer langsam aufwachend auf den Bettrand und entdeckt seine Uhr: »Bist du verrückt? Nur, weil du nie schlafen willst! Was machst du um diese Zeit bei mir? Geh wieder ins Bett oder verschwinde zur Arbeit! Gute Nacht, du Spinner!«

»Du warst doch gestern Nachmittag und den noch halben Abend unterwegs. Und mein Auto habe ich dir dafür geliehen. Wo warst du, Sezer?«

»Gestern? Ich habe mich mit Freunden an der Moschee getroffen und dann sind wir in der Stadt unterwegs gewesen. Warum?«

»Weil zu derselben Zeit eine stadtbekannte jüdische Familie ermordet wurde, hat man sich vor einigen Minuten in einer Tankstelle erzählt. Und weil ja du und deine lieben Freunde ständig über Juden, Christen und allgemein die Leute in Deutschland spotten und sie am liebsten alle tot sehen würden! Das erzählt ihr euch doch gegenseitig lachend am liebsten in Türkisch, eurem schlechten, immer wenn der Tag lang ist! Und Waffen sind auch noch eure besten Freunde! Also seid ihr das gewesen, dieser Mord an einer jüdischen Familie?!«

»Du hast wohl zu viel Gras geraucht! Was hältst du von mir? Ich bin dein Bruder, Mustafa? Du beleidigst mich und meine Freunde! Bei Allah! Hau ab!«

»Du vergräbst dich aber immer mehr in deinem Zimmer in deinen Computer! Du hast deutsche Nazis als Freunde! Glaubst du, das weiß ich nicht!? Also, Sezer, was hast du damit zu tun? Du selbst? Rede!«

»Gar nichts! Ich habe gar nichts damit zu tun! Ernsthaft! Bei Allah! Gar nichts! Deutsche Nazis als meine Freunde? Was für ein Unsinn! Die hassen uns Türken doch auch, auch wenn wir in Deutschland geboren wären!«

Da ergreift Mustafa seinen Bruder mit beiden Händen am Hals, versucht ihn aus seinem Bett herauszuzerren und schreit ihn an: »Du sagst mir jetzt, wer den Anwalt dieses Juden erschossen hat!«

»Mus... Bru...!«

Mustafa hält plötzlich ein, tritt einen Schritt zurück und Sezer spricht, sich auf die Bettkante setzend, während er ängstlich zum Boden hinabsieht: »Warum ist dir das so wichtig? Sind doch nur Juden! Mir egal, ob sie hier leben oder tot sind. Kenne ich alle nicht! Wirklich nicht, Mustafa! Und du?«

»Gut. Das muss aber der fiese Anwalt sein, der uns diesen Brief geschrieben hat. Weißt du, der mit der unbezahlbaren Mieterhöhung für uns! Diesen Juden gehört ganz bestimmt unsere Wohnung! Verstehst du das jetzt endlich?!«

Im selben Augenblick klopft es kurz an die Tür und Kalkans Kopf, der ihres Vaters, beugt sich ins Zimmer:

»Was ist hier eigentlich los? Um diese Uhrzeit!«

»Oh, nichts! Wir sind Brüder und lieben uns, Baba!«

»Sezer, das wollen wir hoffen! Wenn ihr schon wach seid, dann kommt beide zu uns geduscht und frisch angezogen zum Frühstücken. Eine Viertelstunde gebe ich euch Zeit. Mustafa auch du bist damit gemeint!«

Kalkan schließt die Tür hinter sich, nachdem seine beiden Söhne mit ihren Köpfen zustimmend nickten.

Mustafa fängt aber wieder an, diesmal leise: »Sezer, ich habe auf deinem Laptop Pläne zum Eigenbau von Sprengstoff gefunden! So harmlos bist du nicht, wie du dich immer gibst, du kleiner Schauspieler! Wozu das, Sezer?«

»Was? Du schnüffelst heimlich bei mir herum? Du bist doch nur mein großer Bruder, nicht mein Vater, Mustafa!«

»Dann beschwere dich doch über mich bei ihm. Am besten erzählst du ihm auch von deinen Freunden!«

»Ja. Diese Pläne hat mir einer dieser fanatischen Idioten zugeschickt. Sonst ist er aber ganz nett. Dann weißt du sicher auch von meiner schönen Pistole in der Geldkassette in der Schublade.«

»Wenn du Dummkopf diese Geldkassette auch nicht abschließt!«

Sezer will Mustafa seine schön geputzte Waffe gerade zeigen, aber er ruft erschrocken:

»Sie ist weg! Gestohlen! Mit dem Schalldämpfer und mit der passenden Munition! Mustafa, wo ist sie?«

Mustafa schweigt kurz, sich beherrschend kommt dann über seine Lippen: »Woher soll ich das wissen?«

»Du weißt doch von ihr, hast du gestanden. Nur du! Sonst niemand!«

»Ja, doch. Mehr weiß ich aber nicht, Sezer! Und deine lieben Freunde oder?! Lass uns später darüber nachdenken. Das Frühstück wartet nicht gern, weißt du doch! Ich gehe ins Bad, du suchst noch weiter. Vielleicht hast du sie ja irgendwo anders versteckt.«

Sezers Pistole mit der Munition hat Mustafa in seinem Auto im Handschuhfach vergessen, das ist ihm ja längst eingefallen, aber jene blutige Mordtat an diesem Mann beschäftigte ihn viel mehr als er vor ihr annahm. Und all das möchte er Sezer nicht gestehen. Einen Mitwisser in der eigenen Familie bräuchte er gewiss nicht, denkt er – und »Was mache ich jetzt?«

Mustafa schließt die Tür hinter sich, während Sezer wieder auf der Kante seines Bettes sitzt und nur kurz überlegt, wo seine Waffe sein könnte. Er weiß doch, dass er sie niemals aus seinem Zimmer irgendwohin mitgenommen hat. Niemals! Und wer weiß von ihr?

Sezer zweifelt nicht mehr, sondern wird allmählich wütend. Eine ihm sehr nahestehende Person muss ihn bestohlen haben. Sein Vater oder sogar seine Mutter?

Da ruft Semiha, seine liebe Mutter, ihre drei Männer zum Frühstück: »Sezer! Mustafa! Kalkan, *Canim*!«

»Noch nicht fertig!«, antwortet Sezer schnell hinter seiner geöffneten Zimmertür. »Wir kommen gleich!« Es dauert aber noch eine ganze Weile, bis beide Söhne am gedeckten Tisch ihre Plätze grüßend einnehmen.

Sogleich liest ihnen der erstaunte Kalkan aus der heutigen Pforzheimer Tageszeitung den Bericht vor, den er selbst erst vor wenigen Minuten entdeckt und in Windeseile überflogen hat:

»Grausame Ermordung der überregional bekannten jüdischen Familie durch den eigenen Familienvater Daniel... Der verzweifelte Vater muss seine Ehefrau, seine beiden Söhne und seine beiden Töchter, während sie gemeinsam am Esszimmertisch saßen, eigenhändig von seinem Platz aus mit zwei Handfeuerwaffen erschossen haben. Und schließlich tötete er auch sich selbst damit. Die beiden Tatwaffen, aus denen alle Kugeln stammten, lagen neben seiner Leiche. Sein Tatmotiv könnte die bevorstehende Aufdeckung verschiedener Straftaten gewesen sein, die zu einer sehr langen Haftstrafe bis ins hohe Alter und auch zur Enteignung seines Besitzes geführt hätte. Es handle sich um Jahrzehnte lange Steuerhinterziehung mit höchsten Beträgen, Bestechungen auch von hiesigen Regionalpolitikern, bösartige Erpressungen von

Immobilieneigentümern, im größten Stil Betrügereien mit Baufirmen in erstaunlich vielen seiner beruflichen Unternehmungen, dazu der begründete Verdacht zumindest auf Anstiftung zum Mord an seinem mitwissenden Anwalt, der wiederum ihn wegen seiner Machenschaften jahrelang erpresst habe. Wie er von dem Ermittlungsverfahren beziehungsweise von seiner geplanten Verhaftung erfahren haben könnte, wird wohl gerade geklärt werden.«

»Ein Wahnsinn!«, meint Kalkan dazu und Semiha hofft: »Bestimmt weiß dein Chef Amon nichts von diesen Machenschaften seines Bruders.«

»Da hast du recht! Amon wird nichts davon geahnt haben. Soll ich ihn heute in seinem Büro besuchen, um ihm – wie sagt man – auch unser `herzliches Beileid´ zu wünschen? Was denkt ihr?«

»Ja, immerhin duzt ihr euch beide. So vertraut bist du mit ihm als einer der Abteilungsleiter seines Pharmawerks«, bejaht Semiha Kalkans Frage, »Es könnte höchstens zu früh sein. Vielleicht weiß er noch gar nichts von diesem schrecklichen Unglück in seiner Familie! Warte lieber ein paar Stunden ab, was heute in der Firma geschieht. Möglicherweise kannst du ihn dann zusammen mit deinen Mitarbeitern sprechen.«

Währenddessen liest Mustafa schnell selbst den Zeitungsbericht und gibt zu Bedenken: »Habt ihr den Namen seines Immobilienunternehmens erkannt? Das ist tatsächlich dieser Immobilienhai, dem auch unsere

Wohnung gehört. Das war sein, daher auch der für uns zuständige Anwalt! Und was geschieht jetzt mit uns?«

Seine Frage bleibt im Raum stehen. Niemand weiß so schnell die richtige Antwort. Kalkan versucht seine Gedanken dazu laut zu sammeln: »Zunächst muss ja der tragische Familienmord offiziell aufgeklärt und abgeschlossen werden. Danach folgt die Frage nach möglichen weiteren Erben. Aber in diesem Fall sei ja mindestens das meiste Vermögen durch Straftaten in das Familieneigentum übergegangen. Das muss also alles erst juristisch ordentlich beurteilt werden. Und das wird viele Wochen dauern. Vorher ändert sich eben nichts. Vielleicht werden bestimmte geplante Termine gerichtlich gestoppt. Das heißt, wir könnten in unserer Wohnung vorerst noch bleiben. Ich weiß gar nicht, wo wir uns da am besten erkundigen. Der Anwalt ist ja auch tot.«

Semiha ergänzt: »Dann schreiben wir eben der Hausverwaltung, wir hätten vom Tod des Eigentümers gelesen und wie und wann es mit unserer Wohnung weiterginge, ob wir doch schnell ausziehen müssten.«

»Ja genau! Das wird das Beste sein, Semiha! Und ich mache das später in der Pause telefonisch, so wissen wir hoffentlich schleunigst Bescheid und, ob wir zusätzlich etwas Schriftliches schicken müssen.«

Nach dem gemeinsamen, heute ein wenig traurig und zugleich heiter geratenen Frühstück geht jeder seiner Wege. Sezer holt Mustafa noch schnell in sein

Zimmer: »Mustafa, wo ist mein besonderes Werkzeug, du weißt, was ich meine?! Nur du kannst sie haben!«

»Ja, ist gut, Sezer! Ich mache mir Sorgen um dich. Du verschließt dich immer mehr, deshalb schnüffelte ich in deinem Zimmer. Ich habe sie einfach bei einem Ausflug im Schwarzwald vergraben. Schluss damit!«

Mustafa muss ihm dafür ab heute sein Auto öfters leihen, was Sezer sofort in Anspruch nimmt. Auf der Fahrt zur Schule brummt und vibriert sein Handy plötzlich auf dem Sitz. Während er fährt, greift er danach, um kurz nachzusehen. Es könnte ja sehr dringend sein. Schreibt ihm einer seiner ʼlieben Freundeʼ, wie sein Bruder Mustafa sie nannte? Sezer lächelt nur selig, als er langsam leise vor sich hin liest:

»Allah erwählte dich aus unserer Mitte! Folge ihm, *Canim*!« –

Johny und Joe

Johny und Joe

Doch wer durch Schwaben reist, der sollte nie vergessen, auch ein wenig in den *Schwarzwald* hineinzuschauen...

...nicht der Bäume wegen, obgleich man nicht überall solch unermessliche Menge herrlich aufgeschossener Tannen findet, sondern wegen der Leute, die sich von den ander'n Menschen ringsumher merkwürdig unterscheiden. –

Mit diesen aufmerksam machenden Worten beginnt eines der Lieblingsmärchen des mächtigen Mannes, der sich von *Hedda* monatlich heimlich auf einem gemeinsamen Spaziergang im Schwarzwald die für ihn wichtigen Geschehnisse berichten lässt, um ihr weitere Anordnungen ohne Zeugen geben zu können.

Das gruselige Kunstmärchen aus dem Jahr 1827 von Wilhelm Hauff namens »Das kalte Herz« kennt hier schon jede Schülerin, jeder Schüler, denn es hat sich in ein literarisches Volksgut nicht nur der Schwarzwälder verwandelt. Es gefiel auch ihm schon in der Jugend sehr, weil sich sein eigenes Herz in das »Herz aus Stein« in dieser Geschichte wandelte. Er erkannte frühzeitig, dass er nicht in der Lage ist, die Gefühle anderer Menschen mitzufühlen, egal ob Freude oder Trauer, ob Hass oder Liebe. Alle Gefühle der Menschen regten ihn keine Spur, keinen Hauch, aber seine Fähigkeit, Freundlichkeit und Mitgefühl auszustrahlen, die war und ist offenbar großartig.

Deshalb ˋglückte´ es ihm viel schneller als anderen, zu höchstem Amt und größten Würden zu gelangen.

Leider erfreute ihn auch das selbst nicht. Aber die Macht über ihm dienende Menschen und der wachsende eigene Reichtum, damit schmücke er doch gottergeben seine verlorene Seele, dachte und denkt er weiterhin. Auf diese Weise habe sich sein Herz aus Stein in das Herz aus Fels entpuppt, gotteswürdig *Petrus* genannt, denn in Latein heißt das *Der Fels*.

Sein Chauffeur brachte ihn heute wie immer nach *Nonnenmiss*, südlich von Pforzheim, etwa 45 Minuten Fahrt mit der Limousine in diesen nördlichen Ortsteil von *Bad Wildbad*. Ein wunderbarer Ausgangsort vieler verschiedener Wanderwege. Am lustigen Ortsnamen versucht er sich jedesmal ein wenig zu erfreuen: Entweder bedeutet er ganz einfach eine sumpfige Wiese der Klosterfrauen oder eine Feuchtwiese, in der sich Schweine fröhlich suhlen, also mit Freude im Dreck wälzen; denn die »Nonne« hieß das kastrierte, weibliche Schwein. Jedenfalls ruft er immer spöttisch, wenn er zu Fahrtbeginn in sein Luxusauto einsteigt: »Auf in den Wald zum Sumpf der kastrierten Säue!«

Als sie ankommen, wartet Hedda bereits wie immer eine Zigarette rauchend und angelehnt an ihrem in der Nähe geparkten, kleinen Auto. Er steigt im geeigneten Wanderkostüm zu ihr aus, die Limousine fährt weiter.

»Guten Morgen, meine Schwester! Verlieren Sie keine Worte, bitte! Lassen Sie uns gehen. Ein schöner Tag wird das gewiss! Nur die wundervolle Natur!«

Hedda verbeugt sich blitzartig kurz und küsst den dicken, glänzenden Ring an seiner Hand. Das liebt er, weiß sie. Und da verschwinden sie beide wie bei jedem Treffen zuerst absichtlich schweigend schon auf einem Wanderweg durch ein Feld in die Richtung des Waldes. Die Sonne scheint am hellblauen Himmel. Wolkenlos. Niemand weiß, was beide gerade denken.

»Hedda, ich habe von dem Brand in der Villa Akbays in der Zeitung gelesen. Sicherlich lässt er die Schäden bereits beheben. So eine schöne, ehrwürdige Villa! Ja, man ist verpflichtet, so etwas Wunderbares zu seinem Bestzustand wiederherzustellen und zu pflegen. Das meine auch ich. Weißt du, ich möchte die Villa gerne kaufen; also, wenn sie wieder umfassend bewohnbar ist. Sie ist ganz einfach bestens für die Repräsentation meines Amtes geeignet, denke ich. Deshalb, Hedda, darfst du dich in nächster Zeit darum bemühen, dass Akbay seine für ihn sinnlose Villa unbedingt veräußern möchte, verstehst du!? Es sei ja ein Anschlag auf ihn gewesen, dieses Feuer! So heißt es jedenfalls in der Zeitung. Folglich ist der Verkauf das Beste für ihn. Und Yörük darf als Immobilienkaufmann dies Geschäft mit einem unbekannten Käufer im Hintergrund, aber einer ordentlichen Betriebsgesellschaft, abwickeln. Diese werdet ihr beide demnächst mit meiner finanziellen Unterstützung als stiller Gesellschafter und Hauptteilhaber gründen und zu führen wissen. Der Gesellschaftsvertrag liegt bereits fertiggestellt auf meinem Tisch. Du darfst dich ab heute um die Not Akbays kümmern, vielleicht finden wir ja eine andere

Unterkunft für ihn. Eine bessere, eben eine sichere! Was meinst du, meine Schwester?«

»Danke. Lieben Dank! Selbstverständlich, ab heute schon! Das ist auch wirklich kein gutes Haus für Akbay. Es wird sich ein passendes finden lassen. Natürlich! Yörük wird den Kaufvertrag gleich heute schreiben.«

»Sehr gut, meine Liebe! Siehst du das himmlische Licht durch all die Baumwipfel strahlen? Ist das nicht zauberhaft? Lass uns umkehren, damit wir das von Neuem aus dem anderen Winkel genießen können!«

»Ihrer Tochter geht es übrigens ganz gut. Auch sie hat den Brand überlebt, war wegen des Schocks kurz in der Klinik und jetzt wohnen wir mit Yörük in einer Wohnung Akbays in Büchenbronn. Nur Akbay selbst wohnt derzeit noch in der Villa. Seine Zimmer blieben unbeschadet.«

»Aha, um so besser, dann sieht er täglich seine alte Bruchbude! Schön. Ach so, stimmt, ich vergaß dich in all der Aufregung zu fragen: Wie geht es dort meiner über alles geliebten Tochter?«

»Sehr gut, sehr gut. Alles ist bestens dort.«

»Schön. Meinst du, man könnte den Preis der Villa drücken? Weil Akbay doch in dieser noch immer drohenden Gefahr glücklich sein wird, eine neue Heimat zu finden, nicht? Vielleicht geschieht ja ein weiterer Anschlag auf sein Haus und ihn, gerade jetzt, wo er allein dort haust. Das werden die Attentäter bestimmt wissen, denke ich mir. Der Arme!«

»Oh ja, das ist durchaus möglich. Ich werde ihm das nahelegen. Und wenn er...«

»Genau! Wenn er ausziehen und verkaufen möchte, dann sagst du sofort Yörük Bescheid, damit er dich unterstützen kann. Dem ärmsten Akbay muss doch geholfen werden, wenn schon die Polizei ihn nicht schützen will. Ach, sieh, die ersten Schäfchenwolken schweben am Himmel heran! Vielleicht regnet es in Kürze doch noch. Ich rufe lieber den Wagen, er soll mich wieder abholen. Ich telefoniere kurz und du überlegst, ob noch etwas Wichtiges war, Hedda?«

»Ja, doch!«

»Einen Augenblick, bitte!«

Er holt wie bei jedem ihrer Treffen telefonisch seinen Chauffeur zurück, während Hedda schnell noch nachdenkt, was das Wichtigste für ihn sein könnte:

»Noch bevor die Feuerwehr bei uns war, rettete Ihre liebe Tochter plötzlich ein Unbekannter! Seine Autonummer war `PF:MU Irgendwas´, meint Yörük.«

»Ja, ich erinnere mich. Das stand so ähnlich in dem Zeitungsartikel. Ihr hättet das beide am Unglücksort ausgesagt und die Polizei würde den Retter suchen. Er solle sich melden. Warum, weiß ich nicht. Und was sei daran wichtig für mich?«

»Äh, ich weiß nicht recht. Aber trotzdem sollte ich Ihnen unbedingt dieses Ereignis mitteilen. Yörük beauftragte mich damit.«

»Na, dein Yörük! Weiß der Himmel, was er sich oft denkt! Ein komischer Geselle, nicht wahr, Hedda?!«

»Und es gibt noch einen Mann im Internet. *Joe* nennt er sich. Als ich bei Teresa in der Klinik war, sprach eine Krankenschwester von der Verbindung ihrer Tochter zu ihm. Als ob es mehr als nur eine Bekanntschaft sei. Sie schreibe ihm wohl tatsächlich alles, was sich so in ihrem Alltag ereignet.«

»Wie bitte? Ein Mann, den wir nicht kennen? Hedda, der Sache musst du auf jeden Fall nachgehen! Du musst herausfinden, wer er ist und ob er irgendetwas auch über mich weiß. Das darf nicht unangenehm werden. Vielleicht schaltest du eine Detektei ein. An Geld mangelt es nicht, denk´ stets daran! Melde dich umgehend zu einem Treffen, wenn du Wichtiges für mich entlarvt haben solltest! Und nun, lass uns wieder schweigend über diesen schönen Weg zwischen den Feldern schlendern. Riechst du diese belebende Luft? Und dieser lästige Daniel ist auch dahin! Ach, welche Freiheit mich durchströmt!«

An den Autos zurück verabschiedet sich Hedda wie gewohnt mit einem tiefen Knicks vor ihm, wobei er immer zum großen Himmel hinauf sieht und zu lächeln bemüht ist.

»Danke, meine Schwester! Es freut uns immer, mit dir einen stillen Wanderweg in die prachtvolle Natur unseres Schwarzwaldes zu beschreiten. Grüße Yörük! Es soll aufpassen, dass diesem Joe nichts zustößt!«

»Nichts zu danken! Selbstverständlich! Werde ich machen! Joe etwas zustößt! Natürlich! Gute Fahrt!«

Und als der uniformierte Chauffeur die Hintertür vorsichtig schließt, spricht der hohe Herr Hedda noch seine tröstenden Worte zu: »Übrigens, fürchte dich nicht vor uns! Wir sind doch die Letzten, die dir Schaden zufügen möchten! Aber Verrat ist so etwas Abscheuliches, wie wenn man lebendig verbrennen würde, nicht?! Die furchtbarste Hölle, Hedda!«

Da funkelt sein dicker Ring an der winkenden Hand kaum wahrnehmbar hinter dem verdunkelten Fenster.

Und Hedda versucht erstarrt die wenigen Schritte zu ihrem Auto zu machen. Sie holt sich eine Zigarette und das Feuerzeug aus ihrem... lehnt wieder rauchend daran... stiert dabei auf den steinigen Boden.

»Erde wie Asche!«, flüstert sie vor sich hin. »Erde ist Asche des Lebens, – meines elenden Lebens!«, fällt ihr plötzlich ein. »Was kann er wissen? Was meint er mit `Verrat´? Dass ich seine Tochter beseitigen möchte, für die ich bald zwanzig Jahre meines Lebens geopfert habe? Aber wäre das nicht auch das Beste für ihn? Die mich behandelt, als sei ich ihre Sklavin – deren Dasein mich hinderte, eine eigene Familie mit Kindern gründen zu können – was weiß er denn davon?! Liebt er denn plötzlich seine Tochter? Unvorstellbar! – Und weshalb ich nicht kündigen, nicht mit *Yörük* ein neues Leben beginnen kann, solange wir zu wenig Geld dafür haben! – Mir ist bewusst, dass es für mich als deutsche Katholikin schwierig sein wird, meinen türkischen Muslim zu heiraten. Aber Yörük ist eh kein besessener Gläubiger des Islams. Nein, er wird mich bestimmt katholisch geworden heiraten! Ja, so groß ist seine Liebe zu mir! – Will er das verhindern? Ja, das wird es wohl sein, wenn ich nicht... Ja, bestimmt! Dieser niederträchtige... Ich werde ihm...« Hedda erschrickt, weil seine dunkle Limousine wieder erscheint. Sie wendet langsam vor ihr und wieder erkennt sie die winkende Hand mit dem glänzenden Ring dicht hinter der Scheibe. Sie kann nur verstummt denken: »Wie ich ihn doch zutiefst hasse! Noch viel tiefer als seine...!« Sie wirft die Zigarette auf den Boden, zermalmt sie wütend mit ihrem rechten Fuß, verschränkt ihre Arme vor der Brust und zittert am ganzen Leib aus... –

Sein Chauffeur brachte ihn heute noch weiter bis zur *Wutachschlucht*, südwestlich vom Titisee, nach etwa drei Stunden Fahrt mit einem Abstecher nach *Tübingen* für ein wichtiges Gespräch mit einer befreundeten Mitarbeiterin. In einem Seniorenheim, dessen Leiterin diese ist, will doch das Pflegepersonal einen höheren Lohn erzwingen. Er erklärte ihr mit eindringlichen Worten freundlich grinsend, dass doch Gottes Lohn der höchste denkbare sei. Was wollten sie also mehr? Genau das sollte sie ihren Angestellten frommen Herzens mitteilen. Andere Leute in den Altenpflegeberufen würden sehr viel weniger entlohnt werden. Ja, schämen sollten sie sich alle miteinander. Und sie würde sicherlich dafür sorgen, dass derartig unwürdige Forderungen nie mehr auftreten würden, sonst würde er sie zu Höherem berufen, zum Beispiel sie für die Aufnahme in ein vereinsamendes Kloster empfehlen. Man bräuchte dort auch immer mehr Gottesdienerinnen ihrer so liebenswürdigen Art!

Nach einem edlen, ausgewogenen Mittagessen in *Bad Dürrheim* verlangte es diesen hohen Herrn genau nach einem Wanderweg, wie es die Wutachschlucht ist: Weithin berühmt und voller göttlicher Natur!

Auf dem Parkplatz steht bereits das Auto der erwarteten Person. Ohne Chauffeur macht er sich auf den Weg und lässt sich Zeit, denn alle Geschäfte laufen wieder bestens, denkt er vergnügt. Und dass er Zeit hat, so viel er will, darin unterscheidet er sich am meisten von anderen hochgestellten Herrn, was ihn seinerseits noch mehr vergnügt. Das Wasser der Wutach rauscht; die Pflanzen rundherum grünen; Vögel zwitschern und auch andere Wanderer grüßen.

Vor der *Kapelle von Bad Hall* sitzt er auf einer Bank an einem Holztisch wartend wie bereits mehrmals auf die gemeinsame Begegnung mit sich, dem Gegenüber und der Natur des Schwarzwaldes.

»Sagen Sie nichts, mein lieber Bruder! Lauschen Sie dem himmlischen Konzert in unserer Mutter Natur!«

»Ich weiß! Keine Namen! Wie immer könnte ein Wandersmann überraschend mithören!«, grüßt *Yörük* leise. »Sie kommen sehr spät, wenn ich das erwähnen darf.«

»Vergebung! Eine liebe, alte Freundin in Tübingen. Dringend brauchte sie den Rat unseres himmlischen Herrn. Es ist vollbracht und nun bin ich gänzlich Ihr Diener, mein Freund!«

»Also gut. Sie wissen bestimmt aus der Zeitung, dass der geplante Brand Ihrer ersehnten Villa bestens verlief. Das Haus muss renoviert werden. Man sollte es gleich sehr modernisieren, folglich mit dem Geld der Versicherungen. Das ist schon in die Wege geleitet.«

»Sehr gut. Sie werden dies Haus demnächst sehr günstig erwerben, weil dem Eigentümer in baldiger Zukunft ein weiterer Schicksalsschlag widerfahren wird. Stimmt`s, mein Freund?! Traurig, nicht wahr!?«

»Ah, so, ja, stimmt. Sehr traurig! Wie wahr!«

»Und denken Sie weiterhin daran, Ihr finanzieller Schaden wird es nicht sein. Ganz im Gegenteil! Die nächste Überweisung des von uns vereinbarten Betrages für Ihre Dienste habe ich heute früh bereits veranlasst.«

»Und gegen einen Schicksalsschlag muss man im Voraus gut gepolstert sein. Denken Sie auch daran, bitte!«

»Aber selbstredend! Das Polster werde ich Ihnen sofort überreichen, wenn ich von dem Eintreffen des traurigen Schicksals höre; denn bisher haben wir doch bestens unserer Freundschaft gedient. Soll das anders werden? Das können Sie doch nicht wollen! Nein!«

»Im Voraus, dachte ich, weil ich dringend mehr Geld brauche. Ich habe nämlich die Not, dass ich…?«

»`Im Voraus´ gibt es nicht aus Gottes Hand! Und Not, die kennen wir nicht. Alles wird geschehen, wie unser Herr es will. So einfach ist unser aller Dasein und so wunderschön. Bedanken wir uns für das Gegebene. Nur das ist wahrer Glaube! Beten wir an diesem Ort!«

Auch wenn es nicht der Tageszeit entsprechen sollte, versinkt im Augenblick die wohl geordnete Landschaft um die altehrwürdige Kapelle `Bad Hall´ herum in einer wüsten Natur der Wildheit und des Gemeinen. Eine letzte Frage erklingt heute noch und sie fließt der Wutach ähnelnd über Yörüks Lippen:

»Gut, gleich, aber was ist denn nun Heddas Weg?«

Und rasch ertönt die Antwort: »Doch keine Namen! Lassen Sie diese Frau nur walten! Es wird sich schon alles zum Guten richten. Hören Sie auf sie! Seien Sie nicht dumm! `*Frauen sollen ganz ruhig lenken, Männer aber vorher dorthin denken!*´, war der brave Spruch der Weisheit einer meiner verstorbenen Lehrmeister.«

Mit diesem netten Spruch trennen sie sich wieder; der eine Herr erfreut, der andere Mann enttäuscht.

Nach einem gemütlichen Rückweg zum Parkplatz, - ausgemacht wie immer - allein und ohne Gedanken an die oftmals so abstoßende Welt des Diesseits zu verlieren, fährt er mit seinem Chauffeur wieder in aller Gemütlichkeit zurück in die Richtung *Pforzheim*s.

Spät ist es geworden, so dass der hungrige Fahrer am Ende der langen Fahrt fragt, ob sie nicht einen Abstecher für einen Imbiss unternehmen könnten. Und schon nimmt ihr Auto als Nächstes die ihm durchaus bekannte schmale Einfahrt zum Drive-in eines Fast-Food-Restaurants. Er zögert nicht, was er essen möchte: »Hallo! Was möchten Sie bestellen, bitte!«, wünscht eine sehr freundliche Frauenstimme aus dem in der Box mit dem Display versteckten Lautsprecher, die neben den stets beleuchteten Werbeschildern am Rand des Weges aufgestellt ist.

»Hallo! Dreimal den Veggie-Burger mit zusätzlichen Pommes frites hätte ich gern«, antwortet er, weil ihm nach zwei Stücken ist. Er kennt es ja. »Dazu noch etwas zum Trinken?« »Nein, danke, das passt so!« Und schon drehen sich die Räder der Limousine langsam weiter zur Kasse, bis sie anschließend auf dem Parkplatz zum Stillstand kommen. Leer ist er nur noch einen kurzen Augenblick. Ein weiteres Auto parkt in einiger Entfernung an einer Laterne. Während sie in ihren Burger beißen, steigt ein junger Mann aus diesem Auto und eilt zur niedrigen Hecke, um dort...

»Sieh dir das an! Der Flegel pinkelt doch wirklich dort an die Büsche! Man glaubt es nicht! Sollen wir aussteigen und etwas dagegen unternehmen?«

Aus vollem Mund bestätigt unterbrochen eine Antwort: »Nein... unglaublich... obwohl Sie recht... Nein!« Und beide Männer essen genussvoll weiter.

Der junge Mann schlendert zurück und sogleich fährt er mit seinem Auto langsam los. Da traut der hohe Herr seinen Augen nicht, welche wie zufällig das Nummernschild dieses Audis zu folgen versuchen: PF:MU... Ja, und daneben nicht lesbare Zahlen!

»Fahr´ sofort hinterher! Los!«, schreit er nach vorne zu seinem Chauffeur, der gleich sein Essen auf den Beifahrersitz wirft und das Auto startet; es heftet sich auf die Fersen seines Vordermannes bis in der Nähe des Parkplatzes am *Haidacher Hügel*. Der junge Mann steigt seelenruhig aus und marschiert den Weg zur Mauerruine hoch.

»Lichter aus! Sieh da, er geht den Hügel hoch. Also parke unser Auto neben seines! Ich folge ihm, du durchsuchst seinen Wagen und kommst uns dann nach!«

»Eine alte Karre, leicht zu öffnen. Bis gleich!«

Während sich der Chauffeur an der Autotür zu schaffen macht, verschwindet der hohe Herr auf dem buschigen Weg den Hügel hinauf. Mustafa sitzt auf den Mauerresten, raucht eine Zigarette und sieht mit leerem Blick in die bunten Lichter der Stadt. Der Herr nähert sich ihm langsam und spricht ihn an:

»Guten Abend! Kennen wir uns?«

»Was soll das? Nicht, dass ich wüsste! Ich möchte allein sein und die nächtliche Ruhe genießen.«

»Ich habe das Nummernschild Ihres Autos erkannt. Es steht in der Zeitung. Sie sind der gesuchte Retter einer jungen Frau aus dem brennenden Haus...!«

»Was geht Sie das an? Bin ich nicht!«

»Selbstverständlich sind Sie es! Und Sie sehen nicht so typisch deutsch aus. Sie könnten Türke sein, ein Deutsch-Türke! Nicht wahr? Dann denken Sie wie ich über die Frauen! Dass sie uns zu dienen haben. Nur dass ist das wahre Zeichen ihrer Liebe! Frauen, die sich selbst verwirklichen, wie sie es nennen, sind alle billige Huren! Habe ich da nicht recht?!«

»Hören Sie, was wollen Sie von mir? Sie reden wie mein Großvater! Lassen Sie mich bitte damit in Ruhe!«

»Die Polizei sucht den Retter der jungen Frau. Und weil sie Sie in Kürze finden wird, werden Sie diese Frau wieder treffen sollen. Ich möchte das aber nicht. Also werden Sie sich weigern, dieser Frau jemals wieder zu begegnen. Haben Sie das verstanden?«

»Wie bitte? Ich kann mich mit jeder Frau treffen, mit der ich das will! Schreiben Sie sich das hinter Ihre

Ohren! Mir haben Sie nicht zu sagen, was ich tun und lassen soll! Und merken Sie sich meinen Namen: *Joe*!«

Der hohe Herr erschrickt. Hedda berichtete ihm von Teresas Internetfreund mit diesem Namen *Joe.* »Dann ist der gar kein zufälliger Retter, sondern der Kerl lungert wahrscheinlich öfter nachts an der Villa herum und spioniert weiß Gott was aus!«, denkt er und stellt sich deshalb jetzt genau vor Mustafa.

»Was hat das nun wieder zu bedeuten? Glauben Sie, Sie könnten mir Angst einjagen? Außerdem könnte ich ja brav sagen, dass ich diese Frau nicht wiedersehen werde. Abgemacht! Aber ich könnte doch lügen oder nicht?«, und Mustafa wirft den Glimmstengel weg.

»Das würden Sie niemals überleben!«, spricht er Mustafa eiskalt an, neigt ihm seinen Kopf entgegen und schreit noch dazu: »Du dämlicher Rotzlöffel!«

Da platzt Mustafa der Kragen und seine beiden Händen ergreifen den Hals seines Gegners. So fest sie nur können, würgen sie ihn. Beide Männer fallen zu Boden, wälzen sich im Kampf umher, bis Mustafa auf dem hohen Herrn sitzt, ihn festhält und wütend spricht: »Wer sind Sie? Los! Ich höre! Oder willst du jetzt von uns gehen?« In die Augen kann er ihm nicht blicken, denn der Herr hat sie geschlossen.

»Lass ihn sofort los und steh´ schön langsam auf, wenn du keine Kugel im Schädel haben willst!«, hört Mustafa die Stimme des Chauffeurs, während er den

Lauf einer Pistole an seiner Schläfe spürt und deren Griff mit seinen verdrehten Augen erkennen kann.

Mustafa erhebt sich, der hohe Herr befreit sich und befiehlt ihm: »Auf die Knie, du mohammedanischer Esel! Warum kannst du nicht einfach brav gehorchen? Das hast du nun davon! Machen wir es kurz. Niemand wird dich je vermissen! Wetten wir? Ein toter Türkenjunge in Pforzheim. Na und?«, dabei lacht er kurz abscheulich, »Ich vergaß, du wirst den Ausgang dieser Wette ja nicht erleben. Schade, nicht?« Mustafa kniet vor ihnen mit den verschränkten Armen über dem Kopf und sagt lieber kein einziges Wort.

»Genug geredet! Du darfst ihm jetzt in seinen Dummschädel schießen!«

»Aber ich bin doch kein Mörder! Ich wollte Sie nur vor diesem Mann retten! Wir müssen ihn fesseln und zur Polizei bringen!«, antwortet der Chauffeur hilflos.

»Gott im Himmel! Welch ein Unsinn! Gib her, die Pistole! Immer muss man alles selbst machen! Und schleich´ dich jetzt, du herziges Weichei!«

Im selben Augenblick springt Mustafa auf, packt den Arm mit der Pistole, reißt ihn wild umher, bis ein Schuss fällt, er wieder zusammensackt und seine beiden Hände den eigenen Oberschenkel umfassen.

»Passt auch, ja! Der gottverdammte Esel! Ich habe ihm wegen seiner Blödheit in sein Bein geschossen. Verschwinden wir! Hier, nimm die Pistole! Schnell!«

Beide laufen sich beeilend den noch dunklen Weg zum Auto hinab, aber dort unten muss ein älterer Mann mit seinem Hund den Schuss gehört haben, weil er nun neugierig den Hügel hinauf marschiert und ihnen beiden daher kurz begegnet. Wortlos, ohne Blicke zueinander. Vom Hügel hinab humpelt Mustafa ihm entgegen, der den Rettungswagen noch mit seinem Smartphone rufen wollte, bevor er kraftlos in der Dunkelheit einige Meter vor dem nahenden Hund zusammenbricht. Bellen und Jaulen sind zu hören.

Dann erscheint der ältere Mann und Mustafa glaubt zu hören: »Das hast du nun von den Ungläubigen! Und der Grund deines Sterbens ist nur eine ihrer Huren, *Canim*!« –

Ein Mann, der durch Schwaben reist, der sollte nie vergessen, auch ein wenig in den *Schwarzwald* hineinzuschauen…

…nicht der Bäume wegen, obgleich man nicht überall solch unermessliche Menge herrlich aufgeschossener Tannen findet, sondern wegen der Leute, die sich von den ander´n Menschen ringsumher merkwürdig unterscheiden. —

— Was gäbe es dafür Erholsameres als ein spätes Frühstück zu zweit in einem herrlichen Restaurant in *Bad Wildbad*! Die Limousine mit Chauffeur fährt schon vor; wie ein hoher Herr schreitet ein Mann aus dem Wagen, nachdem ihm die Hintertür geöffnet wurde.

Der Himmel strahlt bereits, die Luft duftet gesund und der richtige Partner wartet am vorbestellten, geschmückten Tisch mit weitem Blick in das Grün des Schwarzwaldes. »Der Morgen ist wieder mit adeligem Niveau gerettet«, denkt *Amon* hocherfreut, während er sich grüßend zu seinem Steuerberater und noch immer besten Freund *Michel* hinzusetzt.

»Guten Morgen, Amon. Ja, fährt der hohe Herr neuerdings mit eigenem Chauffeur?«, spöttelt Michel.

»Weshalb denn nicht? Nur keinen Neid, bitte! Du kennst ja alle meine Zahlen!«

»Ja eben! Gerade deswegen, Amon!«

»Hast du schon etwas Genießbares für uns beide bestellt, Michel? Ein zartes Tafelspitz, wie du es doch so liebst? Statt immer sonntags, heute zur Feier das Tages einmal vorgezogen an einem Samstag!«

»´Etwas Genießbares´? Du spinnst vollkommen! In dieser Gaststätte kannst du nur vom Feinsten essen und trinken. Schön überteuert! Das ist ja wohl der Grund, warum du mich hierher geholt hast!«

»Was regst du dich wegen meiner Finanzen so auf? Schließlich ist das doch *mein* Geld! Sieh dich nur um! Reizende Damen oder nicht? Was nehmen wir denn?«

»Du bist schwul, Amon. Hast du das auch schon vergessen? Was willst du also mit den Damen!?«

»Michel, du vergisst immer, dass sie meine besten Patientinnen sind. Ein lästiges Fältchen auf der strahlenden Stirn glätten, die beschimpfte Nase wie einen geschmeidigen Felsen in der so erbaulichen Landschaft des Gesichts verlegen, den reizlosen Busen zu einem göttlichen Naturwunder gestalten! Alles in klingende Münzen verwandeln! Ach, ist das nicht so unglaublich ästhetisch! Dem Höchsten im Himmel sei tausendmal Dank!«

»Ja, ja. Und vergiss nicht die unauffindbaren Lippen teuer zum rot glänzenden Gummiboot aufzublasen! Ich denke selbstverständlich an deine vielen Weiber, aber du verschleuderst das Geld wieder an sie zurück, nachdem du sie so schleimig lieb ausgeraubt hast!«

»Was bist du heute garstig, Michel! Ich habe Durst, ja, und Hunger auch. Lass uns etwas Feines bestellen! Ich lade dich ein wie immer, mein teurer Freund!«

»Das ist ja alles nett und gut, aber das war einmal! Deine Privatklinik mitsamt dem Pharmaunternehmen gleitet in die Insolvenz ab! Mein Freund! No Cash!« –

– »Was gäbe es dafür Erholsameres als eine nachmittägliche Bootsfahrt zu zweit auf einem so herrlichen See wie den *Schluchsee*!?«, hört Yörük morgens an seinem Telefon, als er sich selbst dazu überredet hat, den hohen Herrn zu einem wichtigen Gespräch zu bitten. Eigentlich wollte er ja wieder zur Kapelle in *Bad Hall*, aber vielleicht ist das eh viel besser, weil es bei einer Ruderbootsfahrt zu zweit sicherlich keine fremden Zuhörer geben wird. Deshalb stimmte er zu. Die vereinbarte Uhrzeit am Nachmittag war auch sehr günstig für ihn, da er hoffte, als Erster am Seeufer am Bootssteg zu sein.

Die Limousine mit Chauffeur fährt schon vor, der hohe Herr schreitet aus dem Wagen, nachdem ihm die Hintertür geöffnet wurde.

Der Himmel strahlt bereits, die Luft duftet gesund und der richtige Partner wartet am Steg mit dem vorbestellten, angeseilten Ruderboot mit weitem Blick in das Grün des Schwarzwaldes. »Der Nachmittag ist wie mit adeligem Niveau gerettet«, denkt der hohe Herr hocherfreut, während er sich grüßend mit Yörük und einem Alukoffer in das wackelige Ruderboot setzt.

»Guten Tag, der Herr! Wie ich sehe, haben Sie mein Geld wie abgesprochen brav dabei«, freut sich Yörük.

»Weshalb denn nicht? Also! Legen wir ab! Vielleicht am besten in die Mitte des Sees dürfen Sie uns bringen. Ach, wie verzaubert diese niedlichen Wellen des Wassers in die Welt glänzen! Ein wunderschöner

Sonnentag! Dem Herrn im Himmel sei Dank! Und Sie dürfen Ihren Körper ertüchtigen mit echtem Rudern!«

»Nicht mehr lange; denn Sie rudern uns zurück! Das schwöre ich Ihnen!«, entgegnet Yörük etwas weniger umgänglich.

»Also. Was liegt dir auf dem Herzen, mein Bruder? Am Telefon heute früh klangst du so bitter und bedrohlich mir gegenüber!«

»Das ist auch gut so! Und Sie taten auch gut daran, meiner Bitte zu folgen, hierher zu kommen! Ich spiele nämlich nicht mehr mit!«

»Was für ein Spiel meinst du denn, Yörük? Sollen wir die Regeln ändern?«

»Genau! Sie wissen, dass ich noch mehr Geld haben möchte als die paar Scheinchen hier in Ihrem Koffer für den Mord an Ihrem Widersacher Daniel und seiner Familie.«

»So wenige Scheine sind das doch nicht!«, lacht der hohe Herr, »Und als erzkatholischer Süditaliener eine jüdische Familie auszurotten, hat dir doch gewiss ein bisschen Spaß bereitet! Oder nicht?«

»Das muss ich leider zugeben. Mit zwei Pistolen gleichzeitig wie ein Westernheld sechs Juden in deren Himmelreich zu schicken, das erlebt man nicht alle Tage. Da bin ich sehr stolz darauf, auch wenn das niemand außer Ihnen weiß. Spaßig wäre für mich darüber hinaus, öffentlich zu verkünden, dass Sie der

Auftraggeber waren. Und natürlich auch, dass Sie der leibliche Vater dieser Teresa in Akbays Villa sind, Ihrem anderen Feind in Ihren Immobiliengeschäften! Mit kurzen Worten: Ich bekomme mehr Geld von Ihnen!« –

– Was gäbe es dafür Erholsameres als ein Abendessen zu zweit in einer verlassenen Hütte im tiefen Wald am Rand der sehr wild erhaltenen *Monbachschlucht* nördlich von *Bad Liebenzell*! Die auffällig rote `Kulturbahn´ aus Pforzheim, wie der kleine Zug beschriftet ist, fuhr schon pünktlich in den Bahnhof Monbach-Neuhausen ein; humpelnd steigt ein junger Mann aus, nachdem die Tür geöffnet wurde.

Der Himmel strahlt bereits, die Luft duftet gesund und der richtige Partner wartet am grauen Bahnsteig mit nahem Blick in das Grün des Schwarzwaldes. »Der Abend wird sehr spannend werden!«, denkt Mustafa halbherzig, während er seinen jüngeren Bruder *Sezer* grüßend umarmt.

»Wartest du schon lange auf mich?«

»Nein, nein. Dein Zug kam ja beinahe überpünktlich an. Lass uns gehen! Ein gutes Stündchen brauchen wir nämlich zu meiner Hütte!«

Und so machen sie sich gemeinsam auf den Weg vorbei an den so genannten Christlichen Gästehäusern im Monbachtal zuerst in die Richtung der berühmten Schlucht. Einige Wanderer auch mit ihren Kindern begegnen ihnen auf ihrem Rückweg gegen Abend dieses schönen Wochenendtages. Plötzlich muss sich Mustafa seine Augen mit einem schwarzen Tuch von Sezer verbinden, weil dieser nicht haben möchte, dass sein Bruder den weiteren Verlauf des Weges erkennen kann. In Kürze werden sie nämlich eine Abzweigung gehen und niemand, auch nicht Mustafa, soll den Weg zu seiner Waldhütte wissen, wünscht sich Sezer.

Er zeigte ihm deshalb vorhin auch erklärend das Schild des Schwarzwaldvereins mit der Aufschrift:

Der Weg durch die Monbachschlucht ist nicht ungefährlich. Er sollte nur mit geeignetem Schuhwerk begangen werden.

Mustafa brachte wie vereinbart Wanderschuhe zum Wechseln in seinem Rucksack mit. Und gegen eine andere ihm bewusste Gefahr, die Unberechenbarkeit seines Bruders Sezer, konnte er sich nicht im Voraus schützen, folglich muss er ihm gehorchen. Er ist ja eingeladen, aber er ahnt nicht den Grund dafür.

Bisher verbot Sezer ihnen auch das Reden. Mustafa solle durchwegs die Eindrücke der Natur genießen, wie wenn es tatsächlich sein letztes Mal sei, riet ihm Sezer freundlich. Der Marsch führt hinunter, Wasser hört man rauschen, dann wieder hinauf, dort ist nur Vogelgezwitscher in der Waldluft. Sezer führt seinen Bruder langsam an der Hand mit einer schwarzen Hundeleine, wenn er gerade blind ist, und wenn nicht, dann lässt er ihn ganz frei laufen, weil man wegen des dichten Gehölzes mit den belaubten Bäumen eh nicht sieht, an welchem Ort man sein könnte. Und bald sind sie angekommen, gar nicht sehr erschöpft die beiden.

Ein auch Sezer bekannter Mann folgte ihnen, auch wenn er ihn bisher keineswegs sah und sehen wird;

denn er versteckt sich gerade geschickt hinter den Bäumen und Büschen in einiger Entfernung der Hütte.

Beim Eintritt in das sehr morsch wirkende kleine Holzhaus will Sezer von seinem Bruder nur wissen: »Hast du endlich meine Pistole dabei, *Canim*?« –

– »No Cash? Kein Bargeld mehr? Michel, da musst du eben einen Kredit aufnehmen! Was ist daran so schwierig?«

»Dass nicht nur deine Unternehmen, sondern auch dein Privathaus doch bereits der Bank gehören! Alles! Hörst du endlich einmal zu? Alles, *Amon*! Du bist ein armer Jude geworden, ein bettelarmer!«

»Wenn ich dir so zuhöre, schmeckt sogar mir dies köstliche Frühstück nicht mehr. Was bist du für ein böser, böser Miesepeter?! Mein lieber Himmel!«

»Du bist der Miesepeter! Wir liebten uns einmal! Weißt du wenigstens das noch? Unsere Liebe sei wie ein unzerstörbarer Fels, war stets deine Predigt. Das war einmal! Meine Gefühle zu dir hast du selbst zerstören können. Du allein, Amon! Deine Weiber und deine Katze sind dir viel tausendmal wichtiger als ich! Deshalb verlasse ich dich mit deinem finanziellen Untergang, denn ich verschwinde – ins Nirgendwo!«

»Meine *Katze*? Was hat sie damit zu tun? Nur weil du Katzenhasser dich nicht umstellen willst? Ich gebe dir doch immer wieder die Chance, sich mit ihr anzufreunden. Erhöht thront sie hinten im Wagen und sieht uns zu. Geh hin! Zeige uns doch, dass du uns...!«

»Blödsinn! Du begreifst gar nichts! Aus ist es mit uns! Einen letzten Tipp gebe ich dir noch, da ich auch von einem vermögenden Immobilienunternehmer der Steuerberater war, dem Türken mit Vornamen Akbay. Finde ihn schnell! Werde sein Freund! Er gibt dir Geld!

Auf ein Nimmerwiedersehen! Lebe wohl, mein Herz! Wie sagen die Araber? – Stimmt! Lebe wohl, *Canim!*« –

– »Lieber Yörük! Keiner möchte, dass es dir schlecht geht! An Geld mangelt es doch nicht, das kannst du dir wohl denken. Was ist dein Plan?«

»Gut. Es ist ganz einfach. Ich werde mich von Hedda trennen, dieser dummen Gans, und Ihre Tochter Teresa dann heiraten. Selbstredend ohne Gütertrennung!«

»`Selbstredend´ natürlich, Yörük. Oh, sieh dich ´mal um! Ist das eine atemberaubende Fernsicht rundum!«

»Mag sein. Mein Gedanke ist sehr demutsvoll. Ich möchte nur das gesamte Immobilienkapital in einer Familie sammeln: Von meinem sehr großzügigen ehemaligen Chef Daniel werde ich erben, wie er es in seinem Testament freundlicherweise regelte, falls seine zuerst erbberechtigte Familie versterben würde. Dann die andere Absicherung Ihrer Geschäfte mit Daniels und anderen Immobilien in Ihrem neuen Unternehmen, dass ich auch ohne Hedda führen kann! Und zuletzt das Vermögen, wenn Akbay und Sie uns eines Tages verlassen werden, das läge dann auch in Teresas und meinen Händen. Ist das ´mal kein gut durchdachter Plan für uns alle? Was sagen Sie dazu?«

Der hohe Herr schweigt jedoch und winkt grinsend in Richtung Ufer zu seinem Chauffeur am Bootssteg, bis er nett flüstert: »Yörük, kannst du ihn erkennen? Er beobachtet uns die ganze Zeit mit dem Fernglas. Ein echter Zeuge! Doch ja, dein Plan ist gut. Sehr gut!«

Er legt Yörük die Handschellen an dem Koffer um das Handgelenk, reicht ihm eine Pistole und befiehlt ihm lächelnd: »Leider sind meine Pläne immer besser! Erschieß dich bitte, *Canim*!«

Yörük ermahnt sein noch immer lächelndes Gegenüber: »Warum sollte ich mich denn selbst erschießen? Viel besser gleich Sie, Sie widerwärtiger Drecksack! Keine Bewegung mehr!«

»Aber, aber! Mein teurer Freund! Mein Chauffeur sieht uns nicht nur, er filmt auch alles mit dem Teleobjektiv. Wir beide sind doch immer bestens vorbereitet. Wenn du mich töten solltest, wirst du wegen seines eindeutigen Beweismaterials auf jeden Fall niemals mehr die hässlichen Knastmauern von außen sehen. Das möchtest du doch nicht! Außerdem! Wie kannst du von hier überhaupt fliehen, wenn er sofort die Polizei benachrichtigen wird? Mit deinem, alten Auto ganz ohne den Nummernschildern und fast ohne Benzin? Während du uns hierher gerudert hast, hat das mein Chauffeur gleichzeitig erledigt. Nett, nicht?! Ja, das ist er! Leider bist es du keine Spur. Schade um dich. Oder auch nicht. Erschieß dich!«

»Das kann mir doch alles egal sein. Ich verachte Sie zutiefst, deshalb – beten Sie ein letztes Mal, wenn Sie möchten! Aber kurz! Das ist jetzt Ihr irdisches Ende!«

»Nicht so hastig, Yörük! Zu einem Mord bist du zwar fähig, wissen wir beide ja, aber für ein restliches Leben hinter Gittern?! Nein! Du bist ein kleiner, dreckiger Wurm, der nur sich und seine Freiheit liebt, sonst keinen Menschen auf der Erde! Was bliebe dir dann? Nur der fettige Dreck vom Boden deiner Zelle! Denk´ ´mal nach, du fauliges Wurmgehirn!«

Yörüks Hand mit der Waffe zittert immer mehr vor Anstrengung und vor Wut gegen diesen hohen Herrn, so sehr, dass er augenblicklich abdrücken will, aber... –

– Mustafa kann nur verneinen, während *Sezer* seinem Bruder das schwarze Tuch vor dessen Augen abbindet: »Es tut mir leid, aber deine Pistole ist aus meinem Auto gestohlen worden. Das ist leider die nackte Wahrheit, Sezer!«

»Meine Pistole? Mit der Munition? Und auch noch dem Schalldämpfer? Aus deinem Auto?«, entgegnet er sehr ernsthaft, »Das kann doch nur meinem großen Bruder widerfahren! Wem sonst?!«

Und da lacht Sezer aus voller Brust und muss sich deshalb auf einen der vier klapprigen Holzstühle an dem runden Tisch genau in der Mitte des nicht gerade hellen Raumes setzen.

»Ja! Und du selbst musst gar nicht so dumm lachen! Immerhin ist es ja deine Waffe, Sezer, deine!«

»Meine? Unsinn. Beruhige dich! Solche Waffen kann man an jeder Ecke kaufen. Das sind gestohlene oder eingeschmuggelte. Die Nummern sind entfernt. Die Bullen können daher nur den Typ erkennen, mehr nicht. Ich hoffe, du hast Hunger mitgebracht. Essen und Bierflaschen habe ich bereits hierher geschafft.

»Du trinkst Alkohol? Ich glaubte bis heute, du seist ein strenger Muslim! Weiß Kalkan das? Semiha?«

»Du weißt doch, es ist fast dunkel! Da sieht Allah ja nichts, was ihn erzürnen könnte. Und `Was man nicht weiß, macht einen nicht heiß!´, sagen ja die Christen. Warum sollten wir nicht auch ein bisschen christlich sein dürfen, Mustafa!? Wollen das nicht alle von uns? – Setz´ dich her und sieh dich um in meinem Zuhause!«

Mit augenscheinlich auf einer Seite in alte Bretter bestens verwandelte Stahlplatten verkleidet Sezer doppelschichtig alle Fenster seiner Waldhütte gegen mögliche Ritzen; groß sind sie nicht. Dazu schaltet er mehrere Lampen ein. »Alle mit Akkus! Mitgebracht!«, meint er zum staunenden Mustafa. Und nun rückt er den Tisch mit den Stühlen zur Seite, zieht den dicken und vergammelten Teppich am Boden weg. Eine Klappe lässt sich an einem Ring hochheben und eine Stufentreppe hinab in die finstere Tiefe wird sichtbar.

»Hier, nimm die Taschenlampe und steige hinunter, mein Bruder! Angst hast du doch nicht! Oder doch?«

Mustafa weiß nicht so recht, was er dazu sagen soll, sein Bein ist noch nicht völlig geheilt, es schmerzt jetzt sehr, aber er steigt rückwärts hinab und sieht sich unten mit dem Taschenlampenlicht um.

»Ja, Mustafa! In den Kisten sind Waffen gelagert und brav getrennt in den anderen Munition. In zwei Jahren baute ich die Hütte um, bisher besuchte sie keiner, habe ich die Waffen besorgt und unbemerkt verstaut. Alle denken, ich sei unterwegs mit Freunden. Die gibt es aber nicht! Daher schreibe ich hier in der Hütte. In schönster Ruhe von meinen Träumen und Sehnsüchten ohne Ermahnungen, verstehst du? Ich lese dir nachher ein paar Gedichte vor. Die Zeit ist reif! Aber zuerst lagern wir einen Teil des mitgebrachten

Essens und ein paar Flaschen dort unten. Ich hebe dir jetzt alles hinunter. Verstaue es bitte rechts im Regal!«

Mustafa nimmt ihm die Sachen einzeln ab und hört dann nur noch beim vorsichtigen Einräumen, dass die Klappe über ihm mit einem lauten Krachen zufällt. –

– »Mein Teuerster! Warte! Ich ziehe ganz vorsichtig deinen Abschiedsbrief aus meiner Tasche. Du musst ihn nur noch unterschreiben und dich anschließend hier erschießen. Glaube mir, nur auf diese Weise ist uns allen am besten gedient, auch Teresa!«, mit diesen Worten übergibt er ihm einen Zettel möglichst langsam, den Yörük danach vorliest:

»Ich, Yörük, habe mich selbst getötet, weil ich meine Schuld als unendlich wachsende Macht gegen mich empfinde. Ich kann das nicht mehr ertragen, es ist zu Ende...

Jeder wird mich verstehen. Nicht nur, dass ich den Juden Daniel, diesen Immobilienhai, und dessen Familie in deren Haus mit zwei Pistolen gleichzeitig hingerichtet habe, nein, auch meine Brandstiftung der Villa, in der ich selbst wohnte, ein Feuer, nur um die von mir so beneidete, ungläubig christlich erzogene Tochter Teresa zu töten, ja, beide Verbrechen kann ich nur mit der Gerechtigkeit tilgen, wenn ich mich selbst still und heimlich mit dem Tod richte, mich selbst im wahrsten Sinn dieses Wortes sterbend versenke! Auf Nimmerwiedersehen! Allah vergebe mir!«

»Na, Yörük! Ist das nicht rührend! Unendlich viel Mühe habe ich mir für deine Sätze gegeben. Wirklich! Du bist es mir wert, mein bester Freund!«

»Sie Wahnsinniger! Niemals werde ich diesen ekelhaften Zettel unterschreiben! Niemals!«

»Aber Yörük! Hast du vergessen, dass ich dich auch dazu berufen hatte, mein liebes Töchterlein ins Himmelreich zu schaffen, während sie Hedda brav katholisch und gut getarnt bei ihrem muslimischen Adoptivvater Akbay erziehen sollte? Viel Geld hast du dafür von mir eingeschoben. Viel! Jahre lang! Und? Ein ewiges Hin und Her! Jahrelang war es mir gleichgültig, ob sie lebt. Aber es war ein teures Vergnügen. Dein Vergnügen! Hauptsache war, dass sie mich nicht erkannte. Doch mit ihrer Volljährigkeit vor wenigen Jahren änderte sich das. Sie erfuhr meinen und ihren Familiennamen. Gottlob wollte sie aber bisher nichts mit mir, ihrem leiblichen Vater, zu tun haben. Lieb! Sie verschwieg mich weiterhin. Aber wir wollten dem jetzt doch vorsichtshalber ein Ende setzen. Wollten wir das nicht? Und? Sie treibt noch immer ihr Unwesen! Sie ist noch immer meine größte Gefahr! Und du drohst mir, meine Vaterschaft zu veröffentlichen! Was fällt dir eigentlich ein, du staubiger Kameltreiber?! Dein süßes Leben habe allein *ich* bezahlt. Die Geier sollen dich...!«

Yörük drückt ab, eine Platzpatrone erschallt, noch einmal zieht er den Zeigefinger ein, wieder nur ein Knall! Der hohe Herr zückt in demselben Augenblick eine zweite Pistole mit Schalldämpfer, Mustafas Waffe, aus dem Anzug, schießt ihm mittig in die Stirn. Fast nichts ertönt! Yörük kippt nach hinten um. Der hohe Herr muss ihn nur noch mit dessen Waffe und den schweren Gewichten im Koffer an der Hand über Bord heben.

»Leichter gesagt als getan! Vorsicht! Eine wackelige Angelegenheit! Das Boot kentert? Nein, Gott sei Dank!«, denkt sich besorgt sein Chauffeur am Ufer. Doch als er im Fernglas ohne Kamera sieht, dass sein Herr nur allein im Boot sitzt, fallen ihm blitzartig dessen so schwungvolle, häufig benutzte Sätze ein:

»Was erfreut den deutschen Prediger? Wieder ein muslimischer *Canim* – weniger!« –

Frauen, die durch Schwaben reisen, sollten nie vergessen, auch ein wenig in den *Schwarzwald* hineinzuschauen...

...nicht der Bäume wegen, obgleich man nicht überall solch unermessliche Menge herrlich aufgeschossener Tannen findet, sondern wegen der Leute, die sich von den ander´n Menschen ringsumher merkwürdig unterscheiden. –

Was gäbe es dafür Erholsameres als ein spätes Abendessen zu zweit in einer geheimnisvollen Hütte im Schwarzwald unweit der *Monbachschlucht*!

Und natürlich hat Sezer seinen Bruder Mustafa nach wenigen Minuten aus dem Kellerloch seines morschen Holzhauses lachend befreit; er liebt ja solche derben Scherze! Mustafa bemühte sich gelassen zu bleiben, weil Sezer ihm sofort die Hand reichte, um ihm zu helfen, die Kellertreppe wegen seiner noch nicht ganz geheilten Wunde am Oberschenkel hinaufzugehen; es war glücklicherweise mehr ein Streifschuss, trotzdem hat er immer mehr Angst um seinen offenbar verrückt werdenden Bruder, weiß Mustafa. Wie wird er zu Hause seinen erschreckenden Eindruck von Sezer ihren Eltern Kalkan und Semiha berichten!?

Sezer meinte, dass er seinem großen Bruder nur seine wunderschöne, selbst eingerichtete Waldhütte zeigen wollte, damit er ihn niemals suchen müsse, sondern immer wüsste, wo er sich so oft aufhalten würde; besonders an den Wochenenden. Schließlich bereiteten sie gemeinsam ihr feines Abendessen aus den mitgebrachten Nahrungsmitteln zu und erzählten sich zunächst gegenseitig Witze aus der islamischen Welt, während die hinter den vielen Tannen versteckte Sonne ganz langsam schlafen ging. Müde wurden auch sie, schneller als die beiden Männer es meinten.

Eines seiner hier geschriebenen Gedichte musste Sezer noch unbedingt Mustafa zeigen. Sie räumten den Essplatz draußen wieder gemeinsam auf, was Mustafa wunderte, denn zu Hause tat das Sezer nie. Immer war das die Aufgabe nur für ihre Mutter und manchmal half ihr selbstredend nur der ältere Sohn. Sie richteten sich und ihre Schlafstellen her, dann holte Sezer aus dem einzigen Schrank ein Papier und dann war sein großer Bruder ganz Ohr, als ihm sein kleiner Bruder im schwachen Licht sein Gedicht vor...:

»Mustafa, erst hörst du den Grundtext, den ich im Internet gefunden habe, und sogleich im Anschluss meine Fassung. Eine Art aus der Sturm-und-Drang-Zeit des jungen Goethes, wie wir es in der Schule gelernt haben. Die Überschrift ›Gefangen‹:

Und jetzt steh´ ich hier und diese Leere in mir überwältigt mich.

Dabei konnte ich mir damals nicht vorstellen zu leben ohne dich.

War so weit zu sagen ›Ich würde für dich sterben´, doch diese Liebe wurde nie erwidert und war letztendlich mein Verderben.

Deine Art, sie war so kalt und hat mich verwirrt, sodass ich nicht ahnte, dass dies unser letzter Kuss sein wird.

Du bist nun weg, aus meinem Leben verschwunden,

doch die Narben zieren bis heute meinen Körper wie offene Wunden.

Und könnt´ ich die Zeit zurückdreh´n, dann würd´ ich´s nicht; denn ich weiß, du würdest sowieso wieder gehen!

Wegen dir ertrug ich so viel Schmerz und Leid und ich habe eine prägende so wie unverarbeitete Vergangenheit. –

So Mustafa, jetzt *mein eigenes Gedicht* daraus:

Und? Siehst du mich liegen, leer, verwundet und schwach,
verletzt nur durch die Kräfte deines Widerstrebens?
Ohne dich und deine Liebe wollte ich nicht leben,
wollte sogar sterben, wenn du es müsstest,
wollte mein Leben für deines geben,
ja, so weit war ich, doch, ach…

Und? Siehst du dich gehen, stark, geliebt und wach,
gesund nur durch die Wärme meines Liebeslebens?
Ohne dich und deine Lüge sollte ich jetzt leben,
sollte sogar siegen, wenn ich es müsste,
sollte dein Leben für meines nehmen,
ja, so nah war ich, doch, ach…

Und? Siehst du uns stehen unter einem Dach,
gefangen nur durch die Kälte deines Küsse Gebens?
Ohne dich und deine Liebe könnte ich jetzt leben,
könnte wieder lieben, wenn ich es müsste,
könnte mein Leben für andere geben,
nein, so wirr bin ich, noch, ach... –

Na? Und was sagst du dazu, Mustafa, lass hören?!«

»Ich bin völlig überrascht, dass du solche Worte schreiben kannst. Wirklich, Sezer!«

»Siehst du! Es ist nur leider so, dass dies nicht in irgendeiner Schule benotet wird, weil die meisten Schüler das eben nicht können. Mathe und Englisch, das benoten sie, aber nicht, ob man seine innersten Gefühle und Gedanken in seiner eigenen Sprache gut ausdrücken kann. Was für eine fremde Welt!«

»Du meinst, in gar keiner Schule in Deutschland?«

»Genau, davon bin ich überzeugt! Ist das nicht furchtbar traurig?«

»Weiß ich nicht! Aber dein Gedicht sagt mir etwas Richtiges. Lass uns davon träumen! Was meinst du?«

»Sehr gut! Dann schlafen wir satt im Bauch und auch im Kopf zusammen ein! Gute Nacht! Ich träume 'mal von den vielen Jungfrauen in Allahs fernen Reich, die dort auf mich warten!«

Mustafa nimmt Sezers Worte kaum noch wahr, weil er bereits im Einschlafen ist und von seiner Johny träumen möchte. Seine verstummte Johny, wo sie sich wohl im Augenblick befinden könnte? Warum sie sich nicht bei ihm meldet? Was kann er ihr angetan haben? Er rätselt darüber immer wieder, aber eine Lösung scheint irgendwie nicht vorhanden zu sein.

Das spärliche Licht im Raum schaltet Sezer aus, als er bemerkt, dass sein Bruder leise schnarcht, legt sich wieder hin, träumt weiter von seiner wundervollen Zukunft im Jenseits und flüstert einschlummernd sein *zweites, verändertes Gedicht* in die kühle Finsternis:

»Und – jetzt steh´ ich hier,
als ob mich niemand möchte,
weil ich nur mit dir
mein Leben teilen wollte.

Ich – kann nichts dafür,
dass deine kalten Küsse...
Schwer verletzt und leer,
in meinem Herzen Risse,
fühle ich kein `Wir´,
als ob ich hassen müsste!

Hoffen – kann ich nur,
dass mich die And´re küsste.
Öffne meine Tür,
dass ich es wollen könnte!
Und – eröffne mir:
Warum sind sie gegangen?«

Der Mond ist irgendwo am dunklen Nachthimmel aufgestiegen, aber nicht nur für die sehnsüchtigen

Brüder unsichtbar, denn riesige Wolken verbergen ihn und eimerweise schütten sie eiskaltes Wasser auf den schwarzen Wald und die kleine Hütte aus dessen Holz.

Es prasselt auf dem Dach so laut, als ob es hunderte Kieselsteine zertrümmern wollen, doch pausenloses Schnarchen von unten versucht es zu übertönen.

Doch dann vibriert Mustafas Smartphone öfters, so oft es nur kann. Plötzlich nimmt es Mustafas Gehirn wahr und seine Hand tastet danach, findet es und die Botschaft kann von halb geöffneten Augen gelesen werden: »Hilfe, Joe! Hol´ mich aus dem Wald! *Ruine Liebeneck*, Hilfe! Wanderparkplatz! Hierher! Schnell!«

Mustafa erschrickt endlich, springt schwankend auf, rüttelt Sezer wach und schreit ihn an: »Wo sind wir hier, Sezer? Wo?«

»Was ist los? Wie `wo´?«, erwacht Sezer langsamer, »Mustafa, was tust du? Ich glaub´, ich bin im Wald!«

»Ja, du Hirsch! Das weiß ich auch! Los aufstehen! Ich muss meine Johny retten. Sofort! Sie hat mir im Smartphone geschrieben, wo sie ist! Wanderparkplatz Burgruine Liebeneck! Da muss ich hin! Los!«, schüttelt Mustafa Sezer, während er ihn zum Stehen hochhebt.

»Ja, verstanden! Und Johny? Wer...?«

»Das ist meine Freundin, eine Frau!«

»Ich fahre dich. Du hast ja hier kein Auto!«

Das sind die Sätze, während sie sich anziehen, und sogleich laufen sie erst noch halbwach zur schmalen Tür hinaus in den dunklen Regen. Der lauernde Mann war seit einiger Zeit über den Hinweg verschwunden.

»Halt! Warte, Mustafa! Mein Auto ist in der Nähe. Ich muss dir die Augen wieder verbinden!«

»Wage es! Du zeigst mir jetzt den Weg oder ich...!«, wird Sezer von seinem größeren Bruder angeschrien, »Bei diesem Wetter nur mit dem fahlen Licht deiner Taschenlampe, weiß ich doch eh nicht, wo wir sind!«

Sezer ergreift fest Mustafas Hand und sie laufen gemeinsam, so schnell sie überhaupt nachts durch das Gebüsch laufen können, über einen Trampelpfad zu Sezers Auto in der Nähe der Pforzheimer Straße nördlich der Hütte. Es dauert glücklicherweise nicht so lange, bis sie am Waldrand den mit sehr viel Gestrüpp rundum versteckten Wagen fahrbereit haben.

»Woher hast du ein Auto, Sezer?«

»Geliehen vom Eigentümer! Ist das jetzt wichtig?«

»Sag´ lieber gleich `gestohlen´! Wer leiht dir denn sein Auto?! Nein! Entschuldige! Später! Los öffnen! Schlüssel her! Und du bleibst hier!«, spricht Mustafa zu seinem Bruder, während er hastig den Ort in sein Smartphone als Navigator eintippt. »Was noch?«

Sezer reicht ihm seine Taschenlampe hin und meint: »Nichts! Nimm sie, Mustafa! Du wirst sie brauchen! Ich bleibe hier, aber ich warte auf deine Rückkehr!«

»Danke! Ich weiß doch nicht, wann...!«

»Egal! Fahr schon los! Entweder wartest dann eben du oder ich hier am Platz. Ich komme auf jeden Fall hierher zurück! Auf jeden Fall!«

»Verstehe! Gut! Bis bald! Danke nochmals!«, ruft Mustafa noch schnell, als das Auto anfährt und sich dann dessen rote Rücklichter aus dem Blick Sezers verlieren, weil sie auf die Hauptstraße einbiegend scheinbar davonfliegen.

Mustafa rast tatsächlich schon zum richtigen Wanderparkplatz. Auch die Ruine ganz in der Nähe wird im Monitor seines Smartphones angezeigt. Sehr gut! Aber niemand ist mehr dort, kein Auto steht auf dem Platz! Und es regnet weiterhin unaufhörlich. Eiskalt ist es. Die Taschenlampe erleuchtet und er steigt aus, noch immer humpelt er zum Waldrand, seine Schmerzen vergisst er dabei und durchsucht das Gebüsch mit dem geringen Licht und ruft laut *Johny*!

Keine Antwort! Weitere Minuten vergehen. War sie allein? Dann müsste er ja mindestens zwei Gestalten im Dunklen sehen. Aber das ist schon recht lange her, dass er ihren Hilferuf entdeckt hat. *Johny! Johny!* Ich bin´s, *Joe! – Johny! Johny!*

Alles Mögliche schießt nun durch seinen Kopf! Wer kann sie entführt haben? War es sogar sein lieber Bruder! Sezer? So zum Spaß? Nein, das ist blöder Unsinn! Er war bei ihm und er weiß doch nichts von ihr! Wer kennt sie, den auch er kennen würde? Niemand fällt ihm ein! – *Johny! Johny!*

Und wieder kehrt er um, wühlt sich wieder durch das Unterholz in dieser verdammten Dunkelheit. Die Taschenlampe mag immer weniger leuchten. Ein Auto fährt leise auf der Hauptstraße vorbei; so sähe man wenigstens, wohin diese Straße verlaufe, aber mehr auch nicht, denkt Mustafa. – *Johny! Johny!*

Etwas Rotes aus Stoff erscheint plötzlich zwischen den Büschen. Eine Decke muss das sein. Nein, eine Mütze ist es! Und Haare! Blonde Haare gucken hervor!

»*Johny!* Du musst das sein!«, ruft Mustafa und greift nach dem gefundenen Kopf. Seine Hände reißen das Gestrüpp zur Seite und er denkt, das ist sie. – *Johny!*

Sein Rufen hilft nichts. Sie scheint fest zu schlafen. Ja, schwierig wegen des Regens, aber er kann dann doch ihre Atemzüge hören. Sie lebt. Tränen laufen ihm über sein nassen Wangen. Er steckt die Lampe weg und trägt Johny vorsichtig in der Finsternis zum Auto. Jetzt haben sie ja Zeit. Kein Mensch drängt sie, könnte sie jetzt drängen! Seine Johny lebt. Da muss er einfach so laut er kann `Danke´ in die nasse Waldluft brüllen: »Daankee!«

Sie wacht dadurch nicht auf. Erschöpft, unterkühlt legt er sie behutsam auf die Rückbank und deckt sie auch noch mit seiner eigenen Jacke zu. »Und nun wohin?«, fragt sich Mustafa und außerdem kommt ihm plötzlich Johnys Gesicht in der Dunkelheit irgendwie bekannt vor, aber woher?!

In ihrem Smartphone aus der Jackentasche findet er sofort die Nummer und das Bild von einem älteren Mann. Das nicht-deutsche Wort *Baba*, also *Vater*, ist für ihn gespeichert. Mustafa ruft an und tatsächlich meldet sich ein Mann, der ihm seinen Wohnort mitteilt. Neu sei die Straße zwar, aber auch wieder am *Pforzheimer Stadtrand*. Und ohne Zögern tippt er auf seinem Smartphone herum und das Auto begibt sich mit Johny und Joe auf den kürzesten Weg dorthin.

Mustafa fährt besonders vorsichtig. Jetzt bloß kein Hindernis! Kein Reh oder so etwas Ähnliches auf der Straße! Rutschig wegen dieses Dauerregens ist die Straße ja ebenfalls! Und die ewigen Bäume am Rand machen seine Augen noch müder. Bäume. Felder. Bäume. Und die Schmerzen im Bein nicht vergessen!

Hunderte Gedanken sprudeln ihm durch den Kopf. Warum Johny auf diesem Parkplatz für Wanderer im Schwarzwald war? Was mit ihr passiert sein könnte? Und seit wie vielen Stunden schon? Und mit wem? Er würde sie fragen, wenn sie bei ihrem Vater sind.

Die Fahrt ist alles andere als eine schön romantische Nachtfahrt. Wie eine Bootsfahrt im finsteren Meer mit der spritzenden Gischt gegen die Fenster rundum erscheint sie ihm. Scheußlich! Aber er hält durch. Die Minuten verfliegen schnell auch ohne Wind draußen auf der Landstraße.

Vor der Einfahrt zur Villa funkeln die Laternen durch die Windschutzscheibe. Mustafa fährt langsam heran. Ein Scheinwerfer erleuchtet. Sekunden später öffnet sich das große Tor. Die Allee des Parks wandert zu beiden Seiten am schleichenden Auto vorbei, beinahe bis zum erhellten Standplatz vor der Haustür.

Mustafa zieht seine nasse Johny von der Rückbank heraus; sie schläft noch immer. Da fällt eine Pistole mit Schalldämpfer aus ihrer Jacke zum vorderen Sitz hinunter. Schnell betrachtet er sie genauer. Das muss die Waffe seines Bruders sein; denn dieser lange blitzartige Kratzer auf dem Griff! »Das gibt es doch nicht!«, denkt er und legt die Pistole unter den Sitz.

»Kommen Sie herein!«, ruft ein Mann hinter der Tür hervor, »Bitte in den ersten Stock! Das linke Zimmer!« Wie ihm geheißen bringt Mustafa seine Johny hinauf und legt sie auf das Bett. Die beiden Männer sind etwas ratlos, deshalb fragen sie sich gegenseitig, was sie tun sollten. Mustafa schlägt vor, dass er schnell Wärmflaschen macht. Die Küche sei unten rechts, dort hingen welche an der hinteren Wand und auch ein Wasserkocher stände dort. Und der Vater zöge ihr die durchnässte Kleidung aus, trockne sie ab und lege sie in eine Decke eingewickelt unter die Bettdecke. Alles ein bisschen unbeholfen klingt das; etwas Anderes fällt ihnen aber nicht ein. Folglich: »Gesagt, getan!«

Nachdem Mustafa unten brav gewartet hat, bringt Akbay dessen Jacke mit hinunter und hängt sie an die neu wirkende Garderobe in diesem großen Haus.

»Kommen Sie doch noch ins Wohnzimmer, bitte! Ich weiß ja nicht, was mit meiner Tochter geschehen ist. Mein *Canim*! Erzählen Sie doch! Und nennen Sie mich *Akbay.* Sie sind ja ihr Retter und deshalb auch mein Retter!«

An den ovalen Wohnzimmertisch setzen sie sich gemeinsam hin. Mustafa staunt über die Einrichtung, neu, edel, und lässt seinen Blick schweifen, während er sagt: »Ich weiß leider nichts, – Akbay. Sie hat mir geschrieben, im Handy, vor einer knappen Stunde. Auf dem Wanderparkplatz bei der Burgruine Liebeneck. Hilferufe! Ich bin sofort losgefahren und habe sie dort im Gebüsch erschöpft schlafend entdeckt. In ihrem Handy fand ich Sie als *Baba*, Akbay, und nun sind wir eben hier. Erst, wenn sie sich erholt hat, wird sie hoffentlich das Ganze berichten können, denke ich.«

»Eine fürchterliche Sache! Na ja, wir werden die Hintergründe erfahren. Und wer sind Sie, wenn ich fragen darf? Sie müssen doch ein bester Freund sein!«

In diesem Augenblick ruft seine Johny aus ihrem Zimmer mehrmals nach ihrem Vater, so dass dieser aufsteht, sich bei Mustafa rasch entschuldigt und zur Treppe hinaufgeht. Teresa steht sofort danach mit ihrem Vater an der Zimmertür, als sie gerade noch ihren Joe mit seiner Jacke die Villa verlassen sieht und rufen kann: »Halt!«, da blickt er kurz zurück, »Das ist doch – das Gesicht! Mein Retter – aus dem Feuer!« –

– Was gäbe es dafür Erholsameres als ein spätes Nachtessen zu dritt in einer neu eingerichteten Villa am naturnahen Pforzheimer Stadtrand!

Dazu kommt es diesmal aber nicht; denn Hedda ist ja eine sehr kluge Frau und daher hat sie ihren eigenen Retter zu Hilfe gerufen, meint sie.

Gegen Abend traf sie sich wie üblich immer an einem anderen Wanderparkplatz in *Nonnenmiss* mit dem hohen Herrn. Sie vermisste Yörük und wusste nicht, was sie und Teresa in Büchenbronn von ihrer Wohnung aus unternehmen könnten, ihn zu finden. Schon wegen der wichtigen Geschäfte! Das Erste, was sie zu machen hätte, ganz dringend, war Teresas gefährlichem Dasein ein Ende zu setzen. Hedda war daher völlig verwirrt. Hatte sie doch Teresa einerseits im Auftrag dieses hohen Herrn jahrzehntelang so christlich katholisch wie möglich bei ihrem ja muslimischen Adoptivvater erzogen und andrerseits im Auftrag Yörüks, ihres geliebten Türken, erst seit wenigen Wochen Teresa zu ermorden versucht, was in ihr wegen ihres langsam unbändig gewachsenen Neides und zutiefsten Hasses gegenüber Teresa längst keine Schuldgefühle mehr verursachen konnte. Und nun wollte der eigene leibliche Vater den Tod seiner angeblich so geliebten Tochter!?

Viel Geld bot er ihr dafür an. Sehr viel, denn Yörük war ja nicht mehr im teuflischen Spiel dabei, was Hedda aber nicht wusste.

Und danach sollte Hedda sich um Akbay kümmern, also um einen tödlichen Schicksalsschlag, der ihn leider treffen musste, weil ja Yörük ihr wahrscheinlich nicht helfen käme.

Für jene erste Bemühung übergab ihr der hohe Herr zum Abschied der diesmal sehr kurzen, abendlichen Wanderung, – es huschte unerwartet ein längerer, sehr lästiger Nieselregen über den gottgeschaffenen Schwarzwald –, einen weißen Schuhkarton, welcher in blumiges Geschenkpapier mit einer breitbandigen, weißgelben Schleife verpackt war. Sie durfte ihn erst im Auto öffnen, wenn er mit seinem Chauffeur und der Limousine sozusagen wieder unsichtbar war.

Hedda erschrak nicht, als sie unter dem Deckel eine Pistole mit Schalldämpfer und Munition fand, nein, sie kannte ja ihren hohen Herrn seit langer Zeit. Auf dem Griff der Waffe war ein Blitz eingeritzt. Das deutete die kluge Frau als Hinweis für sie, dass sich Teresas Schicksal bei einem Gewitter zu besiegeln hätte.

Warten musste sie da nicht, denn am heutigen, späteren Abend würde bestimmt noch ein Gewitter über den Himmel tosen, so überzeugte sie Teresa zu einer Fahrt mit ihrem Wagen zu einer Wanderung im Schwarzwald bei der Burgruine Liebeneck. Teresa sagte zu und freute sich sogar darüber. Noch!

Aber Hedda benahm sich ungeschickt. Zunächst wanderten sie in die abendliche Dunkelheit hinein und redeten freundschaftlich über sehr viele gemeinsame Geschichten aus der Vergangenheit. Und dann, als das

Gewitter anbrach und bald der kalte Regen zu Boden rauschte, liefen sie zurück zum leeren Parkplatz.

Hedda holte die Pistole aus ihrem Auto, bedrohte Teresa zu lange, weil sie ihren ganzen Zorn auf Teresa mit giftigsten Worten schleudern wollte. Es strömte aus ihr heraus wie ein geplatztes Eitergeschwür!

Doch so konnte Teresa sich wehrend mit ihr um die Waffe kämpfen. Sie fielen auf den nassen Boden und wälzten sich tobend, bis Teresa die Pistole in ihrer Hand hielt und damit, so schnell sie konnte, in den dunklen Wald rannte. Hedda war verwirrt und wütend, lief ihr hinterher, aber auch ihre seltsamen Schreie »Ich finde dich, du dreckige Schlampe!« halfen nichts. Teresa war unauffindbar im Dunkel verschwunden.

Die schlaue Hedda wusste, dass Teresa nicht auf sie schießen würde, und sie wusste auch, dass Teresa irgendwann zum Parkplatz zurück schleichen würde. Wohin sollte sie sonst gehen?! In den finsteren Wald? Nein, da würde sie sich ohne Licht endlos verlaufen und niemals Hilfe erhalten. Also fuhr Hedda fort, ein paar Kurven auf der Landstraße weiter, parkte dort und lief zu Fuß zurück, um sich im undurchlässigen Gebüsch am Rand des Wanderparkplatzes in der völligen Dunkelheit der nahenden Regennacht zu verstecken. Teresa müsste ja wieder dort erscheinen.

Lange Zeit geschah jedoch gar nichts, außer dass zwischendurch einmal irgendein Auto auf der Straße vorbeifuhr. Hedda verlor allmählich die Geduld und fing sich freuend an zu hoffen, dass Teresa diese Nacht im Wald wegen der Nässe und Kälte ja sowieso nicht überleben würde. Und gerade als sie sich aus ihrem ungemütlichen Versteck auf den Weg zu ihrem entfernten Auto zurück machen wollte, raste ein anderes von der Straße auf den leeren Parkplatz.

Ein Mann mit einer Taschenlampe stieg aus und humpelte eilig in den Wald. Viele Zeit später trug er eine Gestalt in sein Auto und es fuhr wieder weg.

Dieses Unglück muss Hedda am nächsten Vormittag des Sonntags dem hohen Herrn beim außerordentlichen Treffen am neuen Ort des Wanderns in *Nonnenmiss* beichten:

Von diesem laienhaften Versagen Heddas ist er sonntagmorgens eh doppelt verärgert. Und Teresa sei jetzt gewarnt und habe auch noch eine Pistole! Hedda könne auch nie mehr zurück in Akbays Wohnung in Büchenbronn. Ein gottverfluchter Mist sei das, schreit er sie an. Hedda entschuldigt sich öfters, was ihn aber nicht im Geringsten beruhigen kann.

»Was für eine Schande!«, meint er zu Hedda, »Sieh in diese göttliche Landschaft! Aber warum hat der allmächtige Herr lauter lebensunfähige Missgeburten wie dich geschaffen? Unvorstellbare Missgeburten!«

Hedda möchte etwas Milderndes sagen, aber...

»Schweig, wenn ich zu dir rede, liebe Schwester!«, schallt ihr schmetternd entgegen, »Teresa wird gewiss zur Polizei gehen oder bereits dort gewesen sein!

Deswegen sehe ich nur noch einen einzigen Ausweg für dich! Du musst schnellstens diesen Mann finden und mir ihn dann umgehend melden! Wir müssen ihn für die Staatsanwaltschaft zum wahren Täter aller unschönen Geschehnisse machen, die man aufdecken könnte. Und für dich finde ich unterdessen eine Zelle in einem vereinsamten Kloster. Fürchte dich nicht!«

»Aber? Ich soll in ein Kloster? Von dort aus suchen?«

»Ich schwöre darauf, er ist mit größter Sicherheit seit Wochen – so wie die Araber zu sagen pflegen – Teresas *Canim*!« –

Gemeinsam kann die Welt im *Schwarzwald* nicht gemein sein oder...

Teresa dürstet es nach Erwiderung ihrer liebevollen Gefühle durch ihren mutigen Erretter. Sie begreift es noch immer nicht, dass die Polizei ihn nicht finden kann oder dass er sich nicht selbst bei ihr meldet. Ist die Annahme ihres Vaters Akbay doch richtig, dass er wahrscheinlich ein polizeilich gesuchter Straftäter sei? Aber was könnte er verbrochen haben? Er kann doch kein schlechter Mensch sein? Er ist ihr zweifacher Retter!

Und er muss ihr Freund *Joe* aus dem Internet sein. Sie wird jetzt endlich darauf bestehen, dass er ihr ein Foto von sich zuschickt. Er weiß zwar nicht, wie sie aussieht, weil sie ihm zur eigenen Sicherheit nur ein Foto irgendeiner Frau aus dem Internet gesendet hat, aber wieso wusste er von der brennenden Villa ihres Vaters?!

Felsenfest sicher ist sie sich, dass dieser Mann, der sie mitten in der Nacht als ihr *Joe* aus dem eiskalt nassen Gebüsch neben dem Waldparkplatz geholt hat, auch ihr Retter aus der brennenden Villa ist. Eindeutig! Aber warum sagt er dann nichts darüber und flieht wieder vor ihr?! Das versteht sie einfach nicht, egal wie stark sie darüber nachdenkt. Und wie viel weiß eigentlich ihr Vater Akbay über ihn? Er sollte ihn doch für sie suchen.

Hat er ihn gefunden, ohne ihr das zu offenbaren? Worüber haben sie sich unterhalten, als sie aus dem halberfrorenen Zustand erwacht ist und ihren Retter, den sie doch vorher als *Joe* zu Hilfe gerufen hat, beim Hinausgehen aus ihrer neuen Villa erkannt hat? Oder war das gar nicht ihr *Joe*, sondern ein weiterer Zufall, dass dieser Mann nachts im Regen am Parkplatz war; ja, und dass er sie auch nur zufällig dort fand? Nein! Teresa will nun Joe persönlich treffen. Ihren *Joe*!

»Joe, hallo! Entschuldige, dass ich mich so lange nicht mehr bei dir gemeldet habe. Aber da gibt es zur Zeit ein großes Rätsel, das uns entzweit. Daher muss ich mit dir persönlich sprechen. Schnellstens! Wir müssen uns treffen. Wie wäre es heute Nachmittag zum Spaziergang in den Schwarzwald? Deine Johny.« So ausführlich tippt sie die Nachricht ins Smartphone und hofft, dass er erfreut antwortet, während es an ihrer Tür leise klopft.

»Herein, Baba, ich bin gerade aufgewacht. Guten Morgen!«

»Guten Morgen, *Canim*!«, flüstert Akbay durch den Türspalt in das noch halbleere Zimmer. Vorsichtig fragt er zusätzlich: »Darf ich eintreten?«

»Ja, komm herein!«, Teresa sitzt im Bett und als Erstes umarmen sie sich wieder beide mit Tränen in den Augen vor Freude über ihre Rettung.

»Es tut mir leid, dass dieser *Joe* heute Nacht im Dunklen zu schnell für mich weggefahren ist. Aber ich konnte nicht anders handeln, als dich so rasch wie möglich wieder ins Bett zu stecken! Das schien mir viel wichtiger zu sein! Du bist ja auch umgehend wieder eingeschlafen, so erschöpft warst du. Kein Wunder, so wie du ausgesehen hast, Teresa! Aber erzähle endlich, was mit dir geschehen ist!«

»Baba, du wirst es nicht glauben, so schrecklich war es!«

»Meinst du?«, sagt Akbay und setzt sich lieber hin.

»Gestern Nachmittag machte ich mir in der neuen Wohnung einen erholsamen Nachmittag. Ich habe Musik gehört und einen Roman weitergelesen. Yörük ist eh verschwunden, was Hedda Sorgen bereitete, deshalb war sie auch irgendwo unterwegs, dachte ich. Spät kam sie nach Hause, wollte jedoch sofort mit mir einen schönen Waldspaziergang zur alten Burgruine Liebeneck unternehmen. Erst wollte ich das nicht so gern, aber sie überredete mich und wir fuhren in ihrem Auto zum dortigen Wanderparkplatz, der bereits leer war, wohl weil es dunkel wurde und weil es tröpfelte.

Auf dem schönen Waldweg unterhielten wir uns freundschaftlich über `Gott und die Welt´. Als ein Gewitter anbrach, eilten wir doch zurück zum Auto. Es wurde schnell finster wegen der Wolkendecke. Und ich wollte nur noch ins Auto einsteigen; so zur Sicherheit. Aber da, Baba, du glaubst es nicht, da griff Hedda eine Pistole unter ihrem Sitz hervor, rannte zu mir herüber und gleich, während sie die Pistole gegen meinen Kopf richtete, schrie sie mich nur beschimpfend an. Sie schrie und schrie. Ich weiß gar nicht mehr richtig, was sie alles so von sich gab! Es waren tausend widerwärtige Worte, Baba! –

In ihrer bösen Wut gelang es mir, sie zu Boden zu reißen. Wir prügelten uns im nassen Dreck, bis ich die Pistole in den Händen hielt und in den finsteren Wald lief. Auf Hedda schießen, das konnte ich doch nicht. Vermutlich rannte sie mir nach, aber ich schlug mich durch das Gebüsch durch und blieb sehr bald liegen. Ich weiß nicht, wie viel Zeit ich mich dort versteckte. Erst als ich ein Auto wegfahren hörte, schrieb ich *Joe* auf dem Handy; sprechen wollte ich nicht. Und du warst wie immer viel zu weit weg, dachte ich, Baba. Er rettete mich irgendwann, brachte mich hierher. So war das!«

»Schauerlich! Für mich ist das unvorstellbar! Deine Ersatzmutter Hedda will dich umbringen, warum?!« –

Zunächst verlief der weitere Sonntag für Teresa ohne die Aufklärung ihrer Rätsel. Vormittags war sie seit langer Zeit wieder einmal im katholischen Gottesdienst in der Kirche. Akbay schickte sie dorthin, irgendwie zur Ablenkung, eben um auf andere, freie Gedanken zu kommen, denn morgen müsste sie ja wieder arbeiten, also in die Stadtklinik fahren. Die Krankschreibung sei ja ab Montag beendet.

Teresa denkt aber trotzdem dauernd daran, warum sie zwar *Joe* um Hilfe geholt hatte, aber ihr Retter aus der brennenden Villa sie nun auch aus dem Wald nach Hause gebracht hat. Er müsste ein Engel sein oder so etwas Ähnliches! Gibt es etwas Ähnliches?

Nachmittags besuchte sie in der Innenstadt mit ihrer Freundin, der Krankenschwester-Kollegin aus der Klinik, ihr beider Lieblingscafé, das sich treffender *Sportsbar* nennt. Nach dem wiederholten Bericht ihrer Erlebnisse, riet ihre ebenfalls recht erschrockene Freundin damit nicht nur zur Polizei zu gehen, sondern auch sich endlich mit ihrem Internet-*Joe* persönlich zu treffen. Es war ein langes Hin und Her und Teresa blieb weiterhin unentschlossen. Beim Abendessen sah sie fern; irgendeinen lustigen Film zur Unterhaltung. Sie musste sogar lachen, das freute sie.

Ganz allein war sie ja nun in ihrer Wohnung. Yörük schon früher und Hedda erst seit der Nacht waren spurlos verschwunden. Wer weiß wohin?! –

Gemeinsam kann die Welt im *Schwarzwald* nicht gemein sein oder...

Was gäbe es dafür Überzeugenderes als ein feines Mittagessen mit einem Fremden zu zweit zu neuen Gesprächsthemen im Garten des *Monbachstübles* an einem sonnigen Sonntag – wie der Name es sagt!?

Vielleicht könnte ihn das ein wenig aufmuntern, hofft Amon, während er wieder ohne Chauffeur seine glänzende Limousine selbst steuernd zum Parkplatz am Monbachtal fuhr. Wenige Stellplätze waren noch frei. Schönstes Wanderwetter! Auch wenn man mit der Bahn hierher gebracht werden kann! Seine Katze ist heute zu Hause geblieben. Das gewohnte Fressen hat er vorbereitet; also ist das ja nicht so schlimm, abends käme er ja wieder zu ihr nach Hause.

Im grünen Wiesengarten der bekannten Gaststätte angekommen, sieht sich Amon erst einmal um. »Viel zu wenig Frauen, die man noch operativ verschönern müsste!«, denkt er lächelnd, »Aber was grinse ich? Das bedeutet wieder keine Scheine in die Hand! Aber heute ´mal nicht darüber nachdenken! Der Tag ist zu wunderbar!«

Amon sieht einen jungen Mann allein an einem Tisch sitzen, der in einem Heft liest und sicher auf sein bestelltes Essen wartet. Typisch deutsch sieht er zwar nicht aus, aber bei näherer Betrachtung findet er ihn so exotisch schön. Außerdem sind alle anderen Tische ja auch von den Gästen belegt. Verschieden alte Paare und Familien mit Kindern, auch Hunden an der Seite liegend. Was soll`s also? Er fragt ihn höflich, ob er bei ihm Platz nehmen dürfe. »Ja!«, antwortet Sezer nur.

Eine ganze Stunde ist verstrichen, in der Amon diesem ihm fremden Jüngling sein gebrochenes Herz ausschüttete. Niemand weiß, warum ausgerechnet ihm! Er erzählte auch, dass er als Schönheitschirurg tätig sei, dass Sezer so edle Spuren und Fältchen in der Haut seines Gesichtes hätte. Er könnte vielleicht als Fotomodell arbeiten. Für diese Branche hätte er auch schon viele Männer und Frauen behandelt. Außerdem würde er auch in seinem kleinen Pharmaunternehmen kosmetisch ergänzende Produkte herstellen. Manche würden wegen der besseren Wirkung an Medikamente angrenzen müssen, weshalb auch Apotheker in seiner Firma angestellt wären.

Aber Sezer fiel noch nicht ein, dass sein Vater genau bei dieser Firma in Pforzheim seit Jahren arbeitet. Was Kalkan beruflich tat, war ihm ja auch gleichgültig wie so vieles in seinem nächsten Umfeld. Er träumte ja immer von Höherem, von Allah!

Auf diese Weise erfuhr der scheinbar gehorsame Zuhörer erstaunlich umfangreiche Einzelheiten über Amon und dessen Leben. Für den verlassenen und sich einsam fühlenden Amon muss es wohl Liebe auf den ersten Blick sein! Sezers stets beipflichtende Worte tun ihm daher außerordentlich gut. Amon blüht auf, wie wenn ein Vater von seinem geliebten Sohn zutiefst gebraucht wird. Darüber freut sich natürlich auch der liebe Sezer. Er ist sich felsenfest sicher, dass er ein weiteres Opfer seines Hasses eingefangen hat.

»Wissen Sie was?!«, fragt er Amon, »Sie sind doch bestimmt ein Kunstliebhaber, auch ein Liebhaber der Literatur! Ich schreibe nämlich sehr gerne Gedichte.

Und um dafür die nötige Ruhe zu haben, suchte ich eine verlassene Waldhütte und fand eine gar nicht weit entfernt von der Monbachschlucht. Sie baute ich für meinen Zweck um. Haben Sie Lust mit mir dorthin zu wandern? So weit ist das von hier aus nicht!«

»Ein gar nicht schlechter Einfall! Das Wetter bleibt wohl so schön! Also was spricht dagegen? Ich wollte ja eh nach dem guten Mittagessen einen ausgedehnten Verdauungsspaziergang unternehmen. Ist denn der Weg dorthin sehr anstrengend?«

»Nein, nein! Zu Beginn müssen wir den Wanderweg am Monbach entlang marschieren und später dann in den Wald. Essen und Getränke sind in meiner Hütte gelagert. Es wird Ihnen sicherlich dort gefallen! Und abends sind wir wieder hier; denn ich bin mit der Bahn gekommen.«

Amon glaubt, dass dies ein wunderbarer Tag sei, so selten für ihn geworden, dass er ihn auskosten müsse, deshalb packen sie zusammen und machen sich auf den naturbelassenen Weg. Allein sind sie da heute nicht! Auch Fahrradfahrer sind einen Teil der Strecke dabei. Einige kommen ihnen entgegen. »Niemand weiß, aus welchem Eck dieses Paradieses!«, denkt der verliebte Amon. Und sie unterhalten sich über die lustigsten Vorfälle in der Klinik, auch ernsthaft über ihre verschiedenen Religionen, das Judentum und den Islam, und ihre Träume für die Zukunft. Amon beichtet seine Sehnsucht nach einer erneuten Partnerschaft. Sezer täuscht gekonnt ein Erschrecken vor, wonach er sich schüchtern spielend ebenfalls als homosexueller Mann bekennt. Amon wüsste es ja längst.

Auf der letzten Strecke zur Hütte hin erklärt Amon ausführlich nachdenkend all die vielen Pflanzen, die ihnen am Rand des schmalen Pfades begegnen, dadurch verringert sich die Geschwindigkeit ihres Gehens. Sezer stört das jedoch nicht, er weiß ja, dass es Amons letztes Vergnügen ist, weil er die Waldhütte nie mehr verlassen wird. »Der dunkle Kellerraum ist doch wie geschaffen für ein unbekanntes Grab eines schwulen Juden!«, grinst Sezer mehrmals vor sich hin. Zuerst wollte er seinen neuen Liebhaber ja einfach erschießen, die Pistole gab ihm Mustafa heute früh zu Hause ja wieder, – sie ist hier in seinem Rucksack –, aber den schwulen Juden im finsteren Loch verdursten zu lassen, das gefiel ihm plötzlich wesentlich besser.

Der Himmel strahlt noch, die Luft duftet gesund und der richtige Partner lässt sich draußen vor Sezers Waldhütte auf einer Holzbank an einem alten Tisch nieder mit nahem Blick ins Grün des Schwarzwaldes.

»Mein lieber Herr im Himmel, ist das prachtvoll hier! Einen herrlichen Ort hat sich deine Hütte ausgesucht! Das muss man schon sagen!«, ruft Amon lobend in die Natur, während Sezer etwas Kühles zu trinken und die Unterlagen mit seinen Gedichten holt.

»Oh, ja! Ein herrlicher Ort! Das stimmt! Ich hoffe, Sie sitzen bequem!«

Nach wenigen Minuten haben sie beide am Tisch Platz genommen und Sezer legt ein Papier vor.

»Das ist *eines meiner neuen Gedichte*. Lesen Sie es bitte laut vor! Das würde mich sehr freuen.«

»Gut, mache ich!«, antwortet der neugierige Amon und fängt an die Sätze vorzutragen:

»Gefangen –

Und jetzt steh´ ich hier verlassen,
gestorben für dich, leer, einsam.
Dein letzter Kuss! Eis war heißer!

Und jetzt bist du aus den Augen
und nie wirst du mich ersehnen!
Mein großes Herz! Tot, grau, weißer!

Und jetzt will ich dir nicht glauben.
Uns `Liebe´ schreiben, gemeinsam?
Nein! Leeres Papier, weiß, weißer!

Und jetzt steh´ ich hier! Vergessen,
das habe ich dich für Immer!
Kein Kuss auf deinen Mund, heißer!

Und jetzt bist du ganz vergessen,
gestorben für mich, weg, einsam.
Sein Duft ist in mir gefangen...«

Amon ist sichtlich mitgenommen. Tränen rinnen über seine Wangen hinab. Es scheint so, dass er diese Wort für seine eigenen hält. Sein Abschied von... Sein schmerzhafter Abschied von Michel! Sezer schickt ihn sogleich in der Hütte unter dem runden Tisch jene Kellertreppe hinunter und beauftragt ihn, bestimmtes Essen und weitere Getränke hochzureichen. Sezer nimmt ihm ein paar Sachen einzeln ab und er soll weiter hinten etwas Besonderes finden, dann hört Amon nur noch beim vorsichtigen Ertasten, dass die Klappe über ihm mit einem lauten Krachen zufällt.

»Jetzt ist endlich die Zeit gekommen, die Zeit für meinen Abschiedsbrief«, sagt sich Sezer. »Und wie fange ich ihn an? Für wen er geschrieben ist? Oder? – Besser von Anfang an zum Kern der Dinge! Genau! Ja.

Was ist der wahre Islam?

In den Islam wurde ich hineingeboren wie alle, die ich kenne. Aber ich habe mich mit der Zeit getrennt von dieser schönen Religion. Wenn man als Kleinkind muslimisch geboren wird und erfahren muss, wie die Welt und sogar viele Muslime selbst diese einst wunderbare Religion nur noch in den Dreck ziehen, schreckt einen das bereits als Kind ab. Ja, selbst die Übersetzungen ins Deutsche und ins Englische sind an zahllosen wichtigen Stellen falsch oder werden ohne Bedenken ins Böse umgeschrieben, wie zum Beispiel, dass man jede Frau unter bestimmten Bedingungen schlagen dürfe, was man jedoch überhaupt nicht darf! Und im Koran wird die Frau an manchen Stellen als Blume verherrlicht, als besondere Blume dieser Erde!

Ich musste einfach seit meiner Geburt miterleben, wie all dies Gute, was mich selbst als muslimischen Menschen gestaltet hatte, immer in den Schmutz gezogen wurde. Diese Welt hat mich im Kindesalter schon stärker gemacht...

Weil ich hier nicht die nötige Hilfe erhalten werde, werde ich mich selbst auf den Weg machen, die einzige Wahrheit des Islams zu erkunden. Was mir heute über den Islam überall aufgetischt wird, sind doch nichts außer Lügen, weil es sich in meinem Innersten nicht richtig anfühlt! Wenn ich fest an Allah denke, erscheint in meinem Kopf eine besondere Art Geist, der Hauch einer himmelblauen Seele.

Es wurden doch schon damals Artefakten und Papyrusrollen zerstört und, was heute noch vom Islam in unserer Welt übriggeblieben ist, ist nichts weiter als diese langweiligen Gebete, dass ich mich in einer brutalen Moral auch den Glaubensbrüdern gegenüber versklaven lasse, statt den Islam Mohammeds als eine freundschaftliche Wegweisung in das grenzenlose Himmelreich erfahren zu dürfen. Ach, ich würde ja so gerne jene geheimnisvollen Sprüche lesen können, die es sicherlich damals gegeben hat.

Auch das Alte Ägypten würde ich erleben wollen, was damals und noch davon im heutigen Ägypten im

Geistlichen zu erfahren ist. Aber dieses arabische Land wurde vollends zerstört von dummen Menschen und was hinterblieb, sind diese Schätze mit noch sehr viel zu entschlüsselnden Rätseln, die in den Museen glücklicherweise noch zu sehen sind. Als hätte die dreiste Vernichtung nicht ausgereicht, wagen wieder boshafte Menschen tatsächlich zu bezweifeln, dass die Ägypter Araber waren, sondern etwas Anderes wären sie, obwohl sie eine braune Haut und braune Augen besaßen, ganz genau so wie die Araber heute! Ich bin Türke und habe als solcher das alles auch in mir, ich betrachte die Araber als eine einzige große Familie.

Ich wünsche wirklich, ich könnte diese zahlreichen Lügen gegen unseren Islam durchschauen. Ich werde die Wahrheit selbst finden; denn was einmal gelehrt und gelernt wurde, das lässt sich jederzeit erneut lernen, und, was einmal zunichte gemacht wurde und der Wahrheit entspricht, das wird im neuen Leben in neuer herrlicher Kraft einst auferstehen. Das ist mein Glaube. Mein Islam ruft mich. Ich höre, dass ich die Toten der ungläubigen Bösen als Sprossen meiner Leiter zu Allahs Worten einbauen soll, damit ich zu den wartenden himmlischen Jungfrauen wandeln kann.

Das werde ich also im Auftrag Allahs ausführen, damit die Welt erkennt, welche Macht dem wahren Islam auf Erden zuzustehen hat. Mein Herz wird dabei lachen und erblühen, auch wenn es erst im Jenseits sein sollte. Folgt mir, Brüder Mohammeds und Söhne Allahs! Euer Sezer, ein nicht mehr schlafender Wolf!«

Gut. Fertig. Sezer unterschreibt seinen Brief mit dem heutigen Datum, steckt ihn in einen blauen Umschlag und diesen in seine Jacke. Lästig während des Schreibens waren nur diese ständigen, unnötigen Faustschläge Amons gegen die bestens verriegelte Holzklappe. »Langsam hat sich das alte Judenschwein entspannt. Brav«, meint Sezer zu sich. Er spaziert vorsichtig aus der Hütte und überzeugt sich, ob die unter dichtem Gestrüpp verborgenen Zündleitungen noch zu seinem Versteck im Wald ohne Schäden führen. »Man weiß ja nie!«, befiehlt sich Sezer selbst.

Morgen möchte er zuerst möglichst viele sündhaft unbedeckte Frauen und Mädchen erschießen, ja, im Zentrum Stuttgarts, plante er. Danach will er in den Schwarzwald zu seiner Hütte fliehen und sie mit dem Kellerloch zum Gruß an Allah in den blauen Himmel sprengen. Sein letztes Stoßgebet wird heute nur sein:

»Dass er bitte vorher nicht verdurstet, mein Homo, *Canim*!« –

Gemeinsam kann die Welt im *Schwarzwald* nicht gemein sein oder...

Teresa lacht weiterhin wegen des Filmes und sie ängstigt sich nicht in ihrer menschenleeren Wohnung in Büchenbronn, bis plötzlich ihr Smartphone läutet; *Joe* ist es. Sie weiß noch immer nicht so richtig, was sie machen soll. Verliebt ist sie doch in ihren Retter, aber *Joe* war ihr Retter. Egal. Dieses Verwirrspiel muss aufhören. Sie meldet sich doch endlich auf den Anruf.

»Hallo, Joe!«

»Danke, dass du endlich wieder mit mir sprichst! Wie geht es dir? Wo bist du gerade?«

»Danke, gut. Ich bin mit meiner Mutter zu Hause; wir sehen einen lustigen Film im Fernsehen an; mein Vater ist dieses Wochenende noch mit seinem Lkw unterwegs. In Polen und zurück. Und morgen habe ich Frühdienst.«

»Johny, wir müssen uns dringend treffen! Das ist äußerst wichtig! Ich hole dich heute noch ab! In einer Viertelstunde!«

»Wie? Nein, heute nicht mehr! Ich bin müde und morgen der Frühdienst!«

»Nein, Johny! Du hast mich gestern Nacht zur Hilfe geholt! Mich, Joe! Ich habe dich gefunden und nach Hause in eine Villa gebracht. Mit deinem Vater habe ich dort persönlich geredet. Dieser Mann ist niemals ein Lastwagenfahrer; er war auch nicht in Polen! Du lügst, verstehst du! Außerdem hattest du eine Pistole in deiner Jacke! Die Pistole meines Bruders! Ich will die Wahrheit wissen! Jede Einzelheit! Ich hole dich jetzt sofort ab. Aus eurer Villa!«

»Aber, aber Joe! Ich bin in keiner Villa! Ich bin in unserer Wohnung, aber jetzt allein!«

»Das ist mir egal! Wo ist diese Wohnung? Los, die Adresse! Ich werde dich finden und, wenn ich die ganze Stadt auf den Kopf stellen müsste, Johny! Wo?«

»Das geht nicht! Aber, weißt du 'was, ich nehme das Auto meiner Mutter. Ausnahmsweise in Notfällen darf ich das! Wo sollen wir uns treffen, Joe?«

»Gut! Bei den *drei Lebensbäumen*, Wimsheimer Straße in Richtung Autobahn, nicht weit weg vom *Waldschlösschen Wimsheim*! Gleichgültig, wer jetzt schneller dort sein wird, wir erwarten uns deshalb spätestens an dieser Waldhütte! Abgemacht?«

»Ja, gut! Ich verspreche, dass ich kommen werde. Du hast recht, jemand will mich ermorden und du bist es ja nicht. Ich fahre in wenigen Minuten los, Joe! Bis gleich!«

Noch niemand befindet sich einige Zeit später an dieser Stelle im Wald im Südosten von Pforzheim. Es ist ja auch spätabends an einem Sonntag.

Gras, das ist es. Aber echtes, einfach über alles hinweg.

Es nieselt nicht mehr und er überlegt, was er mitten in der Nacht hier machen müsse, es ist jetzt ein Weg, sein Weg. In den dunklen Wald zu fahren ist nicht einfach sein Ziel – mit ruhiger Musik im Auto. Das ist heute nur ein Teil seines Weges, 'mal den Stecker zu ziehen, ganz für sich zu sein. Genau wie Gras. Diese Musik ist Gras, das man aber mit Ohren raucht.

Aber heute er muss wissen, wer seine *Johny* wirklich ist. Nicht in der Stadt, sondern hier im Wald, der nach Freiheit duftet, Freiheit für beide, weil er sie ja liebe.

An diesen *drei Lebensbäumen* parkt er sein Auto und spaziert in der Dunkelheit auf dem Weg los, den er durchaus bei Tageslicht kennt. Das Rauschen von der Autobahn ist zwar zu hören, jedoch wenige Autos fahren dort hin und her.

Weit gelangt Joe nicht auf diesem Weg, da strahlen hinter ihm Scheinwerfer hervor. Ein Auto, es hält an. Das Licht erlischt. »Das muss Johny sein!«, denkt Joe, wendet sich um und spaziert etwas schneller zurück.

»Was machen Sie denn hier um diese Zeit?«, ruft ihn eine laute, männliche Stimme, während sie ihm entgegenkommt und ihn dazu das grelle Licht einer Taschenlampe anleuchtet. Ein Hund bellt im Dunkel.

»Ich gehe hier spazieren, weiter nichts. `Frische Luft schnappen´, sagt man doch. Und wer sind Sie?«

»Ich bin der Förster mit meinem Jagdhund. Keine Polizei! Wir müssen zwischendurch Streife fahren. Es gibt sogar hier bei uns immer wieder einmal Wilderer, wissen Sie! Und diese Leute kommen häufig nachts in der Finsternis in den Wald, um nicht entdeckt zu werden, und morgens früh bei Sonnenaufgang jagen sie dann aus ihrem Versteck heraus.«

Der Hund zieht an der langen Leine, weil er Joe unbedingt beschnüffeln will, da sie sich mittlerweile nur noch einige Meter gegenüber stehen.

»Also, wie ich sehe, tragen sie kein Jagdgewehr bei sich. Alles ist in Ordnung, nicht wahr!?«

»Ja, doch! Selbstverständlich. Ich bin wirklich nur ein harmloser Spaziergänger wegen so mancher persönlicher Sorgen, verstehen Sie?«

»Ach so, ja, verstehe ich. Gute Einfälle wünsche ich noch! Na dann fahre ich weiter und Sie verlaufen sich beim Grübeln bitte nicht im Wald! Nachts sehen alle Bäume noch `gleicher´ als die anderen aus«, lacht der Förster freundlich und sein Hund bellt mehrmals ebenfalls freundlich zustimmend. So können sich diese drei `Männer´ bei den drei bekannten Bäumen verabschieden und Joe kehrt wieder um in den Wald.

Die Vögel schlafen, leise ist es. Nur seine eigenen Schritte hört er und die Laute irgendwelcher weniger Tiere, die wahrscheinlich tagsüber schlafen, denkt Joe. Sonst nichts. Die Zeit vergeht, aber nicht so viel, da fährt das nächste Auto an den Platz der drei Bäume, parkt neben dem seinen und verdunkelt sich. Nur zufällig sieht er das, weil er seinen Kopf genau in diesem Augenblick zurückgewendet hat. Er dreht sich um und tatsächlich strahlt ihm wieder eine Lampe entgegen. Dass man ihn noch erkennen kann, glaubt er nicht, so dass er *Johny* ruft.

»Bist du es, Johny?«

»Ja, ich komme dir entgegen, Joe! Warte!«

Die beiden Gestalten kommen sich in dieser Dunkelheit Schritt für Schritt immer näher, aber weder küssen sie sich noch umarmen sie sich. Sie grüßen sich einfach nur mit Worten und aus Joe sprudelt es heraus:

»Wer bist du, Johny? Wohnst in einer Villa! Hast einen reichen Türken zum Vater!? Woher stammte diese Pistole? Wer hat es auf dich abgesehen? Ich verstehe gar nichts! Und angeblich dein Foto im Internet? Wer ist diese Frau? Du bist es ja nicht! Alles gelogen? Nur Lügen, Johny?!«

»Langsam, bitte! Ich versuche dir alles zu erklären. Auf jeden Fall erkenne ich dein Gesicht im Dunkeln wieder. Du bist das neue Bild im Internet, mein neuer *Joe* und auch mein Retter aus der anderen Villa und auch mein Retter vom Wanderparkplatz! Das ist alles richtig, aber wie passt das bitte zusammen? Auch irgendwo eine tolle Lügerei oder was, Joe?!«

»Nein, Johny! Deine erste Rettung war wirklich ein Zufall. Lass uns gehen, ganz langsam, währenddessen erzähle ich dir, was ich weiß. Komm!«

»Wie du meinst, ich bin ganz neugierig darauf!«

»Wie du ja weißt, fahre ich sehr gerne nachts mit meinem Auto in der Stadt und sonst wo umher. Es beruhigt mich, ich schalte von meinem Alltag ab. Und am letzten Donnerstag fuhr ich einmal ganz brav durch diese Gegend mit den alten, schönen Villen, um sie mir im sanften Laternenlicht und später bei nahender Morgendämmerung einfach zu betrachten. Plötzlich entdeckte ich an einer mehrstöckigen Villa hinter der meterhohen Gartenhecke ein großes, flackerndes Feuer. Ich parkte vor dem Tor und lief zur Haustür. Einige Meter davor standen ein Mann und eine Frau; sie sahen ohne Regungen zu.

Ich sollte wieder gehen, meinten sie, aber deine Hilfeschreie waren dann zu hören. Ich fand dich im ersten Stock, trug dich ohnmächtig hinaus und übergab dich an die vielen Profiretter, die unterdessen angekommen sind. In diesem Trubel verschwand ich schnell wieder, wollte weiterhin nichts damit zu tun haben. Ich hatte ja meine eigenen Sorgen. Später bei Tageslicht fuhr ich noch einmal hin; ich wollte die Villa sehen, wie viel wirklich gebrannt hat. Mehr wollte ich nicht. Dieser Mann entdeckte mich dabei, sodass ich wieder schnellstens fortfuhr. Aber erst vor wenigen Tagen dachte ich scharf über diesen Brand und die Rettung nach. Da fiel mir ein, dass die Haustür richtig abgeschlossen war, als die beiden draußen standen und du doch drinnen warst. Sie haben folglich nach ihrem Verlassen der brennenden Villa diese Tür selbst verriegelt. Oder?«

»Das müssen Yörük und meine ach so liebe Hedda gewesen sein. Ja. Er ist im Immobiliengeschäft meines Vaters ein Angestellter, ein Immobilienkaufmann. Er wohnte bei uns in der Villa mit Hedda, ist Türke, ein Muslim. Und diese Hedda ist meine Erzieherin seit meiner Kindheit. Eine katholische Frau, auch eine Angestellte meines Vaters, mittlerweile mehr unsere Hauswirtschafterin. Und sie war es, die mich gestern Nacht bei der Burgruine Liebeneck auf dem Parkplatz erschießen wollte. Stell´ dir das vor, Joe!«

»*Mustafa* heiße ich in Wahrheit. Ich bin auch Türke, nicht hier geboren und auch ein Muslim, Johny!«

»Das habe ich seit einigen Wochen geahnt. Und ich bin katholisch getauft und erzogen, verstehst du?! Ich heiße *Teresa*. Teresa Gerle.«

»Aber dein Vater...«

»Ja. Den einen Vater, den du in unserer neuen Villa kennengelernt hast, das ist mein Adoptivvater. Akbay heißt er. Mein leiblicher Vater will mit mir seit meiner Geburt kein Vater-Tochter-Verhältnis führen. Nein, Mustafa. Erst beim Erreichen meiner Volljährigkeit erzählte mir Akbay meine Geschichte, auch ein Türke, mein liebenswerter Vater, ein sehr vermögender Immobilienhändler und -eigentümer. Er war wegen eines Brandattentats Witwer geworden und war schon reich, so gestand man ihm ein Kleinkind zur Adoption mit einer im Haus wohnenden Erzieherin als Mutterersatz zu, mich. Und Hedda hat sich in diesen

Yörük verliebt. Unser alte Villa ist groß, deshalb zog er bald bei uns ein.«

»Und warum `Lkw-Fahrer´ und ein falsches Foto im Internet? Und wo ist deine leibliche Mutter, Teresa?«

»Ich bin Krankenpflegerin in der Stadtklinik. Das ist die Wahrheit. Das weißt du. Aber ich müsste doch gar nicht so etwas Anstrengendes arbeiten. Akbay wollte das auch nicht. `Wir sich doch reich!´, sagt er immer zu mir. Aber er hat verstanden, dass dieser Beruf meine Leidenschaft ist, der größte Teil meines Lebens. Daher erlaubte er die Ausbildung und unterstützt mich, wo er nur er kann. Und weil du als *Joe* im Internet kein reicher Mann bist, habe ich dich lieber belogen. Mein Vater sei Lkw-Fahrer, immer auf Europa-Tour; meine Mutter sei Arzthelferin in einer Praxis und wir würden eben in einer kleinen Wohnung sehr gut miteinander leben können. War das so furchtbar falsch, Joe?«

»Na ja. Zumindest verstehe ich jetzt endlich deine Gründe und höre die Wahrheit. Und deine echte Mutter?«

»Weiß nicht. Ich wollte bisher nichts von ihr wissen. Ich habe Angst, dass mich das noch trauriger machen könnte, schon wegen des Verhaltens meines leiblichen Vaters, weißt du!«

»Ja, das ist möglich. Besser die Arzthelferin, von der du mir alle möglichen lustigen Geschichten über seltsame Patienten berichtet hast. Wahrscheinlich eher deine. Egal. Doch warum will dich diese Hedda mit diesem Yörük ermorden?«

»Da kann ich mir noch keinen Reim darauf machen. Es müssen aber beide sein! Die verschlossene Haustür und Hedda, die mich erschießen wollte. Und das war die Pistole deines Bruders, erwähntest du!?«

»Stimmt! Eindeutig. Der gleiche Waffentyp! Und auf dem Griff der eingekratzte Blitz! Das ist dieselbe Pistole! Ich nahm sie dir und gab sie heute früh Sezer.«

»Aber, Joe... – Egal! Ist ja seine! – Aber muss ich dich ab jetzt *Mustafa* nennen?«

»`Müssen´, nein! Wir sind uns noch sehr fremd als *Mustafa und Teresa*. Oder? Lassen wir es noch bei *Joe und Johny*. Ich muss mich auch erst umgewöhnen.«

»Du hast recht. Mir geht es genauso. Wo war ich? Ach ja, diese Pistole. Warum hatte meine Hedda die Pistole deines Bruders, Joe?«

»Das kann ich mir auch nicht erklären. Mein Bruder heißt *Sezer* und ist noch Schüler mit seinen 19 Jahren, weil wir erst vor etwa zehn Jahren aus Istanbul nach Deutschland gezogen sind. Deutsch ist eine schwere Sprache, aber wir üben sie so viel wie möglich!«

»Das müssen wir aber unbedingt herausfinden. Könnten deine Eltern meine Hedda kennen?«

»Meine Eltern sind übrigens auch Adoptiveltern. Sezer ist mein Adoptivbruder. Da verhält es sich leider so ähnlich wie bei dir. Meine Mutter *Semiha* ist meine Adoptivmutter, eine Muslima, und meinen leiblichen Vater möchte ich auch nicht kennen. Ich weiß nicht einmal, ob ihn meine Adoptiveltern kennen. Meine leibliche Mutter hieß *Hediye*, sie muss meinen Vater geliebt haben, er sie aber nicht. Sie vergiftete sich, als er vor ihr und mir aus der Türkei floh, so wird erzählt. Und Semiha und *Kalkan*, mein Adoptivvater, wären dort die besten Freunde meiner Mutter gewesen, deshalb nahmen sich mich auf und nach Deutschland mit. Und Kalkan ist der leibliche Vater von *Sezer.* Die Mutter Sezers lebe wieder irgendwo in der Türkei. Genauer wollen wir es alle nicht wissen.«

»Aber könnte es da doch Zusammenhänge geben, die uns allen unbekannt sind? Und warum sich jemand meinen Tod wünscht? Ich denke allmählich, dass wir unbedingt die Polizei zur Aufklärung brauchen, Joe!«

»Du bist gut! Das dürfen wir doch nicht! Sezer ist mein Adoptivbruder und es ist doch seine Waffe!«

»Ja und? Dann wird er sicherlich einen passenden Waffenschein besitzen oder nicht?«

»Sicherlich nicht, Johny! Er zieht sich immer mehr zurück, weißt du, unsere Eltern Semiha und Kalkan sind bereits besorgt, weil er zu Hause fast nur noch schweigt und mehr unterwegs ist.«

»Aber Joe, muss man dann diese Pistole nicht auf jeden Fall der Polizei melden?!«

»Nein, das müssen wir irgendwie anders machen; denn wer weiß, wie sich Sezer verhalten würde, wenn die Polizei plötzlich vor dem Haus stehen würde.«

»Wie anders? Sezer hängt doch mit meiner Hedda zusammen und das müssen wir aufdecken, Joe! Du spielst mit meinem Leben!«

»Ich vergaß. Du hast ja recht. Das Beste wird sein, ich ziehe sofort zu dir in eure Wohnung ein! Zu deinem Schutz! Oder wohnst du mehr in der neuen Villa bei deinem Vater?«

»Warte ´mal! Warum in die Wohnung zu mir? Allein geht es mir sehr gut dort! Also...«

»Johny, ich muss dir leider sowohl auch so einiges Gelogenes gestehen als auch mir sehr ungewöhnlich Geschehenes schildern.«

»Wie bitte? Was ist los? Du also auch!?«

»Ja, es gab bis heute kein Bild von mir im Internet, sondern nur diesen *bunten Pfau*. Deshalb konntest du auch nicht wissen, wie ich aussehe. Und dein Foto ist eben *eine falsche Frau*, nicht du! Jetzt kenne ich ja dein Gesicht, deine Haare, dein – dein Lächeln. Aber wahr ist, dass mich zwei Männer nachts verfolgten, mir drohten, wenn ich weiterhin meine Beziehung mit dir als Johny pflegen würde, dass sie mich mindestens reif für die Klinik prügeln würden. Ich verneinte das, darum wollte mich der eine Mann erschießen. Es kam zum Kampf, ich konnte fliehen, aber er schoss mir ins

Bein, die Pistole konnte ich ihm abnehmen und du wirst es nicht glauben: Es ist wieder eindeutig diese Pistole meines rätselhaften Bruders Sezer! Ich weiß keine Erklärung!«

»Du musst ihn fragen! Über diese beiden Männer und seine Pistole und meine Hedda! Sah einer der beiden Männer wie ein Türke aus? Ich meine, vielleicht war es dieser unangenehme Yörük!«

»Nein, Johny! Beide waren hundertprozentig keine Türken, keine Araber, keine irgendetwas sonst als einheimische Deutsche. Einer war jedoch der Chef des anderen, denke ich, weil diesem befohlen wurde, mich zu erschießen, er weigerte sich aber.«

»Ist das nicht nur ein Grund mehr dafür, die Polizei einzuweihen, was da alles geschehen ist?!«

»Ich weiß nicht, weiß das nicht, Johny! Du verwirrst mich noch mehr. Wir müssen sachlich nachdenken. Lass uns zurückgehen, aus dem Wald verschwinden!«

»Wenn du meinst! Kehren wir eben um, aber viel langsamer, bitte. Wir müssen noch hier Lösungen finden, denn ich werde noch immer bedroht! Oder nicht mehr, weil dich mir der liebe Gott als mein Schutzengel schon zum zweiten Mal gesandt hat?!«

»Der liebe Gott? Ich bin Muslim! Dein Gott würde einen Muslim schicken, um eine Katholikin zu retten?«

»Unser Gott der Christen ist der allmächtige Gott der unbegrenzten Nächstenliebe. Deshalb wird er dich schicken, wenn er keinen Besseren findet. Und es gibt keinen Besseren für mich als dich, Joe! Das bedeutet das!«

»Heißt das, du – liebst mich? Johny, sprich, liebst du mich?«

»Unsinn! Ich mag dich wirklich sehr, bisher als meinen Internet-Joe. Mehr fühle ich...«

»Halt! Ich will das gar nicht wissen. Jetzt nicht! Allah weiß es, weil er alles weiß. Er wird es richten.«

»Euer Allah? Dass ich nicht lache! Denke doch ´mal über eure Fastenzeit nach! Bei Tageslicht spielt ihr die braven Gläubigen und im Dunkeln der Nacht fresst und sauft ihr weiter, weil Allah ja in der Dunkelheit nichts sehen kann. Was für ein Unsinn!?«

»Was soll das, Johny? Du bist nur eine Frau. Du hast zu gehorchen und darfst niemals spotten. Das ist das Dasein der Frauen, die Allah genauso schätzt und liebt wie die Männer.«

»In welchem Jahrtausend lebst du, Mustafa? Wir Frauen arbeiten, verdienen Geld für uns selbst und für unsere Familie wie die Männer. Warum sollten wir Frauen dann nicht auch die Wahrheit aussprechen dürfen? Warum, Mustafa, waaruum?«

»Darum, Johny! Du verwirrst mich immer mehr. Weißt du, ich fahre lieber in der Stadt herum, dabei habe ich immer die besten Einfälle. Und du fährst zur neuen Villa deines Vaters. Dort bist du sicherer, glaube ich. Daher keine Polizei! Keine! Vorerst! Hast du das verstanden?«

»Warum sollte ich das tun, was du mir befiehlst? Was glaubst du, wer du bist, du unverschämter Kerl?! Natürlich werde ich machen, was ich will! Ist das klar? Geht das in deinen dummen Männerschädel hinein?«

»Lass uns lieber schweigen, Johny, und einfach weitergehen durch diesen dunklen Wald.«

»Dunkler Wald? Blödsinn! Der Mond ist seit einiger Zeit am Himmel aufgegangen. Bist du auch noch blind?! Hell ist er erleuchtet und weist uns den Weg durch diese vielen hohen Bäume und wuchtigen Büsche des endlosen Schwarzwaldes! Und wenn ich jenen riesigen *Holländermichel*, jenen berühmten, bösen Waldgeist, den alle aus dem Märchen kennen, herbeirufen würde, dann würde er mir augenblicklich beistehen, dich zu... den Stein würde er mir reichen!«

»Was brabbelst du da vor dich hin? Was für ein `Schwein´? Schweige endlich, Johny!«

Johny bemüht sich sehr, ihn nicht anzuschreien. Und plötzlich hört sie eine grell verzehrte Stimme aus dem finsteren Wald heraus flüstern: »Töte ihn! Er ist ein Ungläubiger! Ein schändlicher Muslim! Du musst ihn töten; denn sonst wird er dich eines Tages töten!«

Sie bleibt zu Tode erschrocken stehen, dreht sich hin und her und legt sich auf den steinigen Boden. Am ganzen Körper zittert sie. Das war die Stimme Heddas, ihrer katholischen Erzieherin. Sofort hat sie deren Ausdrucksweise erkannt. Ist sie hier? Hier im Wald versteckt? Sie könnte ja auf Johny schießen, deshalb bleibt sie einige Sekunden ruhig. Es geschieht nichts.

Johny erhebt sich vorsichtig. Joe ist langsam weitergegangen, nichts hat er mitbekommen, gar nichts. Das macht Johny noch wütender, so dass sie ihm jetzt hinterher eilt.

»Töte ihn, Teresa! Greife dir einen Stein! Faustgroß! Nur das sage ich dir, weil du mich doch gerufen hast!«

Diesmal erklang eine verzerrte Männerstimme. Wieder sieht sich Johny blitzschnell um. Und nichts raschelt im Gebüsch. Trotzdem bückt sie sich nach vorne und marschiert in dieser Haltung kurz hinter Joe weiter.

»Da bist du ja wieder, Johny. Komm schon!«, spricht Joe zu ihr, nachdem er stehenblieb und sich sein Kopf zu ihr umdrehte, »Ich habe mich entschlossen: Keine Polizei! Meinen Vater frage ich erst noch um Rat. Und sein Chef des Pharmaunternehmens hätte eine sehr gute Rechtsanwältin zur Schwester. Von ihr berichtet er manchmal zu Hause, weil sie für die Firma die juristischen Angelegenheiten gut erledige. Vielleicht kann sie uns heimlich helfen.«

»Wenn dein Vater oder diese Anwältin uns helfen kann, ist das hervorragend, Joe. Also frage ihn so schnell wie möglich! Ich will noch nicht sterben!«

153

Und Johny denkt stumm weiter: »Keine Polizei! Keine Zeugen, wenn ich dich hier erschlagen habe. Das ist am besten! Womöglich bist du mein Mörder und alles, was du hier so daher redest, ist nur ein großes, endloses Märchen!? Die reine Lügerei!«

Sie fragt Joe, was die Polizei von den beiden Männern und der Pistolenkugel wüsste. Seine Antwort ist, dass die Polizei die Kugel dieses Streifschusses sicherlich gefunden hätte, nicht aber die beiden ihm unbekannten ʿgewaltbereiten Rassistenʾ; wie er sie bei dem sehr kurzen Gespräch in der Klinik nannte.

Es stürmt plötzlich durch den finsteren Waldweg. Am Himmel darüber ist das Mondlicht erloschen. Platzregen schüttet sich aus.

Die hohen Tannen biegen sich hin und her, als ob sie bitterböse lachen müssten. Über sie beide Menschlein, die unscheinbaren, winzigen Wichte!

Donnergrollen und Blitze nähern sich!

Da hebt Johny augenblicklich einen faustgroßen Stein neben sich auf. Joe sieht nichts, nichts neben sich. Nicht einmal seine Johny!

Johny will es tun. Wieder zwingt sie die Stimme. Heulender Wind! Johny muss es tun! Jaulender Sturm!

Aber wird ihre rechte Hand tatsächlich Joes Schädel einschlagen, einem ʿteuflischen Muslimʾ, wie ihre so falsche Hedda sagt?! Er ist doch ihr Retter, ihr Schatz, *Canim*! –

155

Joe und Johny

Joe und Johny

Hoffnung empfindet *Akbay* trotz seiner Wut für die Menschen grausamer Taten...

Alarm – bei der Feuerwehr! »Auf der nördlichen A8 *ein Unfall mit Toten! Ein Geisterfahrer!*«, sagt das Radio.

Gras, das ist es. Aber echtes, einfach über alles hinweg.

Es nieselt und er überlegt nicht, was er mitten in der Nacht hier solle, aber es ist ein Weg, sein Weg. Durch die Stadt zu fahren ist einfach sein Ziel – mit ruhiger Musik im Auto. Das ist sein Weg, 'mal den Stecker zu ziehen, ganz für sich zu sein. Genau wie Gras. Diese Musik ist Gras, das man aber mit Ohren raucht. Genau.

Und nachts bei Dunkelheit sein eigenes Auto zu fahren, das ist eben auch wie Gras rauchen, fühlt er immer wieder. So einfach 'mal wie ziellos fliegen dürfen. Ja, das ist Freiheit! Vielleicht seine einzige, seine alternde männliche, eben nur im Rausch.

Während sein Auto auf den regennassen Straßen in seiner neuen Wohngegend am Stadtrand langsam dahingleitet, muss er plötzlich am Tor seiner neuen mehrstöckigen Villa das hungrige Knurren seines Magens hören. »Hunger wie ein Bär!?«, das schießt durch seinen Kopf. Er wendet und fährt zu dem ihm bekannten Fast-Food-Restaurant; dieser *Joe* seiner Teresa fällt ihm ein: »Wohl auch so ein nächtlicher Streuner!? So nicht Mamas *Canim!*«, schmunzelt er. –

Nach vier Uhr morgens. Es ist ihm heute Abend bei der genauen Besichtigung seiner beschädigten Villa klar geworden, dass er sie verkaufen wird. Yörük hat ihm das schon vor wenigen Tagen vorgeschlagen, weil er Verbindung zu einem bereitwilligen Käufer hätte; er würde es umgehend kaufen allerdings »preiswert« hätte er betont erwähnt, wegen der Wertminderung wegen des Brandes. Akbay ist auch mit diesem Käufer einverstanden, er glaubt nämlich, dass aus der Villa dann eine soziale Einrichtung entstehen würde, eine feine Seniorenresidenz, ein Jugendzentrum oder eine interreligiöse Begegnungsstätte. Akbay würde das sehr freuen, denn er selbst macht sich nichts aus der Villa, aus gar keinem Haus, er wohnt ja in einer neuen – mit seiner geretteten Teresa. Nur das ist ihm wichtig.

Außerdem sei es besser wieder umzuziehen, meint er, weil er seine Frau und seine sieben Kinder vor fast zwanzig Jahren beim vorletzten Anschlag in ihrer ersten Villa verloren habe. Die Polizei ermittelte, dass der Verursacher ohne Zweifel aus einer überregionalen Gruppierung stammte, die dem alten rassistischen, nationalsozialistischen Gedankengut des deutschen Österreichers Adolf Hitler frönen würde. Nach ihm würde seitdem auch international gefahndet. Ohne Erfolg! Und in diesem Witwerdasein wollte er in seiner unendlichen Trauer wenigstens ein Kind adoptieren. Bald wurde es ihm gestattet: Die kleine Teresa wurde seine Tochter, eine katholische, getaufte Christin. Eine katholische Ersatzmutter holte er dazu in sein neues Haus; auf Empfehlung: Hedda. Alles war gut.

»Aber dass Hedda meine Teresa ermorden will!? Das begreife ich nicht! Und wo ist Yörük abgeblieben? Und auch Hedda? Ob sie beide auf der Flucht sind, weil beide verbrecherische Taten verbergen wollen?!«, flüstert Akbay vor sich hin, während er durch die noch menschenleeren Straßen fährt, »Yörük brauche ich nicht mehr zum Verkauf. Ich kenne ja den Käufer. Was soll's! Heute Vormittag werde ich ihm telefonisch Bescheid geben, dass er die alte Villa haben kann.«

Wenige Augenblicke nachdem er sein bestelltes Essen auf den Beifahrersitz vorsichtig abgelegt, seine Limousine ordentlich geparkt und den wie eine kuschelige Katze schnurrenden Motor ausgeschaltet hat, sieht er unweit vor sich an einer Straßenlaterne lehnend, da es nicht mehr regnet, einen jungen Mann, der ihn an Teresas *Joe* erinnert. Ohne Zögern steigt Akbay aus, spaziert auf die Gestalt zu und ruft etwas schüchtern in deren Richtung:

»Joe? Sind Sie es? Joe?«

Der Mann wendet sich um und erkennt Akbay im Laternenlicht: »Wer will das wissen? Ah, Sie sind es! Johnys Vater mit der großen Villa!«

»Ja, Akbay! Gute Nacht! Oder sollen wir uns besser mit `Guten Morgen!´ begrüßen?«, lacht er freundlich. »Steigen Sie doch bitte in meinen Wagen ein, Beifahrersitz! Ich hätte so einige Dinge mit Ihnen zu besprechen.«

»Ich weiß nicht genau! Wäre das ein guter Einfall?«

»Dann eben nicht! Lassen Sie uns beide an einen Ort fahren, jetzt, wo wir ungestört miteinander reden können. Bitte, Joe!«

»Gut, wie Sie meinen! Zum Stellplatz am Fuß des *Haidacher Hügels*! Oben ist die Mauerruine mit dem schönen Blick über die aus ihren unzähligen, bunten Lichtern erwachende Stadt. Da sollten wir ungestört über `Allah und die Welt´ quatschen können!«

»Sehr gut! Dort esse ich zuerst meinen doppelten Cheeseburger noch zu Ende. Bis gleich! Starten wir!«

Die Nacht war auch nicht kühl. Die Wolkendecke! Aber sie ist weggezogen, folglich dürfte es nicht so mild sein. Mustafa marschiert als Erster den ihm so bekannten Weg mit seiner Taschenlampe in der Hand den Hügel hinauf. »Was ich hier schon alles erlebt habe!«, denkt er vor sich hin und setzt sich in wenigen Minuten auf einen feuchten Mauerrest. Die Inschrift *Johny und Joe* entdecken seine müden Augen doch wieder einmal in Kürze. Weil er auf Akbay wartet, zündet er sich die verbotene Zigarette im Mund dann doch nicht an. Er wirft sie weg.

»Besser so!«, spricht ihn eine Männerstimme von hinten an, so dass er erschrickt und sich umdreht. Der Hund an der Leine sitzt brav neben seinem Herrchen.

»Sie haben mich echt erschrocken, Mann! Musste das sein?! Ich weiß ja, `mit jeder Zigarette naht ein grausamer Tod einen Schritt schneller heran´! Der Satz meiner Mutter! Trotzdem versucht man...«

»Guten Morgen, junger Freund! Verzeihung! Das war nicht beabsichtigt! Und deine Mutter ist eine kluge Frau! Ich als ehemaliger, täglicher Raucher bin dem Lungenkrebs noch nicht entkommen. Sie haben mir nur den betroffenen Teil herausgeschnitten, daher habe ich immer Atemnot, wenn ich mich anstrenge. Und spazieren gehen muss ich möglichst viel, `bei jedem Wetter und zu jeder Tages- und Nachtzeit´, raten mir die Ärzte. Meine restliche Lunge müsste den Teer wieder loswerden. Mein Hund ist mein Begleiter, nicht ich seiner! Was hier die Leute immer so sinnlos reden, ist immer: `Ach, du lieber Gott! Ihr Hund muss aber oft Gassi gehen. Sie sollten mit ihm ´mal zum Tierarzt! Sicher hat er eine Blasenschwäche. Die kann man doch... blah, blah, blah!«

»Ist gut! Keine Glimmstengel mehr! Danke, ich habe das verstanden; aber, wenn ich nervös bin, dann...«

»Und was macht deine Beinwunde?«

»Es war glücklicherweise nur ein Streifschuss. Fast verheilt. Ich humple nur noch sehr wenig. Und die Kraft im Bein ist auch fast wieder da. `Danke´ muss ich Ihnen noch sagen. `Herzlichen Dank´! Ohne Sie wäre ich wahrscheinlich bewusstlos hier am Weg verblutet.«

»Nein, wirklich nicht! Es laufen hier noch andere Leute frühmorgens umher. Einige Joggerinnen und eben Hunde mit ihren Frauchen. Halb so wild! Gern geschehen! Schönen Wochenstart noch! Ich muss weiter spazieren, Sie wissen das ja jetzt: Wegen der vertieften Atmung! Meine Lunge muss Gassi gehen!«

»Vielen Dank! Auch einen schönen Montag! Auf Wiedersehen!«

Mustafa sucht einen Mülleimer in dieser Gegend; die Zigarettenschachtel will er sofort ein für alle Mal´ entsorgen.

»Joe, hier bin ich auch endlich!«, ruft ihm Akbay zu, der geradewegs aus den noch eher grauen als grünen Büschen erscheint. »Dass um diese Zeit schon Hunde ausgeführt werden?! Seltsam, nicht wahr?«

»Der ältere Mann, der Ihnen begegnete, hat mir hier oben Freitag-Nacht das Leben gerettet. Ich wurde doch angeschossen, kroch den Hang hinab und blieb ohnmächtig liegen. Er und sein Hund fanden mich dort auf halben Weg; wollte mir mit der Leine den Oberschenkel abbinden, bis er erkannte, dass die Wunde wegen eines tiefen Streifschusses so blutig und ich wegen der zusätzlichen Müdigkeit beinahe ohnmächtig war. Ohne auf irgendeine andere Hilfe zu warten, alarmierte er per Handy den Rettungswagen. Die Sanitäter waren so schnell bei uns, dass ich mich noch an sie erinnern kann. Ja, so ist das gelaufen.«

»Weißt du, ich habe mich zu meinem Bedauern noch immer nicht angemessen bei dir bedanken können. Was wünscht du dir denn? Könnte man das kaufen?«

»Wenn Sie mich *so* fragen, dann endlich ein neues Auto. Vielleicht sogar einen Kombi, damit ich mehr mitnehmen kann. Und ja, Automatik! Dieses ewige

Fahrradfahren im Auto genügt mir. Marke und Farbe sind mir egal, wirklich!«

»Wo hast du dein jetziges Auto überhaupt geparkt? Dort unten auf diesem Stellplatz habe ich es nämlich nicht gesehen.«

»Ah, stimmt! Mit Ihrer Tochter kam ich mit dem Auto meines besten Freundes. Mit meinem, das doch da unten steht, beschäftigte sich wieder einmal eine Werkstatt.«

»Na dann wird es ja höchste Zeit, dass ich dir ein neues schenke!«

»Aber nun ernsthaft! Nicht nötig! Ich möchte gar nichts von Ihnen geschenkt haben. Deshalb habe ich Ihre Tochter ja nicht gerettet oder!?«

»Das ist mir klar! Trotzdem könnte ich dir mit einem Geschenk deiner Wünsche doch ebenso große Freude bereiten wie du mir mit den beiden Rettungen meiner Tochter! Vielleicht geschieht das ja noch öfter!«

»Noch öfter? Warum denn das?«

»Unsere Hedda läuft ja noch frei herum. Und Yörük ist spurlos verschwunden. Er antwortet mir auch nicht mehr mit seinem Smartphone. Weg, einfach weg ist er seit Samstagabend, mein eigener Angestellter!«

»Aber hat er denn nicht auch seine freien Tage? Sein arbeitsfreies Wochenende, wenn er Ihr Angestellter ist?«

»Natürlich, meistens! Aber da er mit meiner Teresa und Hedda zusammenwohnte, erst in unserer alten Villa auch mit mir und seit diesen wenigen Tagen in ihrer gemeinsamen Wohnung, sagt er ihnen in der Regel Bescheid, wenigstens, wo er hinfährt. Und einen Geschäftstermin in einer anderen Stadt hat er von mir am Wochenende zuletzt im vorigen Monat erhalten. Daher werde ich heute gegen Mittag bei der Polizei anfragen, was ich unternehmen könnte, ihn zu finden. Immerhin sollte er heute, sagen wir ´mal, ab neun Uhr für mich telefonisch erreichbar sein. Ist doch Montag oder nicht! Er ist mein fester Angestellter, sozusagen geschäftlich bereits `meine rechte Hand´, auch wenn er erst seit wenigen Wochen für mein Unternehmen arbeitet! Er arbeitet nämlich sehr gut!«

»Ob das alles so richtig ist, weiß ich ja nicht, aber entspannen Sie sich auch einmal! Ist das nicht ein beruhigender Anblick, diese Weite über unsere Stadt mit ihren vielen bunten Lichtern!?«

»Ja, natürlich! Man hat eben immer diese Sorgen. Das Geld zum Leben fällt ja nicht von diesem Himmel! Das wäre schön? Was arbeitest du denn, Mustafa?«

»Darüber spreche ich nur sehr ungern, weil es so außerordentlich für die Deutschen ist. Das ist nicht wichtig!«

»Doch, das ist es! Meine Tochter hat ein besonderes Verhältnis zu dir. Dich hat sie um Hilfe gerufen, als sie ermordet werden sollte. Ermordet! Nicht mich oder die Polizei! Also bist du gerade der wichtigste Mensch für sie und so will ich auch wissen, wer und was du bist! Ist das wirklich zu viel verlangt?«

»Nein, aber...!«

»Kein `aber´ mehr, bitte! Oder soll ich mich bei deinen Eltern melden, wie es in meiner Jugend üblich war, wenn sich die Kinder ernsthaft verliebten und anfreundeten?!«

»Nein, das bitte nicht! Ich bin mit meinen Eltern und meinem Bruder erst vor etwa zehn Jahren nach Deutschland ausgewandert. Seit dem lernen wir Söhne erst Deutsch. Mein Vater ist Apotheker in einem kleinen Pharmaunternehmen und meine Mutter ist Verkäuferin in einem Lebensmittelgeschäft. Beide sind wichtige Personen in ihrem Betrieb, deshalb arbeiten sie gerne und sind fleißig. Mein jüngerer Bruder bemüht sich im Gegensatz leider nicht so fleißig, den Mittleren Schulabschluss zu erreichen. Und ich besuche hier noch die Fachoberschule mit 21 Jahren, ich weiß, und möchte auch schnell Biologie- oder Chemielaborant werden, wenn möglich in der Pharmafirma meines Vaters. Jedenfalls lobt er häufig die dortigen Verhältnisse. Genügt Ihnen das?«

»Ja, selbstverständlich. Danke! Und was weiß nun Teresa davon?«

»Oh je. Wir sind gerade dabei, uns die Wahrheiten zu erzählen, seit wir uns nicht mehr nur aus dem Internet kennen. Ich schrieb ihr leider, dass mich mein Informatikstudium begeistere und ich daher oft auch nachts zum Nachdenken, aber auch zum Entspannen, hier zum Haidacher Hügel fahre. Es war mir ja klar, dass sie als Krankenschwester wenig davon wissen wollte, was für mich doch bestens war. Außerdem hat Teresa mir geschrieben, dass Sie ein europaweiter Lkw-Fahrer seien. Also...«

»Wie bitte? Meine Teresa! Ich habe nicht einmal einen Lkw-Führerschein! Wer hauchte ihr das denn im Traum ein? Ihr seid ja beide noch ziemlich kindisch, nicht wahr?! Oder sollte ich besser `sehr reich an Fantasie´ sagen?«

»Wir hatten einfach irgendwie Sorge wegen der Wahrheiten, wissen Sie?!«

»Ja, und genau deshalb habt ihr euch in der Wirklichkeit gegenseitig verwirrt. Teresa verliebte sich augenblicklich in ihren Retter, nicht ahnend, dass er ihr Freund Joe aus dem Internet ist, für den sie auch mehr als für andere Männer, zum Beispiel ihre Kollegen in der Klinik, empfindet. Und dann auch noch die Religion! Weiß Teresa jetzt wenigstens, dass Du ein türkischer Muslim bist, der auf dem weiten Weg ist, ein deutscher Staatsbürger zu werden? Oder trennt euch die unterschiedliche Moral der Religionen noch?«

»Ich befürchte, dass sie uns trennt, ja! Teresa ist erzkatholisch und ich bin europäisch aufgeschlossen.«

»Ach! Würdest du Teresa denn katholisch kirchlich heiraten, also so richtig absichtlich zum katholischen Christentum konvertieren? Na, Mustafa?«

»Ich weiß das nicht. Kann ich als Muslim so schnell katholisch werden?«

»Das ist nicht die Frage! Sie ist, ob du es meiner Teresa zuliebe machen würdest, ein deutscher Christ zu werden?«

»Ich bin mir ja nicht einmal sicher, ob sie mich liebt!«

»Dann hör´ genau zu! Kennst du schon das alte Theaterstück `Nathan der Weise´ vom lutherischen Deutschen *Gotthold Ephraim Lessing*, das der perverse Diktator Hitler und seine ihm hörigen deutschen Massenmörder natürlich verachteten und zu lesen verboten haben?«

»Nein, im Deutsch-Unterricht noch nichts davon erfahren!«

»Es ist ja auch in alter deutscher Sprache verfasst, noch schwieriger für Nicht-Deutsche! Die Geschichte handelt in Jerusalem zur Zeit der Kreuzzüge und des berühmten Sultans Saladin, den du eher kennst. Die christlichen Tempelritter wollten damals ihre heilige Stadt Jerusalem geistlich von den Juden und weltlich von den Muslimen zurückerobern. Ein Verwirrspiel beginnt, weil ein vom Sultan gefangengenommener katholischer Ritter zufällig die Tochter aus dem brennenden Haus Nathans rettet. Sie ist seine Adoptivtochter, wird von einer Christin im Haus erzogen und verliebt sich in ihren Retter. Dieser Ritter überlebte nur, weil er in den Augen des Sultans wie sein verschollener Bruder aussieht. Und dieser Ritter will aber von einer jüdischen Frau nichts wissen, obwohl er auch seine Zuneigung zu ihr bemerkt. Die Juden haben ja Christus ans Kreuz geschlagen, daher seien sie als Erzfeinde zu bewerten. Der Sultan hat andere Sorgen, weil er nicht mit Geld umgehen kann und von jedem Speichellecker nur ausgenommen wird. Er soll sich von dem reichen Kaufmann Nathan Geld borgen; dieser verleiht aber niemals Geld, das hält er nämlich für eine unmenschliche Schande; er als ein Jude schenkt dem muslimischen Sultan das gewünschte Geld. So werden sie leicht zu Freunden! Das Verwirrspiel geht aber weiter, bis sich am Ende herausstellt, dass der katholische Tempelritter und die Adoptivtochter Nathans Geschwister sind: Beide Christen sind die Kinder des Bruders des Sultans, der folglich ihr muslimischer Onkel ist. Und was sagst du dazu?«

»Weiß nicht! Was soll das alles?«

»Das ist ein literarisches Werk der so genannten Aufklärung in Europa und es predigt, dass das Trennende jener drei Weltreligionen nicht das Verbindende der Menschenliebe verhindern oder zerstören darf. Ist das so schwierig zu verstehen?«

»Nein, nein. Doch nicht so wirklich, aber was hat das mit mir zu tun?«

»In diesem Drama erzählt Nathan, deshalb ˋder Weise´ genannt, dem Sultan Saladin eine musterhafte Geschichte: Einst hatte ein Vater drei Söhne und einen wertvollen Ring mit einem das Sonnenlicht bunt spiegelnden Opal. Wer diesen Ring trug, verwandelte sich in einen vom Höchsten und den Menschen geschätzten Menschen. Und darin bestand sein unermesslich großer Wert! Der Vater wollte jedem seiner geliebten Söhne den Ring vermachen, also ließ er heimlich zwei weitere erschaffen. Beide ebenso wundervoll! Kurz bevor er verstarb, schenkte er jedem Sohn einen Ring. Er ahnte leider nicht, dass er damit den unaufhörlichen Streit zwischen den drei Männern entzündete. Jeder wollte nämlich der einzige vom Vater geliebte Sohn und neuer Herrscher der Familie sein. Sie ließen aus tiefer Enttäuschung und größter Wut die Echtheit der Ringe vergleichen und vom Gericht bewerten. Der Richter urteilte, dass alle drei betrogene Betrüger seien, denn die Kraft der Ringe sei versiegt, weil ihre ausgesprochene Unverschämtheit sie in von allen Leuten ungeliebte Männer verwandle! Sie seien völlig wertlos. Das wollten die drei Brüder aber nicht hören; sie wollten wissen, wer denn nun den echten des Vaters erhalten habe. Der Richter sprach: Es eifre jeder von euch seiner unbestochenen, von Vorurteilen freien Liebe nach! Es strebe jeder von euch um die Wette, die Kraft des Steines an den Tag zu legen! Und es komme jeder dieser Kraft mit Sanftmut, mit herzlicher Verträglichkeit, mit Wohltun und mit innigster Ergebenheit im Höchsten zu Hilfe! Und dann werden sie eines Tages in tausenden Jahren wieder vor diesen Richterstuhl eingeladen werden von einem weiseren Mann als ich es jemals werden könnte, nur um wieder zu hören: `Geht hinaus in die weite Welt!´«

Mustafa und Akbay schweigen viele Augenblicke. Teresas Vater wartet absichtlich auf Mustafas Worte und sieht ihn immer eindringlicher an.

»Ja, ja. Ich glaube, ich habe es schon ein bisschen verstanden. *Die drei Ringe* sind die vom Höchsten den Menschen geschenkten drei Religionen. Die drei Brüder sind die sich wütend streitenden Gläubigen der Religionen. Die Menschenliebe ist jedoch das wahre Höchste. Das ist das Verbindende und das Trennende muss man absichtlich beiseite tun. Stimmt´s!«

»Liebst du meine Tochter, Mustafa?«

»Sie fragen aber! Ob *sie mich* liebt, müssten Sie...?«

»Sieh doch über unsere Stadt! Fühlst du die Freiheit deines Wollens und Könnens? Meinst du, du könntest die ersehnte Geborgenheit nur in deinem eigenen Glauben fühlen, Mustafa?«

»Ich...«

»Und sieh in unsere Stadt! Denkst du die Freiheit deiner Neugier, des Wissensdurstes? Meinst du, du könntest die ersehnte Gewissheit nur in deinem eigenen Wissen denken, Mustafa?«

»Ich glaube, ich muss erst noch viel mehr über...«

»Sehr gut! Dann verlasse ich dich jetzt! Wir sehen uns wieder; denn `Hirn und Herz haben beides seine Hand, aber auch seinen Fuß!´ Vergiss das niemals, auch Teresa zuliebe nicht, mein neuer Sohn, *Canim*!« –

Gras, das ist es. Aber echtes, einfach über alles hinweg.

Es nieselt nun doch wieder und Mustafa überlegt, was er mitten in der Nacht noch hier solle, aber es ist ein Weg, sein Weg. Durch die Stadt zu fahren ist einfach sein Ziel – mit ruhiger Musik im Auto. Das ist sein Weg, 'mal den Stecker zu ziehen, ganz für sich zu sein. Genau wie Gras. Diese Musik ist Gras, das man aber mit Ohren raucht. Genau.

Und tief in der dunklen Nacht sein eigenes Auto zu fahren, das ist eben auch wie Gras rauchen, fühlt er immer wieder. So einfach 'mal wie ziellos fliegen dürfen. Ja, das ist Freiheit! Vielleicht seine einzige, seine jugendhaft männliche, eben nur im Rausch.

Und dass auch ein anderer Mann, auch ein deutscher Türke oder eher ein türkischer Deutscher, der nicht nur vom Alter her sein Vater sein könnte, das gleiche nächtliche Vergnügen sehr liebt, das erstaunt Mustafa und das erfreut ihn darüber hinaus – und eine Tochter hat dieser Mann dazu, in die er verliebt sein...

Während sein Auto auf den leicht feuchten Straßen in einer schönen Wohngegend am Stadtrand langsam dahingleitet, muss er plötzlich lachen – er lacht bei der Vorstellung, dass auch *Teresa* in diesem Augenblick so etwas Ähnliches wie Gras ist, auch eine Möglichkeit, um den Stecker zu ziehen, eine Weile weit weg von allem Lästigen zu sein – von der alltäglichen Arbeit, den ewigen Verpflichtungen, von dieser unfreien Welt, die wirklich nicht Teresa ist, nein, wirklich nicht. –

– Eine Möglichkeit, um den Stecker zu ziehen, eine Weile weit weg von allem Lästigen zu sein – von der alltäglichen Arbeit, den ewigen Verpflichtungen, von dieser unfreien Welt, das ist für Teresa nur der Besuch eines belebten Cafés oder Bar, in der man von tollen Urlaubsorten oder von vielen märchenhaften Männern träumen darf – am liebsten mit der besten Freundin.

Und Teresas Kollegin und sie selbst haben da Glück, weil die *Palm Beach Sportsbar* sogar zu Fuß von ihrem Arbeitsplatz zu erreichen ist. In einer längeren Pause oder nach dem Schicht-Ende treffen die beiden sich sehr gerne dort, so wie heute Mittag, als es ernst wird:

»Warum lädst du deinen *Joe* nicht einmal hierher zu uns ein? Darf ich deinen Wunderknaben denn niemals kennenlernen?«

»Blödsinn! Ein Wunderknabe ist er nicht, sondern mein bester Freund geworden. Früher schrieb man sich Briefe, auch wenn man sich eben nicht persönlich begegnen wollte, heute eben übers Internet. Und was willst du mit ihm? Hier?! Gibt es denn hier nicht genug Männer deiner Wahl für dich?! Oder was?«

»Das ist doch gar nicht mein Wunsch, Teresa! Ich dachte nur, dass du vielleicht meinen Eindruck von ihm persönlich wissen möchtest. Oder etwa nicht? Von deiner besten Freundin von deinem besten Freund!«

»Nein! Ich weiß nicht einmal selbst, ob ich noch mehr persönliche Eindrücke von ihm haben will! Wir trafen uns erst ein einziges Mal! Schwierig war das!«

»Du willst dich hoffentlich nicht von ihm trennen?«

»Weiß nicht! Er liebt Vanilleeis und Burger, das kann er auch hier in der *Sportsbar*... Soll ich ihn wirklich...?«

»Auf jeden Fall! Wenn du möchtest, erstmal ohne mich! Das ist doch klar, Teresa! Hol´ ihn hierher!«

»Vielleicht hast du ja recht! Besser als nachts im Wald! Ich werde mich mit ihm sehr nett unterhalten. Ernsthaft, aber viel freundlicher! Versprochen!«

»Und was ist mit...? Na, mit dem Sex? Hast du es schon ausprobiert mit ihm?«

»Nein, als ob du nicht wüsstest, dass ich...!«

»Weiß ich, aber wenn du dich noch länger für einen Märchenprinzen aufhebst, dann verstaubt noch...!«

»Hör auf damit! Ich will eine echte Liebesbeziehung *fühlen* und dann mit Sex, weil ich mich – ihm ganz hingeben will. Das ist für mich Liebe! Wie für dich doch auch! – Zahlen, bitte! – Es schon spät, ich habe noch einen Termin, verstehst du!? Du hast mich gerade an Etwas erinnert.«

»Sehr gut, Teresa! Endlich! Viel Glück euch Beiden!«

»Danke! Wir telefonieren! Ich brauche dich ja auch!«

»Und wie heißt `mein Schatz´, `mein Herz´ oder so etwas Ähnliches in Türkisch oder in Arabisch?«

»Ich glaube, so wie im Latein *Cave Canem*, was ja heißt: *Hüte dich vor dem Hund!*«

»Das kann doch nicht wahr sein, nein, verrückt!«, lachen die beiden Frauen. Aber Teresa fällt noch das richtige Wort ein: »Nein! Stimmt nicht! Ich erinnere mich jetzt. *Mein Schatz, mein Herz* heißt *Canim*!«

»Wie bitte? Du `erinnerst´ dich? Also hat er dich... Und wann, Teresa?«

»Irgendwann im Internet einmalig! Diesen Begriff schrieb er mir am Ende unseres Gesprächs: *Canim*.« —

Irgendwann wird auch *Sezer* seine überraschende Tat gelingen, die gar nicht überraschend war...

»Überraschung!« ruft Akbay seiner Tochter zu, als sie doch zustimmt, in seine Limousine einzusteigen, um mit ihm nach *Stuttgart* zu fahren, »Es wartet etwas Großes auf dich!« Seit fast zehn Minuten steht er nun schon um die Häuserecke bei Teresas Wohnung und versucht, sie über das Handy dazu zu überreden. »Ein wunderschöner Nachmittag wird das für uns beide Workaholics werden, Teresa. Wir unternehmen doch viel zu wenig miteinander! Deshalb musst du heute wirklich einmal mit mir mitfahren.« Keinerlei genaue Erläuterungen folgen, was auf sie in der Großstadt warten würde und weshalb sie nicht in der Stadtklinik ist, zum Beispiel.

Die Fahrt ist an diesem Montag Nachmittag recht angenehm, so dass Teresa im sehr leisen Auto ihres Vaters eingeschlummert ist. Der erste Halt ist ein *Autohaus*, denn Akbay hat einen Autokauf im Sinn, bei dem seine Tochter unbedingt mitwirken müsse.

Es dauert eine Weile, bis Akbay verrät, dass er als Dank ihrem Lebensretter Joe ein neues Auto, so wie er es sich von ihm wünschte, schenken möchte. Deshalb solle Teresa mitentscheiden dürfen; das ist wichtig für Akbay! »Ein Auto für Joe!?«, meint Teresa erstaunt, als sie zur Eingangstür hineinschlendern. »Ja, sehr richtig, meine liebe Tochter! Oder hast du dich schon schnell bei ihm bedankt! Zweimal rettete er dir dein Leben. Zweimal! Und du hast ihm dafür...? Was geschenkt?«

»Entschuldigung. Ich wusste nicht, dass...«

»Unsinn! Natürlich verlangt kein Mensch für eine zufällige Lebensrettung ein Haus oder sonst etwas! Aber sich erkenntlich zeigen, dass...!«

»Baba, ja. Ein Auto nach seinem Geschmack und seinen Wünschen willst du also mit mir für ihn kaufen. Verstehe!«

»Nein, Canim! Ein Auto `für ihn mit dir´! Begreifst du den feinen Unterschied?«

Teresa verzieht ein wenig ihr Gesicht, blickt ihn schräg an, aber lächelt dann schließlich doch noch.

»Stell´ dich nicht so an! Hier sagt man: `Wie eine alte katholische Jungfer´! Er liebt dich! Oder meinst du, er hätte dich dort aus dem Wald herausgeholt, wenn du ihm gleichgültig wärest!?«

»Du fängst schon wieder damit an. Ist ja echt gut! Welcher Wagen?«

»Gut! Drei stehen zur Auswahl bereits zum Kauf hier. Die dort hinten!«

»Muss man die denn nicht bestellen und Monate darauf warten?«

»Du wirst staunen! Teresa, das habe ich gemacht! Zwei habe ich für uns beide längst vor vielen Wochen bestellt. Überraschung! Und wenn du allerdings den dritten haben möchtest, dann gilt es tatsächlich wieder zu warten!«

176

»Und welcher ist der Dritte?«

»Das verrate ich dir doch nicht. Lass dich einfach überraschen, Teresa!«

Nachdem sie gemeinsam mit einer freundlichen und sehr wissenden Autohändlerin alles Mögliche und Unmögliche besprochen haben, setzen sie sich in die Fahrersitze zur Probe und freuen sich. Es dauert noch eine Weile und dann – wählt Teresa ein Auto für sich und eines für ihren Joe aus, was Akbay sehr zufrieden stimmt.

»Aber wie... und warum...?«, fragt Teresa über sich selbst überrascht ihren lächelnden Vater.

»Teresa, aufgrund eurer beiden verschiedenen Arbeitsorte und -zeiten braucht ihr vorerst zwei Autos, wenn ihr zusammen in die Wohnung in Büchenbronn eingezogen seid. Und das werdet ihr doch! Oder?«

»Meinst du, dass das wirklich richtig ist? Ich fühle mich noch nicht so weit, Baba. Ich würde gerne...«

»Mein liebes, Töchterlein! Schon wegen deiner anstrengenden Klinikarbeit entwickelst du dich zwar in eine immer stärker werdende Raubkatze, aber auch einzelgängerische Raubkatzen in der freien Wildbahn lassen sich zwischendurch von einem ebenbürtigen König der Raubkatzen finden. Und ihr seid beide reif dazu, ein gemeinsames Leben zu beginnen, weil ihr euch liebt. Also lernt, euch zu verzeihen, und stärkt euch gegenseitig! Das heißt `Partnerschaft´!«

»Aber wir könnten doch erst noch getrennt...«

»Liebe Teresa! Ja, das könntet ihr vielleicht. Aber! Wir entstammen einer gläubigen Familie, nämlich der Familie der Menschen mit dem Glauben an die über alles Böse hinausgehende Liebe! Und die hat dein Joe genau so nötig wie du, um erfüllt leben zu können. Lass´ eure Liebe zueinander wie ein zartes Pflänzchen mit zwei Wurzeln gedeihen! Bei deinem Gott und unserem Allah! Und übrigens, das *neue* Auto gehört selbstverständlich *nur* zu Teresas *neuem* Leben!«

»Aha! Das muss ich erst noch verdauen. Darf ich doch noch? Oder! Mein neues Auto nur mit `meinem´ Mann, auch neu, in meiner Wohnung, auch neu!«

»Welches der Autos für Joe? Welches für dich?«

Teresa fühlt sich zwar etwas überrumpelt, aber sie versteht ihren Vater nur zu genau. Die Autos sind auserwählt und – welch ein Zufall – beide auch sofort `einpackbar´, verspricht die ebenfalls sehr zufriedene Händlerin.

»Baba, ich würde lieber doch noch...«

»Ich weiß, Raubkätzchen! Pass auf!«

Akbay wendet sich an die Händlerin und bespricht mit ihr Folgendes:

»Frühestens in zwei Wochen holen wir das neue Auto meiner Tochter ab, das andere nehmen wir noch heute mit! Vielen Dank! Bis in etwa zwei Stunden!«

Nach kurzer Zeit sind die Unterlagen fertiggestellt und Akbay fährt mit seiner Tochter weiter in die Innenstadt zum ihr versprochenen Shopping. –

Zur gleichen Zeit spaziert ein junger Mann durch die Wege des Zentrums und überlegt sich, welcher der geeignete Ort für sein ausgedachtes Vorhaben sein könnte:

Wenn er wieder mit dem Auto hierher fahren würde, bräuchte er ja einen Stellplatz, von dem man ohne große Umwege auf die Autobahn..., nein, viel besser seien die Bundesstraßen, da könnte er dann völlig überraschend ins Nirgendwo abbiegen, sich versteckt halten und später gemütlich nach Hause zu seiner Hütte im Schwarzwald fahren. Ja, genau! Das müsse er sich noch im Kleinsten ausdenken. Und jetzt: Der passende Ort! Welcher ist das?

Zu seiner Tat benötigt er Frauen, diese sündhaften Frauen der Ungläubigen! »Eine Modegeschäft wird das Beste sein!«, ist er plötzlich überzeugt, »Wo ist hier ein solches Modegeschäft? Nicht zu groß und nicht zu klein darf es sein, denn sonst... Da ist es!«

Diesen Laden mag Sezer und, als er sich darinnen genauer umsieht, fällt ihm eine junge Frau auf, die mit einem `alten Sack´ bunte Kleidung einkauft. So richtig Spaß hat sie daran! Das wären die richtigen Frauen, wenn es hier noch mehr derartige gäbe. Spaß an aufreizender Kleidung haben! »Wenn Allah das wissen und Mücahit das sehen würden, dann...!«, denkt er erzürnt und bestärkt durch seinen `wahren´ Glauben.

Und der ältere Herr scheint ein Türke zu sein, während hingegen diese Frau eindeutig eine Deutsche ist. Er ist begeistert, den Ort seiner großen Tat so rasch gefunden zu haben. Und er könne auf der Stelle zuschlagen, denn seine Pistole mit dem Schalldämpfer und mit vollem Magazin steckt in seiner Jackentasche. Eine Alarmanlage dafür gibt es hier offensichtlich nicht. Genau der richtige Laden! Ganz schön lässig!

Freundlich lächelnd schlendert er durch die Gänge, beobachtet einige andere junge Frauen bei ihrem schlimmen Treiben, dem man eigentlich sofort ein gutes Ende als mächtiges Zeichen für seine Glaubensbrüder und -schwestern setzen müsste. Einige kurze Schritte schleicht er noch vor sich hin, bis er einen Mann im Anzug sich ihm entgegenkommen sieht. »Doch ein Wächter?«, fragt er sich, macht eine Kurve und spaziert weiterhin gelassen wirkend zum Ausgang. Und da steht jetzt neu ein zweiter Mann im Anzug, der ihn sichtlich erwartet, weil ihn seine Augen bereits ohne Regung scharf anblicken. Soll er seine Pistole ziehen? Genug Munition ist im Magazin!

Zwei Männer und dazu ein paar Frauen könnte er leicht erschießen und dann ohne Störungen fliehen, aber so ist das nicht geplant! Auskundschaften wollte er heute zuerst und an einem anderen Tag zuschlagen, außerdem nur diese ekelerregenden Frauen töten! Doch keine Männer! Und was nun!? Was bitte?

»Bitte warten!«, spricht der eine Mann zu ihm; der andere ruft: »Der Gewinner des Monats sind – Sie!« –

– Zur späteren Zeit sitzt Mustafa in der Kanzlei der ihm durch seinen Vater vermittelten Rechtsanwältin *Miriam*…

»Und mein Vater erzählt immer 'mal wieder von Ihrer hervorragenden Tätigkeit für das Unternehmen seines Arbeitgebers; sie seien ja dessen Schwester.«

»Wirklich? Dann sind das leider Gerüchte, zwar sehr wohlwollende, aber die beiden netten Anwälte meines Bruders Amon lehnen meine Mitarbeit grundsätzlich ab. Trotzdem `Danke für die Blumen!´, wie man so schön sagt! Also, bitte erklären Sie Ihre Geschichte!«

»Vorigen Samstag in der Nacht wollte bei einem gemeinsamen Spaziergang im Wald die ehemalige private Erzieherin meiner Freundin sie erschießen.«

»Wie bitte? Wenn ich Sie richtig verstehe, hat Ihre Freundin eine private Erzieherin, wahrscheinlich seit Kindheit, und diese wollte Ihre Freundin erschießen. Stimmt das?«

»Ja! Meine Freundin konnte unverletzt entkommen und entriss der Frau vorher im Kampf die Pistole. Sie ist seit dem spurlos verschwunden. Der Polizei können wir das Ganze nicht melden, denn diese Pistole gehört unerlaubt meinem Bruder, verstehen Sie?! Ein Rätsel!«

»Wenn das alles wahr ist, was möchten Sie dann von mir, bitte!? Da brauchen Sie eine Detektei!«

»Wir möchten aber, dass Sie das für uns aufklären! Geld erhalten Sie vom Vater meiner Freundin. Bitte!« –

Ja, wer durch den *Schwarzwald* reist, der sollte nie vergessen, auch ein wenig hinauszuschauen...

Mustafa sitzt noch müde bereits mit seinem Vater am gedeckten Tisch, da ruft Semiha, seine liebe Mutter, ihren dritten Mann im Haus zum Frühstück: »Sezer! Kommst du bitte, *Canim*!«

»Noch nicht ganz fertig!«, antwortet Sezer schnell hinter seiner geöffneten Zimmertür. »Ich bin schon unterwegs!« Es dauert aber noch eine Weile, bis der zweite Sohn seinen Platz mit seinem Morgengruß einnimmt. »Canim?«, denkt Mustafa, »mein Liebling, Schatz und Herz? Wenn unsere Mutter die Wahrheit über ihn wüsste, ach, dann... bei Allah!«

Inzwischen begann ihnen der erstaunte Kalkan aus der heutigen Pforzheimer Tageszeitung den Bericht vorzulesen, den er selbst erst vor wenigen Minuten entdeckt und in Windeseile überflogen hat:

»Weitere Ermittlungsergebnisse der Polizei im tragischen Fall der Ermordung der überregional bekannten jüdischen Familie des Immobilienhändlers Daniel... Bei der Durchsuchung der Familienvilla wurden Rauschgift, besonders Kokain in größeren Mengen, Waffen verschiedener Art und ergiebige Unterlagen mit den Verbindungen international aktiver Mafiosi des Crimine di Germania der süditalienischen `Ndrangheta *gefunden. Es ist aus diesen Gründen zu vermuten, dass der jüdische Großimmobilienhändler, obwohl alle diese kalabrischen Schwerverbrecher bibelfest erzkatholisch*

sind, jahrelang `ein nützlicher Klient´ zum Beispiel für die Geldwäsche im großen Stil gewesen ist, bis er eines Tages als `störender Klient´ beurteilt wurde, weil seine bevorstehende Verhaftung eine Gefahr bedeutete. Zur Mahnung für andere Mitglieder der `Ndrangheta wurde einfach die ganze Familie eliminiert. Er hätte sich selbst richten müssen, aber aufgrund des typischen Zeichens der beiden eher ostentativ positionierten Schusswaffen bei den Leichen stehe der Mörder für die Kriminalisten fest: Es handle sich um einen katholischen Süditaliener, der bei all seinen bisher aufgedeckten Auftragsmorden in Frankreich und in Belgien als kleiner, angestellter Immobilienkaufmann arbeitete. Auch der Methode der gezielten Brandstiftung bediente er sich. Durch sein Auftreten als muslimischer Deutsch-Türke, der mehrere Sprachen beherrschen würde, ist seine Mitgliedschaft in dem süditalienisch katholischen Mafiaclan bestens verschleiert. Seit Jahren wird nach ihm international gefahndet. Wer Erbe von möglichen seriös erworbenen und privaten Immobilien der Familie werden könnte, muss noch geklärt werden.«

»Ein Wahnsinn!«, meint Semiha dazu und Kalkan denkt: »Und Daniels Bruder, mein Chef, *Amon* ist seltsamerweise seit gestern Morgen unerreichbar. Die Polizei und eine Detektei sind seit gestern Abend durch unsere Geschäftsführung beauftragt, seinem Verschwinden auf die Spur zu kommen. Hoffentlich ist ihm... Daran will ich gar nicht denken! Und was wäre, wenn doch...? Und mein Arbeitsplatz? Wer überweist mir dann mein Geld? Und überhaupt? Gibt es noch...?«

Und Mustafa sprüht es wild durch den Kopf, dass er doch jenen Anwalt getötet hat, den Anwalt eines Mitglieds eines Verbrechervereins: »Wer weiß das?«

»Entschuldigung, ich muss heute schon früher fort. Ich vergaß das. Hunger habe ich auch nicht mehr. Danke!«, damit huscht Mustafa zur Wohnungstür hinaus, während er sich noch anzieht und grübelt: »Und wer könnte diese Hedda sein? Warum wollte sie Johny ermorden? Auch noch mit Sezers Pistole! Besser ich ziehe ganz zu ihr! Oder doch nicht besser? Ist das noch gefährlicher für Johny?! Ich weiß nicht. Stimmt! Es gibt nur eine Möglichkeit! Diese beiden Männer auf dem Hügel, sie müssen die Verbindung zu Hedda sein. Warum ist mir das denn nicht früher eingefallen?! Sie müssen dieser Hedda die Pistole gegeben haben. Sie hatten die Waffe zuletzt, jedenfalls weiß ich nicht mehr. Wollen diese Lumpen Johny tot sehen? Warum? Gar nicht Hedda? Gibt es da noch andere...? Aber wer sind sie?«

Sezer schweigt und träumt weiter essend von seiner so schön geheim gelegenen Waldhütte vor sich hin. »Und *mein* Jude müsste auch schon bei seinem Jahwe sein!«, grinst er, »Wie schön wäre doch unsere Welt ohne diese Juden! Nein, Allah! Ich vergesse sie nicht, diese Christen, alle diese schmutzigen Ungläubigen!«

Kalkan wird sich gerade der schwierigen Lage seiner Familie immer bewusster, deshalb denkt er am Tisch nun laut nach:

»Weißt du, Semiha, wenn nun wirklich solch eine Verbrecherorganisation hinter unserem Mietvertrag und dieser unverschämten Mieterhöhung steht, was sollen wir kleinen Leute dagegen noch unternehmen?! Das Beste wird sein, wenn wir uns doch zwei neue Wohnungen suchen – oder sogar drei. Mustafa und Sezer sind längst volljährig. Sie müssten deshalb in ihrem Alltag selbstständig werden und so helfen wir ihnen dabei. Das Geld würden sie von uns erhalten, was meinst du, Canim?«

»Ich zweifle noch, Kalkan. Du merkst doch, dass Sezer noch wie ein verträumtes Kind ist, das einmal brav und einmal trotzig wie ein Pubertierender zur Schule geht, weil wir recht spät für ihn und sein Deutsch nach Deutschland zogen. Mit 19 Jahren noch keinen mittleren Schulabschluss geschafft!«

Und da verlässt auch sogleich der grinsende Sezer seinen Platz, um sich allmählich auf den Schulweg zu machen und erwähnt kurz, dass er in Sport und Mathematik eindeutig `angeboren´ viel besser sei und so nett meint er dazu, dass er seine Eltern doch immer `lieb habe´, wie es ja in dieser `schweren´ deutschen Sprache hieße. »Du meinst aber `schwierigen´«, verbessert ihn Kalkan freundlich gemeint, »Schwer ist nur das, was etwas wiegt, mein Sohn.«

»Kalkan, lass ihn doch. Mustafa hat es eben leichter in den Sprachen. Sezer wird schon seinen eigenen Weg gehen.«

»Genau das meine ich. Wir sollten deshalb unsere beiden Söhne in eigene Wohnungen schicken, nicht wahr?«

»Ich weiß nicht, glaubst du, dass ihnen das allein gelingen könnte. Mustafa vielleicht schon, aber...?«

»Wer sagt denn `allein´? Wir finden Wohnungen zum Beispiel nur in *einem* Gebäude oder in derselben Straße. Da können wir uns gegenseitig besuchen und auch helfen.«

»Aber warum wohnen sie dann nicht beide gleich gemeinsam mit uns wie bisher nur eben in einer neuen Wohnung, Canim?«

»Wie du meinst! Auf jeden Fall werden wir ab heute Wohnungen unterschiedlicher Größe suchen; wenn wir gemeinsam wohnen sollen, dann wieder in einer dir passenden Vier-Zimmer-Wohnung! Allah wird dir zum Besten entscheiden helfen, das weiß ich.«

»Und was wäre mit einem kleinen Haus für uns? So am Stadtrand! Und auch nicht mehr zur Miete für Andere! Wir verdienen doch beide Geld und leben so sparsam! Kalkan hast du schon einmal gerechnet?«

»Ja, das habe ich. Mit einem Bankkredit wäre das tatsächlich machbar, wenn wir unsere Notkasse dafür plündern würden, Semiha.«

»Und warum versuchen wir das dann nicht endlich? Gemeinsam mit unserem Mustafa? Hast du mit ihm schon ausführlich darüber gesprochen? Was sagt er?«

»Nein, denn bisher war das irgendwie nicht nötig, dass wir hier fortziehen. Das war mir nicht so wichtig. Es gibt gerade Anderes, das Berufliche, meinen Lohn!«

»Aber Kalkan, das ist deine Familie! Gut, dann lass uns heute Abend gemeinsam darüber nachdenken.«

»Semiha, ein Unglück! Amon... spurlos..., *Canim*!« –

– Und unterwegs erreicht Miriam Mustafa auf seinem Handy.

»Hallo, Mustafa! Ich darf Sie doch duzen?!«

»Ja, ja, gerne! Und ich nenne Sie dann Miriam?«

»Selbstverständlich! Ich muss dir eine erstaunliche Verbindung zweier Personen mitteilen. Mein älterer Bruder Daniel, wahrscheinlich doch viel mehr als ein gerissenes Schlitzohr, ist ja laut heutiger Zeitung ermordet worden. Er erzählte mir sehr verärgert vor einigen Wochen, dass sein bester Immobilienhändler gekündigt habe. Ein Deutsch-Türke! Der gesuchte Mörder Daniels! Er sei bald darauf von einem anderen sehr bekannten Eigentümer von Großimmobilien angestellt worden. Rate ´mal von wem, Mustafa!«

»Keine Ahnung! Ich kenne solche Leute ja nicht.«

»Doch! Vom Vater deiner Freundin! Also kennt er wahrscheinlich selbst deine Freundin und auch deren Erzieherin. Kannst du mir die Handy-Nummer dieses Mannes verraten. Ich würde ihn gerne auf diese Weise persönlich zu fragen versuchen. Das hilft oft weiter.« –

– Teresa meldet sich nach `viel zu vielen Stunden´ reiflicher Überlegung, wie sie nun endlich weiß, bei ihrem Vater Akbay am Handy, welcher sofort mit ihr spricht.

»Hallo, Baba! Ich will dir nur sagen, dass ich mich entschieden habe. Heute Abend werde ich mich mit Joe treffen und, wenn er mich wirklich liebt, dann wird er schnellstens in meine Wohnung umziehen.«

»Wunderbar, Teresa! Er liebt dich auch von ganzem Herzen, aber will auch von dir geliebt werden, weißt du. Bitte zeige ihm das! Wir Männer sind da häufig etwas schwerer von Begriff, verstehst du!«

»Natürlich! Du meinst, dass ihr alle sehr stolz seid , stets herrschen und dafür geliebt werden wollt!«

»Sei nicht so streng mit uns! Herrsche doch selbst und beweise ihm zugleich deine Art des Dienens!«

»Ach, wenn das nicht so schwierig wäre, Baba!«

»Ist es nicht, wirklich nicht. Zeige ihm, was du fühlst, was du für ihn empfindest! So einfach ist das!«

»Damit habe ich aber so meine...«

»Unsinn! Wo trefft ihr euch denn?«

»Ich bestimme: Bei den *drei Lebensbäumen* in der Nähe des *Waldschlösschens Wimsheim*. Dort waren wir schon einmal, um uns auszusprechen. Wir werden bald losfahren, sage ich dir!«

»Sehr gut!«, lacht Akbay, »Lass es romantisch und liebevoll werden! Habe Geduld – mit *dir*, Canim!« Und da fasst sich Teresa ein Herz, ruft ihren Joe an, der sich ebenfalls sofort bei ihr meldet:

»Hallo, Joe! Wir müssen uns treffen! Unbedingt! So schnell wie möglich! In, sagen wir ´mal, einer Stunde!«

»Hallo, Johny! Ich bin heute nicht in der Stimmung mit dir zu... und außerdem schon viel zu müde. Kann das nicht...?«

»Nein! Das kann es nicht! Sonst düst du ja nachts auch, wer weiß wie oft, in der Weltgeschichte mit deiner alten Kiste umher! Vollkommen grundlos! Oder? Also heute will ich dich sehen! Ist das klar?«

»Klar! Aber müssen wir uns denn wieder im Dunklen im Wald treffen? Ich möchte das nicht mehr. Mir ist das zu unheimlich und zu eng, diese vielen Bäume mit dem dichten Gebüsch zu deren Füßen. Freie Luft tut mir besser, Johny! Wie auf meinem Haidacher Hügel mit Blick über unsere Stadt! Das ist der Grund!«

»Joe, nein! Beim ersten Spaziergang haben wir nichts Romantisches erlebt. Wir haben eher gestritten. Weißt du noch? Und deshalb wird das heute Abend ein neuer Versuch werden! Bei den *drei Lebensbäumen*, Wimsheimer Straße in Richtung Autobahn, nicht weit weg vom *Waldschlösschen Wimsheim*! Gleichgültig, wer jetzt schneller dort sein wird, wir erwarten uns spätestens an dieser Waldhütte! Abgemacht?«

»Ja, gut! Ich verspreche, dass ich kommen werde. Ich fahre in wenigen Minuten los, Johny! Bis gleich!«

Fast niemand kommt einige Zeit später an dieser Stelle im Wald im Südosten von Pforzheim vorbei. Es ist ja auch abends an einem Dienstag.

Gras, das ist es. Aber echtes, einfach über alles hinweg.

Das Wetter beschäftigt ihn gerade nicht, denn er überlegt schon die ganze Fahrzeit, was er so Dringendes hier machen müsse, es ist jetzt ein Weg, sein Weg aber nicht. In den dunklen Wald zu fahren ist nicht einfach sein Ziel – mit ruhiger Musik im Auto. Da kann er heute nicht ´mal den Stecker ziehen, ganz für sich sein. Genau wie Gras. Diese Musik ist Gras, das man aber mit Ohren raucht.

Aber heute will sie wissen, ob sie ihren *Joe* wirklich liebt. Nicht in der Stadt, sondern hier im Wald, der nach Freiheit duftet, Freiheit für beide, weil er sie ja liebe.

An diesen *drei Lebensbäumen* parkt er sein Auto und spaziert in der Dämmerung auf dem Weg los, den er durchaus bei Tageslicht kennt. Das Rauschen von der Autobahn ist sehr zu hören, sehr viele Autos fahren dort noch hin und her.

Weit gelangt Joe nicht auf diesem Weg, da leuchten hinter ihm helle Scheinwerfer. Ein Auto, es hält an.

Das Licht erlischt. »Das muss Johny sein!«, denkt Joe, wendet sich um und spaziert zurück.

»Kommen Sie ´mal her! Ich muss Ihnen etwas Wichtiges sagen!«, ruft ihn eine laute, männliche Stimme, als er ihr entgegengeht. Im Wagen bellt auch laut ein Hund.

»Ich gehe hier spazieren, weiter nichts. ´Frische Luft schnappen´, sagt man doch. Und wer sind Sie?«

»Ich bin ein besonderer Bote!«

»Wie? Sie sind das! Der Mann mit dem Hund vom Hügel? Woher wissen Sie…?«

»Na, dreimal dürfen Sie raten! Aber egal! Ich soll Ihnen dringend ausrichten, dass dieses Treffen mit Teresa Ihre letzte Gelegenheit in diesem Fall sei!«

»Was heißt das? Und wer sagt das?«

»Schöne Grüße von Akbay! Da er Sie nicht anrufen kann oder wollte, hat er mich beauftragt, Sie hier zu finden und Sie ´freundlichst zu ermahnen´, wie er es ausdrückte. Mehr weiß ich nicht. Also besten Erfolg!«

»Aber? Warten Sie!«, meint Joe noch schnell. Der älterer Mann lässt sich jedoch nicht halten und fährt wieder fort und Joe kehrt auf dem Waldweg um.

Die Zeit vergeht, aber nicht so viel, da fährt das nächste Auto an den Platz der drei Bäume, parkt neben dem seinen und verdunkelt sich. Nur zufällig sieht er das, weil er seinen Kopf genau in diesem

Augenblick zurückgewendet hat. Er dreht sich um und traut seinen müden Augen nicht; denn Johny steigt aus dem schicken Luxussportwagen aus und geht ihm entgegen, so dass er *Johny* ruft.

»Bist du es, Johny?«

»Ja, ich komme dir entgegen, Joe! Warte!«

Die beiden Gestalten kommen sich Schritt für Schritt immer näher, aber weder küssen sie sich noch umarmen sie sich. Sie grüßen sich einfach nur mit Worten und aus Joe sprudelt es heraus:

»Was ist das für ein Auto, Johny? Gehört es dir?!«

»Nein, Joe! Meinem Vater, das müsstest du dir doch denken können. Gefällt es dir?«

»Der Hammer! Ganz mein Auto! Fährst du mit mir eine Runde? Ist das deine dringende Überraschung für mich?«

»Joe, nein! Aber wir können uns kurz hineinsetzen. Und anschließend muss ich mit dir über unsere Zukunft reden. Verstehst du? Deshalb bin ich hier und spazieren wir zum Waldschlösschen. Klar, der Herr?«

Joe will eigentlich gar nicht mehr aussteigen, ohne in den Genuss des Fahrens gekommen zu sein, seine Johny bleibt aber hart, folglich spazieren sie nun los, obwohl Joe noch ganz in Gedanken bei diesem Auto ist. Ob er sich jemals so ein Traumauto leisten können wird? Mit ehrlicher Arbeit? Könnte man das erreichen?

»Weißt du, Joe, unsere Beziehung war im Internet viel einfacher. Da passten wir so gut zusammen, hörst du mir zu?«

»Was hast du gesagt, Johny? Entschuldigung, dein Auto!«

»Dass wir beide als Internet-Freunde ja bestens harmonieren, aber in der Wirklichkeit...!«

»Kann man das nicht ändern? Können wir es nicht versuchen, Johny? Weil ich dich liebe!«

»Du wolltest doch zu meiner Sicherheit zu mir in meine Wohnung einziehen. Stimmt's? Deshalb frage ich dich jetzt: Würdest du auch aus Liebe in eine gemeinsame Wohnung ziehen?«

»Was für eine Frage!? Ja! Ja, doch!«

»Hat dich mein christlicher Gott als Schutzengel zu mir geschickt oder dein mohammedanischer Allah?«

»Johny, das ist mir längst egal! Ich glaube, wir müssen unsere Religionen weitestgehend vergessen, wenn wir eine gemeinsame Zukunft als Liebespaar gestalten wollen.«

»Und das soll uns beiden tatsächlich gelingen? Glaubst du das?«

»Ich habe erkannt, dass unsere Religionen etwas Gutes, aber auch etwas Schlechtes an sich haben. Das Schlechte wollen wir auf den Tisch legen und es zu unseren Gunsten verjagen! Ich will auch keinen muslimischen Glauben mehr haben, wenn sich tausende Muslime wegen ihrer Religionsauslegungen alltäglich gegenseitig mit Bomben bekriegen.«

»Genau, Joe! Das denke ich auch: Und ich will auch keinen christlichen Glauben mehr haben, wenn sich tausende Christen wegen ihrer Religionsauslegungen alltäglich gegenseitig verachten und hassen.«

»Und alle diese schrecklichen Gebote und Verbote, die doch ständig missachtet werden, weil sie entweder unmenschlich oder übermenschlich sind!«

»Stehlen und Menschen töten darfst du aber trotzdem nicht, Joe!«, lacht Teresa.

»Ja, das weiß ich! Aber die Todesstrafe kann doch gerecht sein! Ich meine, wenn man einen Mörder oder Verbrecher tötet, ist das die gerechte Strafe! Oder?«

»Glaubst du das wirklich, Joe? Leider sei das gar nicht einfach, meint mein Vater. Bei dem Mörder, dem sein Mord zweifelsohne bewiesen wird, könnte das gerecht sein. Aber die Notwehr ist nie zu vergessen! Was ist, wenn eine liebe Ehefrau jahrzehntelang von ihrem lieblosen Ehemann seelisch gequält wurde, vielleicht darüber hinaus deren gemeinsame Kinder! Und eines Tages erschlägt sie ihn in ihrer Verzweiflung. Wäre da ein Mord an ihr gerecht, Joe? Niemand half ihr gegen ihren unausstehlichen Mann! Niemand!«

»Mord ist doch Mord! Aber irgendwie hat Akbay recht, glaube ich nun. Jeder Mord hat wahrscheinlich andere Ursachen. Was ist dann gerecht? So gesehen ist die Todesstrafe grundsätzlich ungerecht! Und was ist mit dem Sex vor der Eheschließung, weil er nur zur Zeugung der Kinder gestattet ist?!«

»Aber das ist etwas völlig Anderes! Das kannst du nicht vergleichen, Joe! Du rennst hoffentlich nicht auch einmal im Leben nach Mekka und wandelst wie diese geistesgestörten Hunderttausenden um einen schwarzen Klotz herum, um vor Allah als heiliger Muslim zu gelten? Oder?«

»Und weshalb vergleichst du unser heiliges Pilgern mit dem Sex vor der Ehe, Johny?«

»Weil beides bescheuert ist! Wenn ich einen Mann von Herzen liebe, dann finde ich ihn auch sexuell anziehend. Dann will ich eben auch Sex mit ihm! Ist das denn so unmenschlich und unchristlich? Wozu gibt es denn Verhütungsmittel seit Jahrtausenden?!«

»So kenne ich dich ja gar nicht, Johny! Aber das hast du doch immer lauthals vertreten, seit wir uns kennen! Oder nicht?«

»Das hat mir allerdings meine ach so fromme Hedda eingetrichtert, jahrelang, dieselbe liebe Frau, die mich erschießen wollte! Weiß Gott, warum?!«

»Willst du etwa Sex mit mir haben wollen, wenn wir zusammen in einer Wohnung leben würden? Das ist...«

»Ich bin eine Frau in diesem Land! Selbstständig und gesetzlich volljährig! Und deshalb werde ich weiterhin tun, was ich – nein, was wir zusammen für unsere Beziehung für gut halten. Und du bist...!«

»Habe ich da irgendwie nichts mitzuentscheiden, Johny? Ich glaube, du bist mir zu stark, zu bestimmend als mögliche Ehefrau!«

»So ein Unsinn! Du ziehst so schnell wie möglich zu mir. Aber ich will den erwachsenen Joe aus dem Internet um mich und bei mir haben! Den mit den großen Träumen! Den mit der großen Kraft, die mich ins Leben hinaustragen wird – immer an seiner Seite! Und von diesem Mann und mit ihm will ich auch Kinder haben! Klar, Mann?«

»Warte ´mal! Jetzt soll ich in die Wohnung zu dir? Mit meinen Eltern und meinem Bruder geht es mir sehr gut zu Hause! Also weißt du, ich...«

»Heißt das, du – liebst mich nicht? Joe, sprich, liebst du mich?«

»Unsinn! Ich mag dich wirklich sehr, bisher als meine Internet-Johny. Viel mehr fühle ich...«

»Halt! Ich will das gar nicht wissen. Nicht mehr! Gott weiß es, weil er alles weiß. Er wird es richten.«

»Viel mehr als jene Johny liebe ich diese Teresa, wollte ich dir sagen! Aber sie ist noch so anders in ihrem Denken und Handeln als ich das...«

Teresa ergreift augenblicklich seine rechte Hand und sieht ihm in die Augen mit den Worten: »Dann lass uns schweigen und einfach weitergehen durch diesen dunklen Wald.«

»Dunkler Wald? Unsinn! Der Mond ist seit einiger Zeit am Himmel aufgegangen. Ist sie blind?! Hell ist er erleuchtet und weist uns den Weg durch diese vielen Bäume und Büsche des endlosen Schwarzwaldes! Und wenn ich ihren komischen *Engländermichel*, jenen bösen Geist, den angeblich alle aus dem Märchen kennen, herbeirufen würde, dann würde er mir helfen, dich zu... einen Stein würde er mir geben!«

»Was brabbelst du da vor dich hin? Was für ein `Schwein´? Schweige endlich, Joe!«

Joe bemüht sich sehr, sie nicht anzuschreien. Und plötzlich hört er eine grell verzehrte Stimme aus dem finsteren Wald heraus flüstern: »Töte sie! Sie ist eine Ungläubige! Eine schändliche Christin! Du musst sie töten; denn sonst wird sie dich eines Tages töten!«

Er bleibt zu Tode erschrocken stehen, dreht sich hin und her und legt sich auf den steinigen Boden. Am ganzen Körper zittert er. Das war die Stimme Sezers, seines islamistischen Bruders. Sofort hat er dessen Ausdrucksweise erkannt. Ist er hier? Hier im Wald versteckt? Er könnte ja auf Johny schießen, deshalb bleibt er einige Sekunden ruhig. Es geschieht nichts.

Joe erhebt sich vorsichtig. Johny ist langsam weitergegangen, nichts hat sie mitbekommen, gar nichts. Das macht Joe noch wütender, so dass er ihr jetzt hinterher eilt.

»Töte sie, Mustafa! Greife dir den Stein! Faustgroß! Nur das sage ich dir, weil du mich doch gerufen hast!«

Wieder sieht sich Johny blitzschnell um und sagt: »Niemals habe ich dich gerufen! Hau ab!« Und nichts raschelt im Gebüsch. So marschiert er hinter Johny weiter.

»Da bist du ja wieder, Joe. Komm schon!«, spricht Johny zu ihm, nachdem sie stehenblieb und sich ihr Kopf zu ihm umdrehte.

Es stürmt plötzlich durch den finsteren Waldweg. Am Himmel darüber ist das Mondlicht erloschen. Platzregen schüttet sich aus.

Die hohen Tannen biegen sich hin und her, als ob sie bitterböse lachen müssten. Über sie beide Menschlein, die unscheinbaren, winzigen Wichte!

Donnergrollen und Blitze nähern sich!

Da hebt Joe augenblicklich einen faustgroßen Stein neben sich auf. Johny sieht nichts, nichts neben sich. Nicht einmal ihren Joe!

Joe will es tun. Wieder zwingt ihn die Stimme. Heulender Wind! Joe muss es tun! Jaulender Sturm!

Aber wird seine rechte Hand tatsächlich Johnys Schädel einschlagen, einer ʼunreinen Christinʼ wie sein so falscher Bruder sagt?! Sie ist doch seine Liebe, sein Schatz, *Canim*! –

Keiner konnte *Edanur* davon abhalten, *Mücahit* auf ihre Weise zu lieben...

»Tötet sie! Sie sind schändliche Ungläubige! Wir müssen sie töten; sonst werden sie uns eines Tages töten! Genau so ist es beschrieben in unserem heiligen Koran! Treibe mit ihnen gewinnreichen Handel und dann vernichte sie, weil sie uns vernichten wollen!«

Edanur sollte sofort stolz nach ihrer Hochzeit mit *Mücahit* auf seine frommen Aufrufe sein. Aber das war sie nie. Nie freute sie sich, wenn es tote Ungläubige gab, was Mücahit sehr enttäuschte. Bereits als kindliche Frau wurde sie ihm zur Ehefrau versprochen, deshalb bezahlte er den geforderten Geldbetrag ihren Eltern und sie hatte glücklich zu sein, einen solchen wundervollen Mann aus ihrer Gegend heiraten zu dürfen. Keinen Mann aus der Fremde! War das nicht eine segensreiche Geste Allahs?! Ja, das war es.

Mücahit arbeitete fleißig und zeigte ihr jeden Tag ihren Weg ins Glück! Ihren so sehr gewünschten Berufsweg zur Lehrerin brauchte sie nicht, weil sie sich um seine Kinder sorgen dürfte, versprach er ihr. Was für ein liebender Mann er doch war! Ja, die Familie war sein höchstes Gut!

Aber Edanurs erstes Kind war nur ein Mädchen! Die Schande überfiel allmählich die junge Familie! In den Gesprächen ohne sie wurde überlegt, warum sie in Allahs Ungnade gefallen sein könnten, obwohl doch Mücahit so ein fleißiger Arbeiter und gütiger Vater sei! Kein Junge?! Was läge da Böses im Verborgenen?!

Nur ein Jahr später wurde Mücahit doch noch ein Junge geschenkt! Edanur habe etwas Sündhaftes bereut und Mücahit sie deshalb regelmäßig zu ihrer Unterstützung angeschrien und geschlagen. Allah sei wieder gut zu ihm geworden. Welch ein großes Glück!

Den Namen *Kalkan* haben Mücahits Vater und er selbst erwählt. Es sollte doch ein großherziger Mann aus ihm werden. Ein von allen seinen Brüdern und Freunden geehrter Mann! Vielleicht gefiel ja Edanur dieser Name auch, wer weiß.

Als Kalkan sich in eine Frau verliebte, die er auch heiraten wollte, war seine ältere Schwester längst an einer Krankheit verstorben, was Mücahit aber nicht weiter beunruhigte. Sie sei eben ʿein schwächliches Dingʾ gewesen, »so wie ihre Mutter es langsam auch wurde«, sagte er immer leicht wütend zu seinen Männerbesuchen.

Semiha hieß die junge, starke Frau, die Kalkan heiraten wollte. Teuer war das Brautgeld, denn sie entstammte einer wohlhabenden Familie aus Istanbul, deren Eltern so schnell wie möglich in die USA auswandern wollten. Glücklicherweise gelang es dem eifrigen Kalkan, ein gefragter Apotheker zu werden, während Semiha auf Wunsch und mit Hilfe ihrer Eltern eine kaufmännische Ausbildung machte, um für die Familie mitzuarbeiten. Sie blieb das einzige Kind ihrer Eltern, denn »ihre Mutter hatte keinen Segen zum Mutter werden«, meinten die Ärzte.

Kalkan bekam auch keine Geschwister mehr, aber aus einem grausamen Grund: Mücahit hat seiner Edanur viel zu häufig in den Unterleib getreten; aus der Wut heraus, dass sie nicht mehr schwanger wurde. Er wollte zuerst sogar heimlich einen anderen Mann für jeden Geschlechtsverkehr bezahlen, weil er schon glaubte, es läge an ihm. Und nachts im Dunkeln würde Allah eh nicht bemerken, wer da seine unfähige Frau schwängern würde, sprach er im vollstem Mitgefühl. Mücahit litt und litt, dass Allah ihn verlassen habe. `Wie konnte ihm das nur geschehen?´, fragten sich alle in Mücahits Familie. Sie berieten auch, ob man nicht vielleicht Edanur mit einer anderen Frau irgendwie tauschen könne. `Unser armer Mücahit!´, waren ihre traurigen Worte im gemeinsamen Gebet.

Da offenbarte sich das fürchterliche Geheimnis eines Tages zufällig, weshalb Allah erst Edanur strafte:

Diese Edanur wurde von einem neuen Arbeiter auf einem Foto wiedererkannt, der sich sogleich über Mücahit im Betrieb lustig machte. Seine Frau war keine ernsthaft gläubige Muslima, nein, sie nahm früher Geld von fremden Männern für den `schnellen Sex´. So eine Frau ist sie einst gewesen! Da rettete sie die vereinbart freiwillige Heirat mit Mücahit, deshalb versuchte sie ihn zu lieben, ihm all seine gewaltvolle Fürsorge täglich zu verzeihen. Mücahit war entsetzt und es wurde ihm klar, dass er genau solch eine Frau der westlichen Länder geheiratet hatte, vor der auch er immer gewarnt wurde. Eine durchwegs sündhafte Frau! Eine von Allah Verstoßene! Töten müsste er sie. –

– Sezer dachte immer daran, weil ihm sein Großvater sein Leid beichtete, als er vor über einem Jahr zu seinem 18. Geburtstag bei ihm in der Türkei zum Fest sein durfte. Allerdings ist seit dieser Zeit Kalkans Beziehung zu seinem Vater Mücahit ganz beendet, auch Semihas und Mustafas! Sezer stört das wenig, denn er weiß, dass seine Eltern und sein Bruder verwestlichte Ungläubige sind. Mücahit allein kenne die Wahrheit ihres Glaubens! Nur er spräche die heiligen Worte Mohammeds aus! Er sei sein großes Vorbild für sein Leben, versprach Sezer ihm damals.

Und heute ist es endlich so weit. Sezers Tag der großen Tat! Doch Mücahit betrachtete den stets hochgelobten *Mustafa Atatürk* als Volksverräter der muslimischen Türken und sich selbst als Nachfahre Hassans des Berges Alamut im Iran, der predigte, die Ungläubigen zu töten, nachdem man mit ein wenig Haschisch betäubt den geheimen Garten mit seinem erfrischenden Badesee und den nur für die Wünsche des Mannes geborenen Jungfrauen bewundert hat. Das Töten anderer müsste mit dem Selbsttöten verbunden sein, um seinen diesseitigen Mut und seine jenseitige Verbundenheit Allah zu beweisen, so dass man in jenen Wundergarten dem vergänglichen Irdischen für alle Zeit entfliehen dürfe.

Und deshalb plante Sezer nur die Flucht in seine Waldhütte, in der er ein bisschen Haschisch lagerte und verköstigte, wo er dann demütig gläubig auf sein weiteres Schicksal freudig warten würde. »Allah wird heute stolz auf mich sein!«, weiß Sezer so gehorsam.

Gras, das ist es. Aber echtes, einfach über alles hinweg.

Es scheint die Sonne und er überlegt nicht mehr, was er am helllichten Mittwoch-Mittag hier im Zentrum Stuttgarts solle, denn es ist ein Weg, sein Weg. Durch die Stadt zu fahren ist nicht sein Ziel – mit der lauten Musik im Auto. Aber es ist ein anderer Weg, 'mal den Stecker zu ziehen, ganz für sich zu sein. Genau wie Gras. Diese Musik ist Gras, das man aber mit Ohren raucht. Genau.

Und mitten am sonnigen Tag ein geliehenes Auto zu fahren, das ist eben auch wie Gras rauchen, fühlt er. So einfach 'mal zum Ziel fliegen dürfen. Ja, das ist Freiheit! Seine einzige, seine jugendhaft männliche, eben nur im Rausch der glücklichem Erwartung seiner Zukunft im Jenseits.

Wie geplant! Er kann in der passenden Straße einen Parkplatz finden, spaziert fröhlich berauscht zu dem erwählten Modegeschäft und tritt grinsend ein. Nur wenige Minuten schlendert er durch die Gänge, da stehen sie vor ihm; vier Frauen verschiedenen Alters beim Anprobieren bunt modischer Kleidung.

»Wie bestellt, diese unbedeckten Stücke!«, lächelt Sezer freundlich in sich hinein. Immer näher tritt er an sie heran; der Weg zum Ausgang ist nicht weit. Gut!

Das Morden dauert nur Sekunden: Ein Kopfschuss, zwei in die Brust und den letzten durch den Rücken ins Herz! Kaum Blut sieht er, nur hört er erste Schreie.

Sezer rennt so schnell er kann hinaus zu seinem Auto. »Der Schalldämpfer auf dem Lauf ist wie immer ein sehr guter Schutz!«, freut er sich und erreicht einige Meter vor dem Parkplatz langsam schlendernd zur besseren Tarnung in nur zwei Minuten nach seiner Tat das wartende Auto. Polizeisirenen erschallen, aber Sezer weiß, dass er unerkannt und ungehindert in den Schwarzwald im Westen der Stadt zu seiner Hütte fahren wird.

Warum sollte man sein Auto aufhalten? Zwar ein gesuchtes Kennzeichen, aber wer wüsste das denn auswendig? Zu viele Autos sind bei der Polizei als gestohlen gemeldet! Das wäre Zufall! Aber bei Allah gibt es keinen Zufall!

Als er nach der genau vorausberechneten Zeit im Waldweg das Auto abstellt, ist er überrascht: Dort parkt auch das Auto seiner Eltern. Sie müssen seine Hütte entdeckt haben! Na und! Er ist ja so erwachsen.

Beide sitzen vor der Waldhütte, weil Sezer sich am Handy nicht meldete, und berichten ihm traurig von seiner Großmutter Edanur in der Türkei: Sie habe ihren Mann Mücahit nach all den Ehejahren in ihrem Haus mit einer schweren Pfanne erschlagen und danach selbst die Polizei gerufen. Und hühnereigroß sei ihr Gehirntumor bereits gewachsen. Geld für eine solche Operation? Nein! Sie sagt, viel zu wenig Zeit blieb ihr, diesen unmenschlichen Mücahit anders zu bezwingen!

Sezer lacht, erzählt seine Heldentat und sie spüren beide, dass es besser ist, auch schnell wieder zu ver... –

207

Gib Gas, Canim!

Gib Gas, Canim!

Liebe hat immer Folgen, zum Beispiel Sex, das wissen auch *Daniel* und *Kalkan* und *Peter*...

Gras, das ist es. Aber echtes, einfach über alles hinweg.

Es nieselt und er überlegt, ob er heute mitten in der Nacht durch die Stadt fahren solle, aber es ist ein Weg, sein Weg. Nachts durch die Stadt zu fahren ist einfach sein Ziel – mit ruhiger Musik im Auto. Das ist sein Weg, 'mal den Stecker zu ziehen, ganz für sich zu sein. Genau wie Gras. Diese Musik ist Gras, das man aber mit Ohren raucht. Genau.

Und tief in der dunklen Nacht sein eigenes Auto zu fahren, das ist eben auch wie Gras rauchen, fühlt er immer wieder. So einfach 'mal wie ziellos fliegen dürfen. Ja, das ist Freiheit! Vielleicht seine einzige, seine jugendhaft männliche, eben nur im Rausch.

Während er noch immer in der elterlichen Wohnung in seinem Zimmer fleißig lernt, fällt ihm ständig diese Begegnung mit Teresas Vater Akbay von Vorgestern ein. Auch dieser Mann hat die Sehnsucht nach Freiheit und lustigerweise fährt auch er gerne nachts allein in der Stadt herum, um abzuschalten. Mustafa gewinnt den Eindruck, dass ihn dies zu einer stärkeren Bindung an Teresas Adoptivvater verleite als ihm gegenüber seinem gütigen Adoptivvater Kalkan lieb ist.

Oder will er das nur, weil er spürt, dass er seine Eltern endlich verlassen müsste. Aber bei Teresa einziehen? Nein, das könnte er niemals! –

Teresa meldet sich auf seinem Handy; es vibriert, brummt und klingelt auf seinem vollen Schreibtisch.

»Hallo, Teresa! Was ist?«

»Joe! Ich bitte dich, dass du heute Abend zu mir kommst. In meine Wohnung! Das mit uns gestern beim Waldspaziergang, das lässt mir keine Ruhe.«

»Mir aber! Keine Zeit! Zieh´ doch einfach in die Villa deines reichen Vaters um! Dann wirst du bestimmt Ruhe haben. Es sind doch alle Bösen aus deinem Leben verschwunden! Good bye!«

»Warum bist du immer so sicher! So verdammt gottähnlich! Ich will nicht in die Villa meines Vaters zurück. Diese schöne Wohnung entwickelt sich in mir in mein eigenes Zuhause. Und außerdem... kannst du nicht einfach kommen, wenn man dich darum bittet?«

»Warum sollte ich? Ich bin beschäftigt! Wichtiges für die Schule, verstehst du?! Vielleicht irgendwann ein anderes Mal! In ein paar Wochen! Gute Nacht!«

»Und ich dachte, wir sind beste Freunde! Ja, sogar mehr vielleicht als das! Und außerdem... nämlich... Du fehlst mir hier, du Idiot!«

»Wie? `Fehle dir´, `Idiot´? Du bist ja...!«, da bemerkt er erst, dass sie abgeschaltet hat; nach `Idiot´, was ihn nun so gründlich ärgert. Und was diese Verrückte sich eigentlich einbilden würde, wer sie sei!? Schließlich sei *er* der Mann und hätte zu bestimmen, wann er wohin gehe. Wer sei er denn?! »Unglaublich frech!«, denkt er.

Er lernt brav weiter und nach vielen Minuten öffnet sich die Wohnungstür, hört Mustafa, das muss sein Vater sein, Kalkan, der sicherlich von seiner Arbeit nach Hause kommt.

»Mustafa, mein Sohn!«, ruft er zunächst laut und nach kurzer Pause, während er sich an der Garderobe im schmalen Flur häuslich umzieht, leiser werdend: »Mustafa, Canim! Mustafa, ich muss jetzt mit dir sprechen! Jetzt sofort!«

Mustafa hört die Sätze seines Vaters, antwortet ihm kurz und erscheint wenige Minuten anschließend am gedeckten Wohnzimmertisch, auf dem Kalkan schon zwei Gläser mit alkoholischem Getränk abstellte.

»Baba! Ist das Whiskey? Wir trinken doch keinen Alkohol! Wir sind Muslime! Ernsthaft Gläubige!«

»Mein Sohn, nimm Platz und lass dir berichten!«

»Was ist los? Sezer?«

»Ja, leider, wir beide waren heute Nachmittag in seiner Waldhütte. Ich weiß nämlich, wo er sie im Wald versteckt gebaut hat. Frage nicht! Ich habe dich am Samstag verfolgt, als du ihn dort besucht hast. Sezer war wieder vor einigen Stunden dort. Wir mussten ihm berichten, dass vor einigen Tagen seine Großmutter

Edanur ihren geliebten Mann Mücahit erschlagen hat; stell´ dir das vor! In ihrem Dorf in der Türkei! Und jetzt ist sie auch noch im Stadtgefängnis weggesperrt; sie hat sich der Polizei gemeldet, heißt es. Wie furchtbar!

Nun warte sie auf ihre Gerichtsverhandlung, ohne Reue und ohne Angst vor ihrer Bestrafung, da sie behaupte, dass ihr ein Arzt vor wenigen Monaten nahegelegt hätte, sie würde wegen ihres unheilbaren Gehirntumors sowieso nicht mehr lange leben. Sie wusste bei der Polizei auch nicht, dass ihr Mann ermordet worden sei. Das wurde uns gestern Abend telefonisch mitgeteilt, als du unterwegs warst. Semiha meinte, wir müssten es selbstverständlich zuerst Sezer persönlich sagen, weil er ja mein leiblicher Sohn ist. Deshalb waren wir bei seiner Hütte. Und danach fuhr ich Semiha noch zurück ins Geschäft, sie hätten dort ein außerordentliches Team-Meeting; ich hole sie später ab. Aber mein Mustafa, es ist noch etwas viel Schlimmeres... Wahnsinn! Edanur hat ja einen riesigen Gehirntumor und deshalb spielt sie die Vergessliche vor, ja, von mir aus, gut oder nicht... aber das Andere, das geschehen... Unsere Familie, bei Allah!«

Kalkans Oberkörper fällt auf den Tisch und Mustafa hört sein bitterliches Schluchzen, das nicht enden will.

»Was? Noch Schlimmeres? Sezer! Oder? Das kann nur...!«

Kalkan richtet sich so langsam wie gebrochen auf, wobei ihm Mustafa hilft, blickt seinen Sohn todernst an und fragt ihn sich schwer fassend:

»Hast du denn noch keine Nachrichten gehört!?«

»Nein! Warum! So sag´ doch! Was war denn?«

»Heute Mittag hat ein junger Mann – im Stuttgarter Stadtzentrum in einem Modegeschäft – vier Frauen, wahrscheinlich völlig wahllos, zufällig – erschossen! – So aus der Laune heraus einfach ermordet – mit einer Pistole! Ein Blutbad im Laden! – Genau das wird seit ein paar Stunden überall berichtet. – Der Täter ist zwar entkommen, aber die Sicherheitskamera hätte ihn gefilmt. Die Bilder waren vielleicht bereits öffentlich zu sehen, weil man nach ihm fahndet. Eine Belohnung gäbe es für Hinweise!«

»Und? Sezer, nicht wahr? Wo ist er? Immer noch in seiner lausigen Waldhütte? Wir holen ihn aus seinem Versteck! Lass uns sofort hinfahren!«

»Warte, nein! Wir waren doch bei ihm in der Hütte, erzählten ihm behutsam von Edanur und Mücahit. Und weißt du, was er dann tat? Unfassbar! Er verlor darüber kein einziges Wort! Keine Silbe! Nein! Er beichtete uns so stolz wie ein junger Prophet Allahs diese Schandtat in Stuttgart! Sprachlos waren wir beide. Er rief, dass die deutsche Polizei dümmer als alle türkischen Ziegen sei, dass unser geliebter, alter Mücahit ewiglich leben und unendlich viele Helden wie ihn selbst für den heiligen Kampf gegen all diese Ungläubigen der Welt begeistern solle! `Mücahit, er lebe hoch!´, das schrie Sezer in der Waldhütte. Nicht nur einmal! Nein, so erschreckend oft, dass wir aus Angst vor ihm fliehen mussten. Semiha zitterte sehr und weinte, während wir den schmalen Waldweg zu unserem Auto so schnell wir konnten liefen. Unser Sezer hinter uns brüllte wie blöd: `Mücahit, *Canim*!´« –

– Schweigend sitzen sie am Tisch. Mustafa begreift, dass seine Eltern ihren Sohn Sezer nicht der Polizei verraten wollen. Ihren eigenen Sohn!

»Mustafa, was sollen wir tun? Mustafa?«, fragt ihn der weinende Kalkan. Mustafa senkt seinen Kopf und schweigt, aber Kalkan ist das nun einmal zu wenig, viel zu wenig dieses Schweigen.

»Mein Sohn! Müssen wir Sezer verraten? Müssen wir das? Semiha würde es das Herz brechen! Oder!? Noch weiß niemand, wer dieser Täter war! Oder!? Keiner kennt seine Hütte im Wald! Oder, Mustafa!?«

»Lass uns den Whiskey trinken, denn ich verstehe dich. Und, bei Allah, am besten gleich noch ein Glas darauf! Wege müssen wir suchen und finden, gute!«

Sie trinken noch mehr Gläser, aber es hilft leider irgendwie nicht so ganz, wie sie es sich erhoffen. Mustafa versucht, sinnvolle Gedanken in Worte zu fassen, um Kalkan seelisch zu stützen:

»Sezer ist doch erwachsen, weiß, was er getan hat. Also können wir ihm doch nur helfen, wenn wir ihn als erwachsenen Muslim betrachten, glaube ich.«

»Und was meinst du damit? Dass wir ihn nicht der Polizei melden und ihn ziehen lassen sollten, wohin er will? Aber was geschieht denn, wenn er bei uns in der Wohnung bleibt und wenn er schon weitere Attentate geplant hat? Er hat doch auch noch ein gestohlenes Auto! Oder wer gab ihm das, Mustafa!? Du etwa?«

»Stimmt! Nein, das vergaß ich gerade. Natürlich ist es gestohlen und es wird deshalb bestimmt gesucht.«

»Sie werden ihn finden. Das werden sie! Es handelt sich folglich nur um die Zeit. Die Zeitspanne, die ihm verbleiben wird! Und dann wird er seine islamistischen Morde stolz verkünden, dieser Wahnsinnige! Das kann nicht unser Sohn sein! Niemals! Nein, das können wir beide nicht glauben. Was denkst du?«

»Meinst du, dass er noch mehr Menschen ermorden möchte? Und wenn, dann würden wir also diese Menschen vor ihm retten, wenn wir ihn doch der Polizei ausliefern, die ihn eh eines Tages finden wird.«

»Ja, Mustafa, ja! Aber deine Mutter, Semiha? Wird sie uns deswegen hassen, uns beiden niemals mehr ins Auge sehen wollen, sich selbst aus Trauer vernichten? Mustafa, ich weiß nicht weiter! Allah hilft mir nicht!«

Mustafas Handy fällt ihnen in die Worte. Laute Ruftöne stellte er vorhin ein, ja, doch wegen Teresas Bitte und seiner Zweifel!

»Wer ist das, Mustafa? Sezer? Semiha? Die Polizei? Sag´ allen, wirklich allen, dass ich noch nicht zu Hause sei. Ich muss überlegen, da kann ich nicht sinnvoll antworten, auch nicht Semiha! Beruhige sie! Sie soll erst zu uns nach Hause kommen. Unsinn! Sag´ ihr, ich hole sie wie vereinbart sofort ab!«

Mustafa lässt es läuten, sieht das Bild, bis er sich selbst klar geworden ist, dass er Teresa sprechen will.

»Nein, nein. Für mich, nur für mich, denke ich. Warte, ich gehe hinüber in mein Zimmer. Versuche, dich ein bisschen zu entspannen. Bis gleich!«

Kalkan trinkt noch einen Schluck Whiskey, weil die Flasche ja nicht leer ist, und bemüht sich angestrengt zum Fenster hinauszuäugen, um etwas Wichtiges zu entdecken, ganz bewusst, vielleicht einen besonderen Vogel im wuchtigen Laubbaum gegenüber oder einen besonderen Fußgänger, weil er ihm in ihrer Gegend noch nicht aufgefallen sei. Daher trocknet er sich zunächst seine Tränen mit einem Taschentuch aus der antiken Kommode ab, in der obersten Schublade; dort liegt auch eine Schere, eine sehr große, mit ihr könnte man sich oder einen anderen Menschen durchaus...

»Mustafa. Ich rufe dich an, weil Kalkan nicht mehr Autofahren soll. Bereits bei der kurzen Rückfahrt aus dem Schwarzwald war er mir viel zu ungeduldig und unaufmerksam. Zum Glück konnte er wegen der vielen Lastwagen nicht so schnell wie üblich fahren, weißt du! Bitte hol´ *du* mich vom Geschäft ab! Das Meeting ist für mich zu Ende. Ich konnte nicht zuhören, deshalb wurde ich nach Hause geschickt. Aber erzählt habe ich nichts von Sezer und seinen...«

»Ist ja gut, weine nicht! Wir klären alles gemeinsam hier zu Hause, hörst du? Wir beiden Männer reden schon einige Zeit darüber, bestimmt finden wir eine Lösung! Ich hole dich sofort ab. Bis gleich, bin schon unterwegs! Und denke an etwas Schönes, um dich abzulenken! Du kannst auch für uns beten, zu Allah!«

Es regnet nicht, es schüttet ein Tränenmeer vom Himmel herab, trotzdem muss Mustafa seine wegen Sezers Verhalten vollkommen verwirrte Mutter mit dem Auto abholen und gleichzeitig hoffen, dass sein zutiefst enttäuschter Vater nichts Unüberlegtes in ihrer Wohnung machen wird.

Ausgerechnet während der Hinfahrt meldet sich Teresa in seinem Handy und dann wieder während der Heimfahrt, so dass er nicht sprechen konnte. »Es ist wirklich gerade zum wahnsinnig werden!«, denkt Mustafa, »Und wann und wie soll ich ihnen beiden jemals offenbaren, dass auch ich, der liebe größere Bruder, einen Menschen auch noch wegen unserer Familiensorgen erschossen habe?! Und wahrscheinlich sinnlos, weil der Eigentümer mittlerweile auch tot ist!«

Semiha schweigt und bemüht sich tapfer, nicht zu weinen. Mustafa sagt lieber nichts, denn sonst sei gewiss plötzlich eine gedankliche Verbindung zu Sezer oder seiner Tat aufgebaut. Darum könnte er wetten!

Zuhause finden sie Kalkan vor dem Fernseher auf dem Sofa sitzend. Semiha will ohne Zögern von ihm wissen, ob Neuigkeiten über jenen Attentäter oder sogar schon über Sezers Verfolgung in irgendeinem Programm gesendet würden. Kalkan antwortet nur: »Weiß ich nicht. Ich suche etwas mit Sport oder am besten nur Fußball! Ja, das passt, Fußballspiel!«

»Diese dummen Fußballspiele? Seit wann, Kalkan?«

»Seit diesem Augenblick, jetzt, Semiha, *Canim*!« –

Mustafa beruhigte seine Eltern und sie schafften es mit wenig Tränen zu vereinbaren, dass sie morgen hoffentlich mit frischer Kraft über sich und Sezers Zukunft zusammen nachdenken. Und auf diese Weise kann er es versuchen, Teresa mit seinem Handy zu erreichen. Die Zeit ist wegen dieser schrecklichen Aufregung im Flug vergangen, das heißt, Teresa hat möglicherweise frei, und daher wollte sie auch vorhin Mustafa zu sich in die Wohnung einladen, also ihren Joe oder so, jedenfalls glaubt Mustafa, das alles in dieser Art verstanden zu haben, und ruft Teresa an:

»Hallo, Joe. Was ist jetzt? Hast du dich tatsächlich endlich ´mal entschieden?«

»Aber...! Teresa, ganz kurz, ich komme zu dir so schnell ich kann. Ich musste noch meine Mutter aus dem Geschäft nach Hause abholen, doch jetzt kann ich zu dir fahren. Bis gleich!«

»Aha! Ist das eine Ausrede, Joe? Ich will dir glauben, aber ich warte nicht mehr lange und dann habe ich keine `Sprechstunde´ mehr, verstanden?«

»Ja. Ich bin bereits im Treppenhaus! Warte bitte!«

Mustafa will Sezer schnellstens bei der Polizei anzeigen, aber die Polizei kennt Sezers Pistole wegen des Mordes an Daniels Anwalt und auch wegen seines Beinschusses. »Irgendwie werden Sie Sezer wegen beider Taten richtig Ärger machen«, grübelt Mustafa, »Ob Sezer mich dann in seiner Not verpfeifen wird? Er war das ja nicht! Es war nur nachweisbar seine Waffe.«

Es ist noch nicht 20 Uhr, als Mustafa vor dem Haus Akbays in Büchenbronn parkt. »Da könnten wir noch zusammen einen spannenden Film ansehen«, meint er sich freuend, »Was sie wohl von mir will, dass ich so dringend zu ihr kommen soll?«

»Und was sagst du zu meiner Wohnung, Joe?!«

»Hell und groß. Sehr schön. Doch!«

»Nur die beiden Zimmer von Yörük und Hedda, die müssten noch leergeräumt werden. Oder glaubst du, dass sie jemals wieder bei mir erscheinen werden?!«

»Nein! Bestimmt nicht! Das kann ich mir nicht vorstellen. Haben sie denn irgendetwas Wichtiges in ihren Zimmern vergessen?«

»Nur ein paar alte leere Möbel stehen herum! Eher Sperrmüll sind die meiner Ansicht nach!«

»Sollte ich deshalb so schnell zu dir kommen? In deine Wohnung! Zum Möbel tragen? Ausräumen?«

»Also, wenn du noch heute Abend einziehen willst, dann lass uns wenigstens eines der Zimmer von den restlichen Sachen befreien. Wir könnten sie draußen zu den Mülltonnen dazu stellen. Das stört über Nacht niemanden! Vielleicht haben sie sich dann bis morgen früh eh in Luft aufgelöst. Was meinst du?«

»Das geht mir etwas zu schnell. An Einziehen habe ich nicht gedacht, weißt du. Ich habe mir vorgestellt, dass du mit mir über etwas Dringendes reden willst.«

»Hier in meiner Wohnung? Das würde ich doch lieber irgendwo draußen in der Natur tun oder nicht?«

»Weiß ich nicht! Was willst du dann?«

»Na, was wohl, du starker, großer Mann?«

»Weiß nicht. Das Eine?«

»Lesen! Ich will mit dir ein Buch lesen, darüber nachdenken und mit dir besprechen.«

»Wie? Jetzt verstehe ich gar nichts mehr. Oder vielleicht doch? `Sprechstunde´ sagtest du ja zu mir.«

»Genau!«, lacht Teresa, »Wir holen uns etwas zum Trinken aus der Küche und wandern damit ins Wohnzimmer. Auf dem Sofa machen wir es uns schön gemütlich – und ich lese dir vor. Du wirst staunen!«

Mustafa ist völlig überrascht. Kein Möbel oder Kartons schleppen und auch kein Sex!? Nicht einmal zusammen Musik hören oder einen Film erleben!? Nein, lesen will sie! Ihm vorlesen? Eine komische Frau sei diese Teresa, anders als seine Johny aus dem Internet, denkt Mustafa – oder Joe.

Nachdem sie es sich im Wohnzimmer gemütlich gemacht haben, zeigt ihm Teresa das Buch, aus dem sie ihm vorlesen will.

»Es ist von meinem Vater, von Akbay. Ich solle es durchlesen, das sei wichtig auch für mich, predigte er mir sanft und gutmütig; auch dir, meinem Retter, müsste ich davon mehr erzählen. Das machte mich neugierig. Klar! Oder? Deshalb habe ich es bereits durchgelesen. Zum Teil war das echt anstrengend, dieses alte Deutsch von *Gotthold Ephraim Lessing*, einem sehr berühmten deutschen Juden aus der Vergangenheit. Ein Drama ist es. ʾ*Nathan der Weise*ʾ ist der Titel.«

Mustafa erinnert sich selbstverständlich an Akbays Erklärungen zu diesem Theaterstück. Und es soll ihn nun noch einmal treffen; dieses Mal aus dem Mund Teresas. »Das klingt vielleicht wenigstens erotischer!«, hofft er insgeheim.

»Weißt du, das Stück beginnt genau wie unsere erste Begegnung, nicht im Internet als *Johny und Joe*, sondern im brennenden Haus meines Vaters. Darin heißt er *Nathan*, ist ein kluger, jüdischer Kaufmann, der genau im Augenblick des Feuers von einer Geschäftsreise nach Hause kommt und dort die Erzieherin namens *Daja* seiner Tochter antrifft. Das Haus ist ihm gleichgültig, baut er eben ein neues, aber seine Angst um seine Tochter *Recha*, die bringt ihn fast um. Sie überlebt. Und seine Tochter wurde von dieser erzkatholischen Erzieherin zu einer Christin erzogen, verstehst du? Ein Jude hat eine adoptierte Tochter, die er christlich erziehen lässt.«

»Ja, ist so ähnlich wie du mit Hedda als zwei Christinnen mit deinem muslimischen Adoptivvater! Seltsam!«

»Und es wird noch spannender, denn du rettest mich aus unserer alten Villa genau so wie dort ein christlicher Tempelritter zufällig aus dem brennenden Haus Nathans die Tochter Recha!«

»Na ja. Das kann sich doch öfter an vielen Orten der Welt so ereignen! Oder nicht?«

»Warte ab! Wegen seiner Religion schämt sich der Tempelritter nämlich, dass er die Tochter eines Juden rettete, die sich auch noch in ihn verliebte. Sie…«

»Warum?«

»Weil die Christen urteilen, dass die Juden ja ein schändliches Volk seien; sie hätten doch ihren *Jesus Christus* erst als ihren *Messias* hochgelobt, aber dann verraten und zugelassen, dass die heidnischen Römer ihren göttlichen Retter ans Kreuz geschlagen haben.«

»Das ist doch Jahrtausende her und, ob sich das alles wirklich so abgespielt hat, weiß doch keiner.«

»Lessings Theaterstück ist etwa zwanzig Jahre vor dem Jahr 1800 geschrieben worden, da glaubte man noch fest an solche Meinungen. Deshalb ändert sich die Geschichte ja auch in seinem Drama!«

»Wie könnte man das denn jemals ändern? Feste Meinungen zu geschichtlichen Ereignissen?«

»Im Lauf des Stücks verliebt sich der Tempelritter auch in die gerettete Jüdin. Und am Ende stellt sich heraus, dass… – Nein, das lese ich dir lieber vor!«

»Muss das sein? So spannend ist es…«

»Muss sein! Übrigens! Wie viele Datteln hast du heute denn schon gegessen, mein lieber Joe?«

»Datteln? Wieso?«

»Weil dieser junge Tempelritter dort in Jerusalem zwischendurch immer nachdenken muss, während er unter Dattelbäumen wandelt. Und ab und an isst er dabei Datteln. Und weil es ja hunderte Sorten Datteln gibt, schmeckt ihm wahrscheinlich längst eine davon außerordentlich gut. Im *ersten Aufzug fünfter Auftritt* heißt es deshalb zu ihm: `Nehm sich der Herr in acht mit dieser Frucht. Zu viel genossen taugt sie nicht; verstopft die Milz; macht melancholisches Geblüt´. Siehst du?! Wenn du kraftlos und melancholisch bist, hast du vorher vielleicht...«

»So ein Schwachsinn! Und wenn ich mich nun gern melancholisch nachdenklich fühlen würde?«

»Genau das erwidert der Tempelherr auch!«, lacht Teresa, »Bist du leidenschaftlich melancholisch?!«

Mustafa schweigt lieber.

»Und ein Gefangener ist er ebenfalls wie du: Er ist Gefangener vom muslimischen Sultan Saladin und als Feind von der üblichen Hinrichtung befreit, weil er ihn an seinen verschollenen Bruder erinnert, und du – du bist gefangen in deinem nächtlichen Grübeln auf dem Haidacher Hügel! Kein Mensch weiß warum! Du ziehst zu mir und dann wird bestimmt Schluss damit sein!«

»Aber ich schon! Ich weiß das schon! Ist jetzt...?«

Teresa erzählt ihm noch viel mehr aus dem Drama; so erkennen sie, weshalb Akbay niemals Geld verleiht, sondern immer nur den neuen Freunden schenkt. Sie denken über die böse Hedda nach, wie weit Teresas Ersatzmutter dem Handeln Dajas im Buch entspreche. Sie streiten dann über die Religionen und deren Moral, denn Teresa verabscheut alle religiösen Mörder, ja, einfach alle Mörder. Das sei unmenschlich und es gebe immer Auswege, andere Wege, die eben oft mühsam zu gehen seien. »Du sollst nicht töten, nein, du darfst nicht töten!«, das gelte für alle Menschen, deshalb auch für alle Religionen dieser Erde, verkündet Teresa wütend. Einmal, mehrmals!

Und Mustafa empfindet seine wütende Johny irgendwie erotisch anziehend. Teresa möchte sein Zustimmen, weiß er, deshalb spielt er nun auch ganz wütend vor, wie recht sie doch habe. Aber plötzlich fühlt und denkt er das ebenso, was ihn unglaublich zutiefst übermannt. Hat er doch diesen widerlichen Anwalt... Diese Schuld trägt er allein... – Wird er das...?

Und auf diese Weise erkennen sie sich gegenseitig – und sie lieben sich zeitlose Minuten lang... Erst danach fragt Mustafa, warum sie nicht verhüten würden.

»Ich nehme auch keine Pille. Reine Hormonschübe! Wer weiß, ob diese Dinger auf Dauer gesund für mich sind. Außerdem: Warum sollte ich?!«

»Aber alle jungen Frauen in Deutschland nehmen doch diese Pille! Warum ausgerechnet du nicht?!«

»Ich erst recht nicht! Ich will ein Kind von dir und – mit dir haben, verstehst du das jetzt endlich?!«

Mustafa zieht sich in Windeseile an und rennt aus der Wohnung hinaus. Er muss offensichtlich an die frische Luft, wie man so sagt.

»Wohin läufst du? Bleib´ da, Mustafa! *Canim!*« –

– Gras, das ist es. Aber echtes, einfach über alles hinweg.

Es ist dunkel. Er überlegt nicht, was er mitten in der Nacht hier solle, aber es ist ein Weg, sein Weg. Durch die Stadt zu fahren ist einfach sein Ziel – mit ruhiger Musik im Auto. Das ist sein Weg, ′mal den Stecker zu ziehen, ganz für sich zu sein. Genau wie Gras. Diese Musik ist Gras, das man aber mit Ohren raucht. Genau.

Und tief in der dunklen Nacht sein eigenes Auto zu fahren, das ist eben auch wie Gras rauchen, fühlt er immer wieder. So einfach ′mal wie ziellos fliegen dürfen. Ja, das ist Freiheit! Vielleicht seine einzige, seine jugendhaft männliche, eben nur im Rausch.

Gras, das ist es. Aber echtes, einfach über alles hinweg, heute über einen eigenartigen Mittwoch.

Noch vor weniger als drei Stunden klingelte er an der Haustür Teresas, weil sie wollte, dass er sie unbedingt besuchte, las mit ihr in diesem alten Buch, redete mit ihr über eine Welt der gemeinsamen Zukunft, stritt dann mir ihr über tiefe Gedanken und Gefühle – und endlich zogen sie sich unwiderstehlich an und `schliefen′ zärtlich und auch wild miteinander. Es traf sie beide mitten ins Herz. Niemand anderer weiß davon, weiß von ihrer angeblich unmöglichen…

Durch die Stadt zu fahren ist einfach sein Ziel – mit ruhiger Musik im Auto. Das ist sein Weg, ′mal den Stecker zu ziehen. Genau wie Gras. Diese Musik ist

Gras, das man aber mit Ohren raucht. Genau, das befreit. Jetzt jedoch nicht mehr, fühlt er.

Als Nächstes nimmt sein Auto die ihm von so vielen Nächten bekannte schmale Einfahrt zum Drive-in eines Fast-Food-Restaurants. Er zögert dort nie, was er essen möchte: »Hallo! Was wünschen Sie?«, fragt eine sehr freundliche Frauenstimme aus dem in der Box mit dem Display versteckten Lautsprecher, die neben den beleuchteten Werbeschildern am Rand des Weges aufgestellt ist.

»Hallo! Das Spezial-Vanilleeis mit Schokosoße«, antwortet er, weil ihm gerade nach diesem Eis mit Schokolade ist. Er kennt es ja. »Sonst noch ′was?« »Nein, danke!« Und schon drehen sich die Räder des Autos langsam weiter zur Kasse. Nur ein kleinerer Wagen steht dort kurze Zeit vor ihm. Von seinem Eis muss er heute kein Foto machen, heute ′mal nicht.

Er hat so richtig Lust auf das Eis, deshalb bleibt sein Auto auf dem Parkplatz stehen. Es nieselt weiter vor sich hin. Das Eis schmeckt ihm heute noch besser als sonst und die Schokosoße erst, weil er heute erstmals Sex mit einer Frau hatte, fragt er sich lächelnd.

Nach einigen Minuten mit der Muzak in den Ohren ist sein Eis gegessen und er überlegt wie nach dieser Nacht der nächste Tag, ja, was all die nächsten Tage mit Teresa so bringen würden. »Jetzt sind wir ja ein Liebespaar, so ganz offiziell«, denkt er, »ein Muslim mit einer Christin, irgendwie verboten von der Welt, aber das kann uns gleichgültig sein! Oder soll ich...?«

Blinkendes Blaulicht zweier Polizeiautos nähert sich schnell dem Parkplatz. »Bestimmt ein Einbruch! Was denn sonst um diese Zeit?!«, meint Mustafa. Doch ehe er irgendetwas versteht, rast ein eben noch auf dem Platz parkendes Auto quer vor seines, hält an und zwei Männer rennen zu seiner Fahrertür, während die beiden Polizeiautos, eines links und eines rechts, neben diesem Wagen vor seinem Auto bremsen. Ein Mann reißt seine Fahrertür auf und ruft: »Polizei! Bitte sofort aussteigen! Police! Come out! Hands up! Hände hoch!« Ein anderer zieht Mustafa vom Sitz heraus und dreht ihn dann mit der Brust zum Autodach hin um.

Wie üblich wird er festgenommen, der gesetzlich vorgeschriebene Spruch für Mustafas überraschte Ohren deutlich hinzugefügt. Den Autoschlüssel soll er übergeben, damit sein Wagen abgeholt werden kann. Sogleich wird er in einen blinkenden Streifenwagen mit Handschellen gesetzt. So schnell geht das!

Im Verhörzimmer wird es ihm noch einmal genauer erklärt: Die Staatsanwaltschaft habe den dringenden Verdacht, dass Mustafa der mutmaßliche Brandstifter der alten Villa sei. Er sei in Untersuchungshaft. Und nun würde er offiziell verhört werden. Allerdings sei es ihm erlaubt, vorher jemanden anzurufen. Er denkt zunächst noch an Teresa, dann an Kalkan und Semiha, aber schließlich doch an ihre neue, gemeinsame Mitstreiterin, die Anwältin *Miriam*. Sie schlafe bereits, sei vollkommen überrascht, trotzdem kümmere sie sich umgehend um Mustafas Sache. »Alles Gute!«, wünscht sie ihm am Ende so abwesend im Halbschlaf.

Ob er ohne seine Anwältin Fragen zum Fall beantworten wolle oder erst morgen mit ihr, fragt Mustafa einer der beiden Polizeibeamten, die ihm gegenübersitzen.

»Ich glaube, ich kann antworten. Außerdem darf ich doch schweigen, wenn ich nicht weiterweiß. Oder nicht?«

»Doch, doch. Das dürfen Sie natürlich! Wir nehmen jetzt unser Gespräch auf. Einverstanden?«

Mustafa bejaht und es beginnt.

»Warum haben Sie diese Villa in Brand gesetzt? Einfach Lust am Feuer? An der Zerstörung? Oder Rache am Eigentümer? Oder was sonst?!«

»Ich war das nicht. Ich kam beim brennenden Haus zufällig vorbei. Dann wollte ich helfen. Mehr war da nicht! Wie in dem alten Buch von diesem Nathan!«

»Buch? Blödsinn! Sie fahren morgens früh irgendwo in der Gegend herum. So zum Spaß! Oder ʼwas?«

»Vermutlich wissen Sie das doch von irgendwem. Oder warum warteten Sie vorhin auf mich an meinem Fast-Food-Restaurant? Theater! Dressing, nein,...«

»Schluss! Wir haben ein Rätsel zu entschlüsseln! Vielleicht können Sie uns dabei helfen: In derselben Nacht des Brandes, nämlich letzten Donnerstag, ist vorher ein Ihnen vielleicht bekannter Anwalt an seiner Haustür erschossen worden. Er ist der Anwalt des

Eigentümers der Mietwohnung ihres Vaters. Das heißt, auch der Wohnung, in der Sie mit Ihrer Mutter und Ihrem Bruder wohnen. Und stellen Sie sich vor, nur einen Tag später am Abend des Freitags, werden Sie auf dem Haidacher Hügel von zwei unbekannten Männern überfallen. Sie wurden glücklicherweise am Bein angeschossen. Wir fanden die Kugel ganz in der Nähe und zu unserem Staunen stammt sie eindeutig aus derselben Pistole, mit der der Anwalt am Vortag erschossen wurde. Was sagen Sie nun dazu?«

»Was meinen Sie denn? Dieselben Männer haben diesen Anwalt erschossen! Oder nicht?!«

»Wenn Sie uns erklären, warum man ausgerechnet auch Sie töten wollte, fällt das günstig für Sie aus!«

»Ich weiß wirklich nicht, was ich darüber hinaus erklären könnte.«

»Gut. Wie Sie meinen! Wir wissen auch, dass der Chef des Anwalts ein Schwerverbrecher war. Zum Beispiel handelte er mit Kokain und Haschisch. Daher vermuten wir, dass Sie ein unterstellter Kokain-Dealer und Geldeintreiber bei kleineren Kollegen sind. Denn, ein Zeuge sah, dass Ihre beiden Männer, bevor die beiden Sie angriffen, aus einer Luxuslimousine wie ein Pate mit seinem Leibwächter ausgestiegen seien. Verstehen Sie? Der Beinschuss war eine Mahnung für Sie! Da gab es keinen Kampf, so wie Sie es in der Klinik unseren Kollegen darstellten. Also bitte, berichten Sie uns, was da los ist? Es wird für Sie strafmildernd sein.«

»Ich bin kein Drogendealer. Und was diese beiden Männer von mir wollten, weiß ich auch nicht.«

Mustafa nimmt an, dass die Polizei wahrscheinlich noch nicht die Kugeln aus den vier Opfern des Terroranschlages von heute Nachmittag in Stuttgart mit den anderen beiden vergleichen konnten. Sezer habe bestimmt wieder dieselbe Pistole verwendet, seine Lieblingswaffe! Das bedeute nämlich, dass nachweislich alle sechs Kugeln aus derselben Pistole abgegeben worden sind. Und deshalb, warum werden auch noch diese vier Frauen getötet, kannten sie sich, welche Zusammenhänge gäbe es dabei?! Was soll er nur sagen? Dass es den beiden Männern nur um seine Beziehung zu Teresa ging? Oder dass er selbst aus reiner Wut diesen Anwalt mit der Pistole seines Bruders getötet hat? Nein. Lieber doch nicht. Nein!

»Was denken Sie? Sie sollten uns daran teilhaben lassen! Vielleicht könnten wir Ihnen sogar helfen!«

»Ich... Ich weiß doch nichts. Nein, wirklich. Die haben mich sicher verwechselt! Wahrscheinlich ist die Mauerruine ein Treffpunkt. Habe Sie dort noch andere nächtliche Personen kontrolliert? Warum sollte ich...?«

»Na schön. Bleibt noch diese Brandstiftung! Sie sind wegen Ihrer Einwanderung ein ungewöhnlich alter Schüler, nicht?! Gewiss brauchen Sie mehr Geld als andere. Besser Sie schweigen! Vorerst bleiben Sie bei uns über Nacht. Morgen ist auch wieder ein schöner Tag!«, spöttelt der Polizist und sagt ganz nett: »Danke, *Canim!*« –

Miriam entlarvt im geheimnisvollen *Schwarzwald* gerne Wölfe im Schafspelz...

»Die Villa am Stadtrand hat also vor einer Woche letzten Donnerstag morgens ganz früh gegen vier Uhr seitlich gebrannt,« denkt Miriam nach, die Anwältin Mustafas, der noch in seiner Gefängniszelle schmort:

»Das sind schon eigenartige Zufälle oder!? Ein überraschendes Feuer am Haus wird durch die beiden Bewohner entdeckt, den angestellten Kaufmann Yörük und die ehemalige Erzieherin der Tochter und Hauswirtschafterin Hedda, die zwar aus dem Haus flüchten und die Feuerwehr alarmieren, aber nicht prüfen, wo sich die erwachsene Tochter Teresa aufhält. Auch suchen sie keinen Feuerlöscher und legen irgendwie anders selbst am Feuer Hand an. Seltsam. Ein junger Mann, der gerne nachts durch die Gegend fährt, sieht das flackernde Licht des Brandes plötzlich, hält sofort an, rennt ohne Hilfe in die Villa, rettet die ohnmächtig gewordene Tochter und macht sich danach unerkannt wieder aus dem Staub. So schildert der Mann das. Mustafa, der die Tochter zwar über ein Internet-Forum seit Wochen als *Johny* kennt, aber nicht in der Wirklichkeit, und daher erst durch andere Geschehnisse später die Wahrheit erfuhr, dass diese Johny auch die von ihm gerettete junge Frau ist. Na ja, klingt alles sehr rätselhaft in meinen Ohren! Aber trotzdem soll es genau so gewesen sein.

Laut der Polizei sei er auch der Brandstifter, denn erstens habe dieser Yörük von dem gelegten Feuer eine Person wegrennen sehen und zweitens sei der Feuerleger überrascht gewesen, dass eine Frau noch im Haus war, deshalb habe er sie selbst gerettet. Doch das ist Unsinn, denn, wenn er es beim Feuerentzünden noch nicht wusste, weshalb ist er kurz danach zur Villa zurückgekommen?! Doch nicht, weil er sich noch vergewissern wollte, ob das Haus tatsächlich brennt! Oder, wenn er von der Frau im ersten Stock an der Seite wusste, zugleich den Brand dort entfachte, dann war sie ihm entweder gleichgültig oder Mustafa beabsichtigte sogar, sie zu ermorden!? Aber warum? Wusste er doch, dass sie diese Johny aus dem Internet ist? Nach seiner Aussage seine `beste Freundin´! Und dann ermorden wollen? Seltsam! Nein, das glaube ich nicht. Ich glaube eher ihm. Das muss ich als Anwältin!?

Wenn Mustafa in diesem Fast-Food-Restaurant mit seinem Auto wenige Zeit vor dem Brand gewesen ist und dort gegessen hat oder andernorts, dann ist die Zeitspanne zwischen der Bestellung und dem Beginn des Feuers entscheidend. Sehe ich das richtig? — Ja. Also los! Nichts wie hin!«

Nach einer Viertelstunde bereits können Miriam und eine freundliche Angestellte die richtigen Daten der Bestellung Mustafas in diesem Fast-Food-Restaurant auf dem Monitor vor sich sehen: Es ist eindeutig 4 Uhr 6 am letzten Donnerstag am frühen Morgen ein vegetarischer Burger und noch einmal um 4 Uhr 36 das spezielle Vanilleeis mit Schokosoße, allerdings ein wenig anders als es Mustafa gestern ausgesagt hat. Und auf dem zum Tag und zu den beiden Uhrzeiten passenden Überwachungsfotos des Drive-ins erkennt Miriam hinter dem Steuerrad des Autos Mustafa sitzen. Das ist er, beide Male, kein Zweifel!

Da sie schon vor dem Besuch im Restaurant mit dem ermittelnden Polizeibeamten des Reviers in Verbindung steht, meldet sie ihm sogleich ihre Neuigkeiten. Und er berichtet ihr gleichzeitig die genaue Uhrzeit, als jener Yörük die Feuerwehr wegen des entdeckten Brandes mit seinem Handy meldete: Das war um 4 Uhr 3 morgens. Und der Attentäter sei laut Zeugenaussage noch in der Parkanlage gesehen worden. Für den Beamten steht daher fest, dass Mustafa nicht der Brandstifter gewesen sein kann. Unmöglich! An der Feuerstelle wurde keine Art einer Zeitschaltuhr zur Entzündung gefunden. Das Feuer wurde folglich mit den Händen entzündet. Und genau zu dieser Zeit muss Mustafa noch im Auto zu der betreffenden Gegend gefahren sein. Dass er bei seiner gestrigen Aussage nur von der Bestellung nach der Rettung berichtete, erklären sie sich gemeinsam mit der häufigen Vergesslichkeit wegen einer besonderen Aufregung, hier wegen des Villabrandes und gewiss auch der Rettung einer jungen Frau aus dem Feuer und Rauch.

Miriam überlegt zwar über diese Zeugenaussage von jenem Yörük, der ja gesucht wird, ob sie auch tatsächlich wahr sei. Was wäre, wenn nicht? Dann müsste Mustafa mit Yörük unter einer Decke stecken. Oder? Mustafa zündet das Haus an, fährt vielleicht fünfzehn Minuten zum Essen fort. Währenddessen ruft Yörük die Feuerwehr. Aber weshalb kommt dann Mustafa zur Villa zurück und rettet selbst die Tochter? Das klingt doch völlig verrückt! Ist es aber gerade deshalb endlich die Wahrheit dieses Geschehens?!

Aber wichtig ist für Miriam im Augenblick nur, dass ihr neuer Mandant aus der Untersuchungshaft noch heute entlassen wird, so jedenfalls erklärte es ihr am Telefon der Polizist vor einigen Minuten.

– Und jetzt steigt sie aus ihrem Wagen aus, auf dem Stellplatz unten am *Haidacher Hügel.* Mustafa sprach von einem ʼalten Mann mit Hundʼ. Dieser Herr müsste hier in der Nähe wohnen, weil Mustafa ihn immer nur zu Fuß gesehen habe, allerdings abends und nachts. Ob sie ihn zu dieser Tageszeit findet? Das ist ihr trotzdem ein Versuch wert.

»Er ist ja ein wichtiger Zeuge! Und Hunde müssen ja mehrmals am Tag Gassi gehen und deren Herrchen doch sicher auch!«, meint sie hoffend, als sie den Weg zum Haidacher Hügel hinauf spaziert. So einige Leute laufen dort oben herum, ohne Hund und auch mit Hund, aber kein älterer Herr. Die Sonne scheint, der Rundblick ist etwas Neues für ihre Augen und an der beschmierten Mauerruine entdeckt auch sie ohne Schwierigkeiten die farbige Schrift *Johny und Joe.* Dass Mustafa seine Johny töten wollte, hält sie nun erst recht für Blödsinn.

»Ja, auch diese Worte tragen eine Geschichte in sich, eine Liebesgeschichte mit auch schlimmen

Ereignissen«, spricht sie ein älter wirkender Mann von hinten an, während er langsam an ihr vorüberzieht.

»Hallo! Haben Sie einen Hund?«

»Warum?«

»Warten Sie doch einen Augenblick, bitte! Ich suche nämlich einen älteren Herrn mit Hund, welcher diesen *Joe* etwas näher kennen könnte. Wissen Sie, wie ich ihn finde?«

»Geschickt umfragt!«, lacht er kurz, »Mit der Polizei möchte ich nichts zu tun haben. Schönen Tag noch!«

»Ich bin seine Anwältin. Er ist da tatsächlich in eine unangenehme Sache mit der Polizei im Hintergrund verwickelt. Sie können ihm da heraus helfen. Sie müssen mir nur kurz erzählen, was Sie über die beiden Männer wissen. Na, Sie wissen schon, in der Nacht als Sie Joe mit dem Beinschuss retteten!«

»Ja, noch geschickter!«, lacht er wieder kurz. Er steht bereits am Beginn des Weges vom Hügel hinab und Miriam folgte ihm vorsichtig. »Anwältin? Eine bestens geschulte Polizistin sind Sie! Oder gehören Sie zu diesen beiden Männern, von denen Sie sprachen. Ich habe keinen Joe mit Beinschuss gerettet. Ich weiß gar nicht, wovon Sie reden. Diese Schrift an der Mauer *Johny und Joe* ist das Zeichen einer Liebe zwischen einer Christin und einem Muslim. Und die darf doch nicht sein, nie! Oder? Und wenn sie durch boshafte

Menschen gestört wird, hat das immer schlimme Folgen, verstehen Sie? Mehr sage ich nicht!«

»Aber dann kennen Sie doch diese Johny und diesen Joe? Sonst wüssten Sie doch nicht, dass...«

»Aber nein! Das ist meine Fantasie! Das können zwei schwule Männer sein! Hier auf dem Hügel treffen sich abendlich und nachts oftmals heimliche Pärchen. Das war schon früher zu meiner Zeit so. Und nun: Gute Nacht!«

»Was soll ich Ihrer Meinung nach jetzt mit Ihnen anstellen? Wie soll ich Ihnen hier meine Ehrlichkeit beweisen? Ich will Joe beruflich als Anwältin helfen, glauben Sie mir, bitte! Er selbst hat mich gebeten!«

»Es gäbe da eine Möglichkeit!«

»Wirklich? Welche? Was soll ich tun?«

»Sie müssen nur einen Namen sagen; nämlich den Namen der Mutter Joes. Und um ihn mir zu sagen, stellen Sie sich splitternackt auf diese Mauerreste und rufen ihn so laut Sie können über die Stadt hinweg! Und denken Sie daran, es muss der richtige Name sein! So einfach ist das!«, lacht er hüstelnd.

»Sie sind wohl vollkommen geistig verwirrt! Sie lüsterner, alter Sack, Sie!«

»Recht haben Sie! Und ich weiß ja eh von nichts! Schönen Tag noch!«, flüstert er ihr ins Gesicht und tippelt den Weg hinunter.

»Nein. Halt! Warten Sie! Kommen Sie zurück! Ich werde es versuchen, tun, was Sie wollen! Bestimmt!«

Erstaunt blickt er um und dann gehen beide, ohne sich anzusehen, schweigend zur Mauerruine zurück. Spaziergänger und Joggerinnen kreuzen ihren Weg. Sie sagen alle nichts, gar nichts. Die Sonne scheint.

Angekommen macht Miriam ihm einen Vorschlag:

»Hören Sie! Erst helfen Sie mir bitte die Mauer hinaufzusteigen und dann werde ich den Namen über die Stadt rufen. Aber Ausziehen, nein, das kommt nicht in Frage! Ich werde Ihnen aber im Voraus hundert Euro für Ihre Auskünfte in die Hand drücken. Was halten Sie davon?«

Der ältere Mann bemüht sich ernst zu bleiben und erwidert: »Wenig! Sehr wenig! Sie stellen sich sofort auf die Mauer und schweigen! Dann sehen wir weiter!«

Miriam lässt sich von ihm hinauf helfen und so steht sie nun fast unbeweglich wie eine komische Säule dort oben und schweigt. Der Mann pfeift nicht zu lang und sein Hund rennt bellend aus dem Versteck im Gebüsch zu ihnen.

»Brav!«, lobt er ihn kurz am Kopf streichelnd, »Sitz! Und nicht fressen, die Frau! Brav!«

»Sie sind *doch* dieser Mann mit dem Hund!«

»Selbstverständlich! Einem ehemaligen, sehr guten Polizeihund! Einem Schäferhund, wie Sie bemerken, das wussten Sie jedoch nicht. Und jetzt den Namen bitte! Wir warten nicht mehr lange!«

»Kein Ausziehen, kein Geld?«

»Blödsinn! Ich will nur sehen, ob man Sie sofort aus den Büschen heraus erschießen wird. Mehr nicht! Los, den Namen wollen wir erfahren und zwar richtig laut!«

»Mich erschießen? Wer denn? Gar nichts werde ich sagen! Wer sind Sie? Wen meinen Sie mit `wir´?«

»Wagen Sie es nicht herabzusteigen! Der Name!«

»*Semiha*«, flüstert Miriam zu ihm herab, während ihr die treuen Hundeaugen entgegenblicken.

»Falsch! Damit haben Sie verloren. Nichts werden Sie von mir zu hören bekommen. Gar nichts, denn ich weiß ja nichts. Komm, wir verschwinden! Die Anderen übernehmen sie! Unser Essen wartet, Daniel!«

»*Daniel*?«, da ruft Miriam augenblicklich `*Hediye*´, springt die Mauer herunter, um sich bückend an ihr irgendwie zu verbergen. Der Mann mit Hund stellt sich schützend vor sie und wirkt offensichtlich zufrieden:

»*Hediye*! Sehr richtig! Eine türkische Muslima. Und Ihr sauberer Bruder Daniel hat sie zwar in Liebe geschwängert, aber dann im Stich gelassen. Ein Jude mit einer Muslima, das war ihm verboten! Darüber konnte er nicht hinweg. Diese Mauer war zu hoch für ihn! Auch diese! Aber setzen wir uns hin. Kein Schuss ist gefallen! Sie leben noch! Ich bin ein Freund! Ich kenne Sie seit einiger Zeit aus dem Gerichtssaal; eine sehr gute Strafverteidigerin sind Sie, die Schwester Daniels, den wir jahrelang Tag und Nacht verfolgten, aber niemals an den Angelhaken locken konnten. Ein gerissener Verbrecher! Und seit einer Woche ist er tot, hingerichtet von seinen `heiligen Brüdern´. Bis zum Hauptkommissar habe ich es geschafft, war bestimmt nahe daran, ihren Bruder unschädlich zu machen, aber wir wollten weitere Hintermänner durch ihn entlarven und dingfest machen. Und dann erwischte mich der Lungenkrebs, so verschwand ich von der polizeilichen Bildfläche und übernahm diesen alten Polizeihund, er ist im richtigen Pensionsalter, ich nicht, auch wenn ich schon so aussehe; ich weiß... Und Joe? Also Mustafa!?

Das war einfach Zufall. Ich wohne hier unten in der Gegend, muss mich wegen der verteerten Lunge ständig auf die Socken machen, mehrmals täglich bewusste Spaziergänge mit Atemübungen. So wurde mir der junge Mann nur vom Sehen bekannt, er ist ja auch häufig hier oben. Und es war auch Zufall, dass ich ihn mit diesem Beinschuss retten konnte. Ich war eben auch gerade wieder unterwegs – mit meinem Hund. Was möchten Sie jetzt noch von mir wissen? Bitte!«

Miriam ist noch immer nicht ganz bei sich, aber einige Worte kann sie doch schon wieder bilden:

»Eigentlich müsste ich Ihnen ja... aber Sie sind eben ein Witzbold der ganz besonderen Art! Stimmt´s?«

»Stimmt! Verzeihen Sie mir! Ich wusste von Anfang an, wer Sie sind. Das hätten Sie doch bemerken müssen, wie ich Sie ansprach. Aber ich überrumpelte Sie wohl!?«

»Ja, ich bin heute sehr aufgeregt. Mustafa war seit gestern Abend in Untersuchungshaft. Man hielt ihn für den Brandstifter der alten Villa. Heute wird er aber wieder entlassen werden; ich konnte diesen Verdacht entkräften. Das freut mich natürlich immer noch sehr. Aber zurück zum Anfang unserer Begegnung hier oben auf dem Hügel wie eines Feldherrn: Was wissen Sie über diese beiden Männer in jener Nacht?«

»Langsam, langsam, gute Frau Anwältin! Erstmal alle Neuigkeiten, damit Sie wissen, was ich weiß, damit Sie unserem Mustafa wirklich helfen können.«

»Was denn noch? Muss ich da alles wissen?«

»Na ja, ich weiß ja nicht, was Sie alles wissen, aber was Sie alles wissen sollten, das denke ich schon.«

»Gut, ich habe Zeit und Sie sind eben ein Erzähler von Märchen, die gar keine sind. Oder?« Jetzt lachen sie beide übereinander und miteinander. Das Eis scheint gebrochen zu sein. Und sein Hund bellt dazu.

»Ich weiß ehemals dienstlich sehr viel von den unsauberen Geschäften Ihres Bruders Daniel. Ich weiß aber erst ganz neu von Daniels Konkurrenten im Immobiliengeschäft, von dem Deutsch-Türken *Akbay*, den Nachnamen kennen Sie bestimmt auch, mehr Einzelheiten aus dem Mund ihres anderen Bruders *Amon*. Eben zum Beispiel, dass Daniel ja der leibliche

Vater Mustafas ist, dass er ihn aber zur Adoption freigegeben hat, damit er in einer guten muslimischen Familie aufwachsen konnte. Und ich weiß von Akbay, dass sein neuer Freund Amon von einem anderen Herrn der großen Immobiliengeschäfte als Konkurrent betrachtet wird. Aber Akbay möchte nichts gegen ihn unternehmen, weil er an ihn noch seine Brandvilla für einen ehrlichen, guten Preis verkaufen will. Sie sollten vielleicht prüfen, in wie weit ihr Bruder Amon bereits finanziell unter Druck gesetzt wird, meint Akbay; sie seien ja nicht nur seine Schwester, sondern auch eine anerkannt hervorragende Anwältin im Land, also wegen möglicher erpresserischer Verträge gegen Amon oder so ähnlicher Dinge, verstehen Sie?«

»Amon hat seine eigenen Anwälte. Mich brauchen die doch nicht. Das sind fachidiotische Besserwisser.«

»Akbay ist aber von ihrem Bruder um einen großen Privatkredit gebeten worden. Unterhändler dabei war deren beider Steuerberater *Michel*. Und jetzt sei Michel fort, `vom Wind in die Wüste verweht´, sagt Akbay. Nichts wird er für Amon noch tun. Oder?«

»Michel? Das ist Amons Geliebter. Er wird ihm bestimmt keinen Schaden zufügen; das kann ich mir nicht vorstellen! Weg ist er? Das wusste ich noch nicht. Ist mir echt neu. Mein armer Bruder! Er liebte Michel abgöttisch. Nur so kenne ich die beiden Männer!«

»Kümmern Sie sich bitte um ihn, auch geschäftlich. Ich werde es meinem Freund Akbay so berichten.«

»Versprochen, das werde ich tun. Und nun aber wieder zu Mustafa, meinem Klienten, bitte!«

»Ob Mustafa weiß, dass Daniel sein leiblicher Vater war, weiß ich nicht. Auf jeden Fall wird er allerdings sein Erbe sein. Und die beiden Männer? Der Eine saß hinten in der dunklen Limousine. Das Kennzeichen begann mit `FR´. Ganz sicher! Aber mehr habe ich mir leider nicht gemerkt, wozu?! Der Andere öffnete ihm nämlich die Tür vor dem Aussteigen wie ein Chauffeur und Leibwächter. Er muss deshalb ein mächtiger oder reicher Mann sein. Welche Verbindung zu Mustafa besteht, kann ich mir noch nicht erklären, Akbay denkt auch darüber nach, seit er Ihren Neffen Mustafa näher kennengelernt hat. Das war erst am Montag! Bitte!«

»Danke! Sie sind ja ein schöner Wolf im Schafspelz – mit zwei befreundeten Schäferhunden, nicht wahr!?«

»Aber alle drei von den guten Wölfen!« Da müssen sie gemeinsam lachen und verabschieden sich fast freundschaftlich voneinander. Es bellt sanft dazu. –

– Zurück in ihrer Kanzlei kann Miriam erst einmal nicht über Mustafas Fall nachdenken, ihre Assistentin braucht sie nämlich dringend wegen eines neuen Betreuungsfalles. Es handelt sich um einen elfjährigen Flüchtlingsjungen, einem christlichen Waisenkind aus Afrika, das gestern ohne Verzug seiner deutschen Pflegefamilie entzogen wurde, weil ein sexueller Missbrauchsverdacht bestehe. Seine Deutschlehrerin habe sich gewundert, dass das ansonsten beredte Kind plötzlich nichts mehr sagen wollte. Es schwieg von einem Tag auf den anderen völlig. Deshalb benachrichtigte die Lehrerin die beaufsichtigende Stelle und, weil der Junge sehr katholisch erzogen worden ist, sei das die Sozialstelle des Bistums, die nun eine Anwältin als Betreuung einsetzen möchte.

Miriam ist einerseits sehr erfreut über das ihr zukommende Vertrauen, andrerseits weiß sie, dass die katholische Kirche bereits bei harmlos bewerteten sexuellen Übergriffen durch ihr Personal immer einen möglichst großen Schleier darüberhängt. »Was für riesige Theatervorhänge werden also bei sexuellen Vergewaltigungen eingesetzt!?«, denkt sie erbost. »Hier handelt es sich aber um keinen Pfarrer, sondern um die Pflegefamilie, also könnte eine Aufklärung mit einem gerichtlichen Verfahren und der Öffentlichkeit auch durch die Kirche sogar erwünscht sein«, redet sie sich beruhigend ein, »Es käme Licht in die Finsternis!«

Aus diesem Grund liegt den Unterlagen ein persönlicher Brief des katholischen Bischofs bei, den sie neugierig sofort durchliest. Sie sei allein die geeignete Anwältin, weil sie aus ihrer jüdischen Religionszugehörigkeit keinen Hehl machen würde, was bedeute, dass sie als Anwältin, als Nebenklägerin bei einem möglichen Strafverfahren vor Gericht für ein afrikanisch katholisches Kind in der Öffentlichkeit neutral wirke. Und das sei dem Bischof sehr wichtig, denn man müsse solchen Waisenkindern besondere Fürsorge und christliche Nächstenliebe angedeihen lassen. Nichts dürfe auch ihm zu umständlich dafür sein, alle Hindernisse müssten aus dem Weg geräumt werden. Auch diese Sache müsse hundertprozentig aufgeklärt werden, koste es, was es wolle! So schreibt es ihr ein gewisser *Dr. theol. Peter Pfleger* von seinem Sitz aus in Freiburg. »Sehr liebenswürdig!«, denkt sie.

Trotz anfänglicher Bedenken unterschreibt sie das Anliegen guten Gewissens und möchte jetzt mit Teresa sprechen, um zu erfahren, wer ihr leiblicher Vater sei. Mustafas Geschichte wisse sie nun, aber auf Teresa wurde ja ein tatsächlicher Mordanschlag verübt, mindestens einer, auch wenn ihr lieber Freund vielleicht an der Angelegenheit mehr beteiligt ist, als er ihnen beiden berichtet hat. Verheimlicht er etwas?!

Miriams Handy lässt es bei Teresa läuten, aber sie kann gerade nicht antworten. Sollte Sie ihr schreiben? Nein! Sie brauche das wörtliche Gespräch, die Gefühle Teresas dabei; so etwas Persönliches ist immer sehr aufschlussreich. Also winkt jetzt eine Kaffeepause mit ihrer Angestellten möglichst wie immer im Gehen, da sie beide täglich stundenlang am Schreibtisch vor ihren Laptops und Aktenbergen sitzen müssen.

Und schon ruft Teresa zurück, meint auf Miriams Frage kurz und bündig: »Mein ach so lieber Vater heißt Gerle, *Dieter Gerle*, ich will ihn aber nicht kennen!« –

»Einfach abgebrochen! Wütend! Auch gut!«, denkt sich Miriam, »`Dieter Gerle´ also. Sagt mir nichts!«

Und schon klingelt Miriams Handy wieder. Ein Weinen ist zu hören. Es nennt sich *Hedda*. Sie riefe sie auf Vermittlung ihres ehemaligen Arbeitgebers Akbay, den Adoptivvater Teresas, an. Sie habe sich bei ihm entschuldigt, wenigstens habe sie es versucht – mit lieben Grüßen an Teresa. Der Vater Teresas habe sie zu den bösen Taten getrieben. Und auch ihr Yörük sei mitschuldig. Bereits den ersten Brandanschlag vor etwa 20 Jahren auf Akbays Villa habe er im Auftrag verüben müssen, als dadurch Akbays Familie starb und Akbay deshalb anschließend die kleine Teresa adoptierte. Die damaligen Auftraggeber habe Yörük ihr nicht verraten. Der Anstifter zur Brandlegung am letzten Donnerstag sei Teresas Vater gewesen, nicht um seiner Tochter, sondern um Akbay wieder zu schaden. Sie habe das alles nicht gewollt, bei Gott, wirklich nicht! Aber mehr kann sie nicht dazu sagen. Und sie sei bereits in Südamerika auf dem Weg in ein einsames Kloster. Dieses Handy würde sie jetzt sofort zerschlagen. Man solle sie nicht suchen. Bitte nicht!

Miriam bedankt sich, aber Hedda hört das sehr wahrscheinlich nicht mehr. Ihre Erzählung speicherte Miriam sofort und schreibt jetzt alles Wichtige nieder:

Mustafa hat also Teresa tatsächlich zufällig aus der brennenden Villa Akbays gerettet; auch kann er nicht der Auftraggeber des Anschlags auf Akbays erste Villa gewesen sein. Das damalige Attentat klingt ganz nach einer üblichen Feuertaufe eines neuen Mitglieds in einer Verbrecherbande; denn Yörük muss damals etwa 20 Jahre jung gewesen sein. Und Teresas leiblicher Vater soll Hedda zum Mordanschlag auf seine eigene Tochter getrieben haben? Mit Sezers Pistole? Das ist noch zu klären und auch wer dieser ´Dieter Gerle´ ist. –

– Mustafa brachte seinen anstrengenden Schultag mit einem gewohnten Mittagessen hinter sich und ist sich nach stundenlangem Hin und Her seiner Gedanken zu diesem Zeitpunkt nachmittags sicher, dass er ein Gespräch zwischen Teresa und ihrem leiblichen Vater haben möchte. Er wird anwesend sein. Er denkt nämlich, dass ein gezielt ernsthaftes Gespräch zwischen ihnen beiden Männern auch für Teresa das Beste sei, folglich sei sie eigentlich diejenige, die nur zuhören sollte, um sich innerlich einig oder schlüssig oder Ähnliches zu werden, was auch immer Mustafa darunter versteht.

Daher ruft er sofort in der Klinik an, um Teresa für ein Treffen mit ihrem leiblichen Vater vorzubereiten, eher, davon zu überzeugen:

»Hallo! Guten Tag! Ist es möglich, dass ich kurz die Krankenpflegerin Teresa von der `Station Zwei´ sprechen kann? Ich bin ihr Freund und ich weiß, dass sie im Dienst ihr privates Handy nicht benutzen darf.«

»`Station Zwei´! Sie meinen Frau *Teresa Gerle*?! Oh, das tut mir jetzt leid. Sie hat sich heute früh krankgemeldet, deshalb ist zu vermuten, dass sie sich zu Hause aufhält. Schönen Tag noch! Wiederhören!«

Mustafa bedankt sich und denkt etwas erschrocken: »Was hat sie? Wieder Angst vor einem Attentat? Hat sie diese Hedda wiedergesehen oder...? Oder hat sie nur `ihre Tage´? Unterleibskrämpfe, mit denen man nicht arbeiten kann, schon gar nicht als Pflegerin. Oder ist wieder dieser Mann erschienen?«

Jetzt ist er aber doch am Zweifeln. Soll er Teresa wirklich belästigen? Mit ihrem Vater, den sie ja gar nicht ausstehen kann? Er versucht es trotzdem. Behutsam, wenn das möglich ist: Teresas Handy klingelt deshalb `behutsam´ und es dauert nicht lange.

»Hallo, Joe. Was willst du? Ich mag und kann nicht.«

»Hallo, Teresa! Mir lässt es aber keine Ruhe! Bitte fahre zu deinem ersten Treffen mit deinem Vater und mir! Er wird...«

»Ich höre wohl nicht richtig? Bist du jetzt völlig durchgedreht! Niemals! Das weißt du doch! Ende!«

»Teresa, bitte! Ich habe mich deshalb heute schon den ganzen Tag gedanklich verkrochen. Mit fast niemanden geredet, verstehst du? Und ich habe mich entschlossen, euch beide bei meiner Anwesenheit zusammenzuführen, damit wir mögliche Hintergründe erfahren können, wer es auf dich abgesehen haben könnte. Du weißt, diese giftige Hedda! Wenn ich die Polizei doch wegen Sezers Pistole nicht einschalten kann. Tue es mir zuliebe, wegen meiner Familie, Teresa! Ich bitte dich!«

»Joe, ich habe dabei kein gutes Gefühl! Hedda ist spurlos verschwunden und dieser Yörük noch dazu. Kann uns das nicht genügen?! Beide sind fort! Und mein Vater! Der hat noch nie eine Verbindung zu mir gesucht! Noch nie! Was soll ich mit ihm reden? Dass ich mittlerweile eine erwachsene Frau mit einem eigenem Beruf bin oder was für ein widerliches Ar...?«

»Teresa, nein, das ist nicht nötig! Gib mir einfach zuerst einmal seine Telefonnummer. Vielleicht erzählt er mir ja so schon, was uns weiterhelfen könnte.«

Teresa zeigt sich entgegenkommend, möchte aber keinesfalls ihren Vater in irgendeinem Ort der Welt persönlich sprechen, schreit sie. Aber Joe dürfe sie sofort anrufen, wenn er mehr von ihrem Vater wisse; sie sei zu Hause und lese in Lessings Theaterstück weiter. Darin würden der Sultan Saladin mit seiner schlaueren Schwester Sittah öfters Schach spielen, vielleicht sollten sie beide das auch einmal lernen und dann gemeinsam spielen. Mustafa habe dafür gerade keine Zeit, aber er bedankt sich für die Nummer ihres Vaters und freut sich, dass sich seine Johny wieder beruhigt hat. Nichts ist ja böse von ihm gemeint!

»Guten Tag! Entschuldigung! Ich bin der Freund Ihrer Tochter Teresa; sie gab mir vor wenigen Minuten Ihre Telefonnummer! Bin ich bei Ihnen richtig?«

»Ja, also, mich wundert, dass sie diese Nummer noch besitzt. Wissen Sie, weil sie keine Berührung mit mir haben möchte, seit Jahren schon! Wer sind Sie?«

»Ihre Tochter nennt mich *Joe*. Wir haben uns durch das Internet kennengelernt, sind beste Freunde geworden, das heißt, ich weiß endlich, dass ich sie liebe, aber ich zögere noch, mit ihr in eine Wohnung zusammenzuziehen.«

»Und was habe ich damit zu schaffen? Sie sind doch wohl beide volljährig! Also, was bitte?«

»Ich stamme aus einer guten Familie. Einer alten aus der Türkei. Und nur meine Eltern und mein Bruder sind nach Deutschland vor ungefähr zehn Jahren ausgewandert. Den Adoptivvater Ihrer Tochter kenne ich bereits, aber eben Sie noch nicht. Und auch nicht Teresas Mutter, ich bin da eben neugierig. Verstehen Sie?«

»Ja, das kann ich nachvollziehen. Aber weißt du, Teresa will mich nicht sehen, gerade weil sie ein beste Beziehung zu ihrem Adoptivvater aufbauen konnte. Was soll ich da zwischen den beiden? Und ihre Mutter ist verstorben und so allein verwitwet konnte ich damals Teresa aus beruflichen Gründen nicht bei mir großziehen. Das kann sie mir nicht vergeben, auch wenn ich mich auf meinen Knien rutschend vor ihr entschuldigen würde. Das tut mir alles sehr leid. Wirklich! Genügt Ihnen das, junger Freund?«

»Ach so, verstehe, ja. Vielleicht auch deshalb Teresa im Pflegeberuf, so als Eigentherapie wegen der entgangenen Liebe ihrer leiblichen Eltern.«

»Mag sein. Sagen Sie ihr ruhig `schöne Grüße´ von mir, wenn Sie das möchten. Guten Tag noch!«

»Halt! Trotzdem würde ich Sie herzlichst bitten, sie wenigstens einmal zu treffen. Das würde Teresa sicher zutiefst freuen, auch wenn sie es Ihnen nicht zeigen wird. Was meinen Sie? Ist das kein guter Gedanke?«

»Wann denn? Wo denn? `Einmal ist kein Mal´, sagt das Sprichwort und in diesem Fall ist es vielleicht sinnvoll!«, spricht Teresas leiblicher Vater und denkt insgeheim, dass seine Tochter niemals zu diesem Treffen kommen werde und er sich auf diese Weise wie von selbst dieses lästigen Joes entledigen könne.

»Heute in etwa eineinhalb Stunden! An einer romantischen Waldhütte im Schwarzwald! Das ist ein wunderschöner Platz! Sie fahren auf der Straße zwischen Schellbronn und Neuhausen, achten auf zwei Waldweg-Kreuzungen südlich von Schellbronn und kurz danach biegen Sie in einen Waldweg ab, den es nur rechts gibt. Dort parken wir alle und gehen dann zu Fuß zur Hütte; das ist nicht weit. Wir treffen uns also an der Hütte. Gut so?«

»Gut so! Ich habe schnell mitgeschrieben. In zwei Stunden. Ich werde am Ort sein, versprochen!«

»Danke! Vielen Dank nochmal! Und ich werde mich bemühen, dass Teresa wirklich kommt. Danke! Auf Wiederhören! Bis später!«

»Bitte! Bis später! Wiederhören!«

Mustafa will diese Botschaft umgehend Teresa mitteilen, aber sie geht nicht an ihr Handy. Und ihr Vater sitzt in Kürze in seiner Limousine mit seinem Chauffeur. Die Straße ist trocken, man kann schnell fahren, so dass sie bald am vereinbarten Ort sind. Auch die Waldhütte ist von dort aus einfach zu finden, nicht nur weil der Weg hinführt, sondern weil er diesen Platz zufällig aus früherer Zeit kennt, als dort noch keine kleine Hütte stand. Lange ist es her.

Mustafa habe ihn sicherlich nicht am Telefon erkannt, meint er, und seine Teresa würde niemals herkommen, so dass die Gelegenheit günstig sei, hier diesen Joe in Jenseits zu befördern. Er müsse nur warten, später mit ihm in die Hütte gehen, da gäbe es sicher geeignetes Werkzeug, einen Hammer oder so. Aber erstmal ist er glücklich über seinen Plan, genießt den gelungenen Kauf der herrlichen Villa Akbays und pfeift ein bekanntes Kinderlied falsch vor sich hin. –

»Es scheint vielleicht doch noch ein herrlicher Abend zu werden«, spricht der hohe Herr so vor sich hin, während er auf der alten Holzbank einige Meter von der Hütte entfernt sitzt. Vier Stühle stehen vor ihr, auf einem dürfe er ja gewiss Platz nehmen.

Da ihn der langweilige Ausblick stört, setzt er sich gezielt um. Man kann da viel weiter in den Wald hineinschauen, weil das goldene Sonnenlicht von hinten hindurchzustrahlen versucht. Den jungen Mann im dunklen Rollkragenpullover mit einem offenen, schwarzen Regenmantel darüber, der ihm langsam entgegen schleicht, weil er von ihm entdeckt ist, erkennt der hohe Herr trotzdem nicht zwischen den vielen Büschen und Bäumen.

Er macht es sich gemütlich, so weit das auf solch einem schäbigen Holzstuhl nur zu machen ist. »Schon lange nicht mehr meine Klasse!«, lächelt er zufrieden über sein Dasein.

Sezer schwitzt ein bisschen im Pullover und Mantel, aber das muss er heute tragen, denn eines seiner großen Vorbilder ist ja einst in diesem Aufzug wie ˋein Kämpfer der Schattenwelt der Camorraˊ Neapels, ersinnt Sezer, verhaftet und für immer hinter Gitter weggeschlossen worden: Cosimo Di Lauro, einer der vielen Söhne des ˋgroßen Paolo Di Lauroˊ.

»Wer ist dieser Mann vor seiner Waldhütte?«, fragt er nicht nur sich, sondern per Handy seinen Bruder Mustafa. Die Funkverbindung glückt erst nach vielen Versuchen. Meistens klappt das Telefonieren hier in den zahllosen Bäumen und Büschen ja nicht.

»Wie bitte, Sezer? Du bist heute schon wieder bei deiner Waldhütte?«

»Ja, wieso? Ist das so schlimm oder ˊwas?!«

»Sezer, höre gut zu: Es geht um meine Freundin! Das ist wahnsinnig wichtig! Ich wollte, dass sie sich mit mir und diesem Mann an einem versteckten Ort trifft, um Privates zu besprechen. Verstehst du? Du bist da gerade wirklich überflüssig!«

»Verstehe, Mustafa. Du benutzt meinen Geheimort für irgendwelche unreine Zwecke und ich, der kleine Bruder, soll mich wie immer brav verziehen!? Wer ist der alte Knacker denn?«

»Sezer, nein! Das bleibt deine wunderbar versteckte Hütte! Aber dieses eine Mal brauche ich dein Versteck selbst. Bitte! Das ist nur der leibliche Vater meiner Freundin. Sie hasst ihn, wollte ihn nie im Leben sehen und sprechen, aber das müssen sie endlich! Und zusammen mit mir sollte das stattfinden können, dachte ich. Sie hat leider keine Lust, also bin ich erst auf dem Weg zu ihr, um sie besser zu überreden und persönlich abzuholen. Das kann leider noch dauern. Der Mann bei dir wartet eben auf uns beide! Entweder unterhältst du dich mit ihm oder besser, du wanderst von dort wieder weg. Geh´ woanders hin!«

»Der Vater deiner Freundin! Welche Freundin hast du? Davon wissen wir doch gar nichts! Oder weiß wenigstens unser Vater das? Wie heißt sie?«

»Nein, Sezer. Das ist eine sehr schwierige Sache, das Ganze! Und sie ist Christin, eine Katholikin!«

»Eine...? Eine Ungläubige!? Wahrscheinlich auch noch Deutsche! Mustafa, du bist verrückt geworden! Du brichst deinem Vater das Herz! Unsere Mutter wird sich aus Schuldgefühlen etwas Furchtbares antun! Willst du das? Mustafa, mach´ Schluss! Bei Allah!«

»Sezer, wir... miteinander. Ja, wir hatten zusammen schon... Wir lieben...! Daran wird... niemand hindern!«

»Bei Allah! Hör´ auf! ‘Liebe ist nur eine unreine Krankheit!’, mahnt Mücahit! Warum bist du in diese Falle der Ungläubigen gestürzt? Mustafa, Canim!«

»Aber Sezer! Warst du noch nie verliebt? Nie!?«

»Ich bin rein! Ich bin Allahs Sohn! Kalkan wird dafür eines Tages von Allah in höchsten Ehren gelobt werden! Und ich mit größten Geschenken belohnt! Mustafa, ich bin dein Bruder – nicht mehr! Nein!«

»Sezer! So ein Unsinn! Verschwinde bitte heute von der Hütte! Hörst du! Ach, nein, kein Unsinn! Verzeihe mir! Sezer, ich bin dein Bruder, war es doch schon immer! Sezer? Rede doch mit mir! Se...!«

Sezer verpackt sein Handy in einer Plastiktüte, vergräbt es an Ort und Stelle im weichen Waldboden und lässt sich einen teuflischen Plan für diesen Fremdling einfallen, der sich an seinen selbst gebauten Tisch ohne seine Erlaubnis hingeflegelt hat.

»Guten Tag!«, spricht Sezer ihn freundlich an, während er ihm aus dem Waldgestrüpp näherkommt, »Wie ich sehe, gefällt Ihnen meine Waldhütte.«

»Guten Tag. Entschuldigung, ich bin hierher bestellt worden und soll nun warten. Gast sei ich hier. Und wer sind Sie, junger Mann, wenn ich fragen darf?«

»Ich bin der jüngerer Bruder von Mustafa. So heißt doch Ihr netter Gastgeber, nicht wahr? Er hat mich vor einigen Minuten selbst angerufen, ich soll mich um Sie kümmern. Es könnte noch etwas Zeit beanspruchen, bis er hier bei uns ist. Er hole noch seine `Schlampe´ ab, so sagt man doch, deshalb lassen Sie uns etwas Essbares aus der Hütte holen. Oder nicht?«

»Wie Sie meinen! Kann ich Ihnen tragen helfen?«

»Nein, danke! Das erledigt sich fast von selbst. Ich bringe nur eine bescheidene Speise an unseren Tisch«, mit diesen Worten sperrt Sezer die Tür der Hütte auf, sammelt einige Sachen zusammen und erscheint grinsend wieder bei seinem Gast.

»Genügt Ihnen das?«

»Was? Oh ja, Danke. Brot und Wein und dazu noch Wasser. Das ist aber sehr natürlich. Wissen Sie, ich bin Pfarrer, da ehrt mich Ihre Bescheidenheit in dieser himmlischen Natur unseres Herrn.«

»So, Sie sind ein echter Pfarrer. Protestantisch oder katholisch? Und welche Gemeinde beschimpfen Sie? Eine im Schwarzwald oder in einer Stadt?«

»Also? Also am besten gesagt: Im Land.«

»Im Land also! Herrlich! Greifen Sie nur zu! Müssen Sie nicht das Brot für uns brechen, während Sie Schwachsinn reden? Das wollte ich schon immer einmal erleben. Wissen Sie, ich bin gläubiger Muslim.«

Der hohe Herr weiß nicht recht, wie ihm geschieht, aber er gehorcht lieber. Er bricht das Brot in zwei Hälften, reicht Sezer seine Hälfte und spricht dann nur: »Herr segne, was du uns beschehret hast! Amen.«

»Buon vespero e santa sera ai santisti«, ahmt ihn Sezer in Italienisch nach, so dass der hohe Herr fast zu Tode erschrickt. Seine Augen öffnen sich wie finstere Eingänge unerschlossener Höhlen! Er ist verstummt.

»Kennen Sie diesen gotterhabenen Tischspruch? Italienisch können Sie vielleicht nicht, aber aus dem Kirchenlatein haben Sie ihn bestimmt bereits für sich übersetzt, nicht?! ´Ein gutes Abendmahl und eine gesegnete Nacht für unsere Brüder´. Sehr treffend, nicht?!« Sezer beginnt zu lachen, sich steigernd, immer lauter, immer unnatürlicher, einfach nur widerlich spottend.

»Ich glaube, ich verlasse Sie jetzt besser. Es wird bald finster. Danke«, sind seine möglichst höflichen Worte zu dem ihm wahnsinnig erscheinenden Jungen.

»Habe ich dir erlaubt, deinen fetten Pfaffenhintern zu erheben? Nein! Sonst wird unser so vergnügliches Abendessen ja dein letztes Abendmahl!«, droht ihm Sezer mit seiner plötzlich aus dem Mantel gezogenen Pistole. Der Lauf des Schalldämpfers zielt auf die Stirn des Gastes, welcher sich wieder auf seinen Holzstuhl niederlässt. Langsam und wieder brav verstummt.

»Mustafa hat mir gebeichtet. Ja, dass du auch einer von denen sein musst, die in ihrer Kirche kleine Jungs zumindest antatschen, wenn ihnen nicht sogar Sex aufzwingen. Ein Perversling wie alle deine Brüder! Und? Wer hat dich gerecht bestraft dafür? Ich höre!«

»Ich mache so etwas Abscheuliches doch nicht. Wer hat Ihnen denn das erzählt!? Daher...«

»Schwachsinn! Alle macht ihr das und redet euch immer fein heraus! Hebe die rechte Hand und schwöre bei deinem Gott, dass du kein solches Schwein bist! Na los! Worauf wartest du noch?«

Der hohe Herr hebt, so langsam wie er nur kann, seinen rechten Arm in die Höhe und sieht Sezer möglichst mitleiderregend in die Augen. Erst jetzt entdeckt Sezer den dicken, glänzenden Ring am Finger des Pfarrers und schreit ihn an:

»Du Oberschwein! Trägt man diesen Ring nicht an der anderen Hand!? Du bist eher ein hohes Tier, kein dummer Landpfarrer! Gestehe, du fette Lügensau!«

»Ja, ich gestehe. Ich bin Bischof. Katholischer. Ein wahrer Christ unter vielen Christen und Christinnen! Meine Mächte sind nicht die kleinsten in der Gegend! Sei vorsichtig, mein Jungchen, sonst blüht dir Unheil!«

»Du wirst es nicht glauben, aber meine Antwort für dich ist noch größer! Viel größer!«, lacht Sezer wieder, »Und hiermit seist du herzlich gegrüßt von Allah, du Kinderschänder!« Nach diesen Worten schießt Sezer grinsend in die rechte Schulter seines Gastes, dessen Arm sogleich herabfällt. Blut quillt aus der Wunde; er windet sich vor Schmerzen, versucht sich die Wunde mit der linken Hand zu halten und schweigt besser.

»Mein Männchen, wage ein Machtwort zu mir und ich taufe deine Stirn mit einer Kugel aus der Pistole!«

Der verwundete Bischof überlegt im Schmerz, wie er fliehen, wie er Sezer überwältigen könnte, aber...

»Weißt du was, weil wir beide hier so gemütlich zusammensitzen, erzähle mir doch dein sündhaftes

Leben. So bin ich dein `Beichtbruder´, heißt das nicht so bei euch Ungläubigen! Was hältst du davon!? Was?«

»Gar kein schlechter Einfall!«, meint der hohe Herr tatsächlich, weil er fest hofft, Sezer auf diese Weise geschickt ablenken zu können, um ihn..., »Ich erzähle dir meine Geschichte, aber meine Schulter...!«

»Lass es gut sein! Erzähle einfach, ich höre dir zu und trinke einen Schluck Wein! Wenn du auch etwas Erfrischendes haben möchtest, sage es mir nur. Gerne! Ich gebe dir, was dir zusteht! Danach fängst du an!«

»Ja, bitte. Einen Schluck Rotwein! Das steht mir Amts wegen selbstverständlich zu. Meinen Sie nicht?«

»Kannst du sofort haben!«, erwidert Sezer, schenkt den Wein in einen Becher und schüttet ihn dem Bischof mit Schwung ins Gesicht.

»Der Teufel...«, entgegnet dieser wütend.

»Aber, aber, Herr Bischof! Das ist doch das Blut Christi hier in unserem letzten Abendmahl! Schmeckt es Ihnen nicht? Und warum erzählen Sie nicht? Die Sonne scheint doch so göttlich schön! Fang´ an! Los!«

»Es war einmal vor vielen, vielen Jahren ein junger Mann im Schwarzwald, *Peter Gerle* hieß er wie sein Vater; seine Mutter war eine geborene *Sobek*. Eines Tages starb sein Vater am Alkohol und wenige Zeit danach seine liebe Mutter elendig am Krebs der Bauchspeicheldrüse. Deshalb musste Peter das kleine Gasthaus übernehmen. Als braver Koch begann er zu arbeiten, er kochte aber schlechter als sein Vater, was ihm immer mehr Gäste übel nahmen und immer weniger besuchten seine Gaststube. Beinahe alle Männer erschienen nur noch wegen seiner Bedienung, der schönen Bauerntochter *Hedda*. Und der arme Peter begann zu träumen, jede Nacht und auch ′mal untertags in der Küche – von Reichtum und Ruhm! – Bitte einen Schluck Wasser!«

»Selbstverständlich, bei so einer wunderschönen Geschichte!«, flüstert Sezer süßlich, dann brüllt er ihn an: »Mund auf!« Nach kurzem Warten schüttet er ihm eine große Menge Wasser aus der Flasche ins Gesicht. »Weiter!«

»Eines sonnigen Tages, an welchem er sich ausnahmsweise einmal frei genommen hatte, unternahm Peter eine ausgedehnte Wanderung durch den einladenden Wald und suchte so zum Spaß den guten Waldgeist, das *Glasmännlein*, auch der Schatzhauser genannt, aus dem alten Märchen ‵Das kalte Herz′ von Wilhelm Hauff, das jedes Kind im Schwarzwald schon aus der Schule kannte; denn Peter war ein mittägliches Sonntagskind, denen der Geist drei Wünsche erfüllen würde. So suchte er nun und suchte und suchte, bis plötzlich das Wetter umschlug: Es verdunkelte sich ringsum und über den höchsten Baumwipfeln. Ein außergewöhnlich starker Sturm mit heftigem Regen fegt durch den ganzen Wald. Sogar dickste Bäume fallen um und wollen den armen Peter erschlagen. Aber er, er rennt und rennt hinaus aus dem tiefen Wald und entkommt unbeschadet. ‵Das kann ihm ja nur der böse Waldgeist angetan haben, der *Holländermichel*, denkt Peter erschöpft. – Bitte wieder einen Schluck Wasser!«

»Klar und rein!«, lächelt Sezer und schüttet ihm wieder Wasser mitten ins Gesicht, »Du sollst ja nicht verdursten oder gar ohnmächtig werden und deine Geschichte nicht mehr erzählen können! Weiter!«

»Danke! – Mit den altbekannten Versen aus dem Märchen beschwört er nun das gute Glasmännlein: `Schatzhauser im grünen Tannewald, bist schon viel hundert Jahre alt. Dir gehört all Land, wo Tannen stehn – lässt dich nur Sonntagskindern sehn!´ Und sogleich tritt es aus dem Wald hervor und gewährt ihm, dem Sonntagskind, auch seine drei Wünsche: Als Erstes wünscht sich Peter mehr Geld, um berühmte Tanzmusiker für sein Wirtshaus bezahlen zu können, dann einen Anbau, eine edle Pension dazu und als Letztes eine glänzende Kutsche mit prachtvollen Pferden für Ausfahrten seiner Gäste weiter in den Schwarzwald hinein. Das Glasmännlein erfüllt zwar die Wünsche, aber bis auf den letzten, der machte es wütend, `solch kurzsichtig dumme Wünsche!´, meint der Waldgeist. Peter ist dennoch sehr zufrieden mit seinem neuen Bettenanbau am Gasthaus und den hochbegabten Musikern. Sehr bald erlangen seine Gaststätte und er selbst einen besten Ruf weit ins Land hinaus. Und immer mehr Münzen erklingen in seinem Geldbeutel! Welche Freude! – Durst, bitte!«

»Ich will ja nicht so sein! Was geschah damals mit deinem Christus? Weißt du das auch noch?«, fragt ihn Sezer, keine echte Antwort erwartend. »Mund auf!«, befiehlt er ihm darüber hinaus. Und sofort gießt er ihm aus einer anderen Flasche Essig in den Rachen. Der Bischof spuckt aus, wofür ihm Sezer kurz und stark auf seine verwundete Schulter schlägt. Keine Möglichkeit sich zu wehren, gibt er ihm, indem der Pistolenlauf jedes Mal beim so genannten Trinken an der Stirn des hohen Herrn klebt. Dieser hofft auf Mustafa, dass der ihn endlich von seinem bösartigen Bruder erlösen komme. Und wo bleibt denn Teresa, seine Tochter?

»Erzähle weiter, wenn du noch heute fertig werden willst. Los!«

»Das Geld verwandelt rasch Peter in einen Spieler. Die Sucht ergreift ihn und das andauernde Unglück! Nach geringer Zeit verliert er sein Anwesen in eine Versteigerung. Seine Helfer bei der Sache waren bis zum Ende der jüdische Steuerberater *Michel* mit dessen heimlichen Liebhaber, einem gewissenlosen *Anwalt*. Peter entdeckte, dass sie aus einem fremden Unternehmen eines angeblich befreundeten jüdischen Immobilienhändlers namens Daniel viel Geld stahlen, er offenbarte es aber niemandem, denn dieses Geld liehen sie ihm für eine zweijährige Weltreise zum Nachdenken über Gott und dessen Welt. Der Preis dafür war, dass Peters Herz über Nacht erkaltete; es verwandelte sich in *ein Herz aus Stein*! Peter will seit dieser Zeit nur noch Macht über alle Menschen haben.

Sein Hass ist endlos! Und das Geld hat es ihm noch mehr angetan! Geld über Geld, das will er besitzen, nur für sich allein, für keinen Anderen, denn niemand sei es wert! Und schon am nächsten Tag bricht er zu seiner Reise in seine Welt der Macht- und Habgier auf. – So verblendet kann man doch nicht sein! Oder?«

»Aber, aber! Dein Leben erscheint mir bisher sehr gut verlaufen zu sein. Nach was sollte man denn sonst als Ungläubiger wie du streben? Du bist weise, mein lieber Freund! Deshalb darfst du jetzt trinken, das Blut deines Herrn!« Sezer gießt ihm dieses Mal vorsichtig Wasser aus der Flasche in den geöffneten Mund und lässt ihn öfters schlucken. Diese Geschichte scheint ihm zu gefallen; er möchte sie zu Ende hören, behauptet er gegenüber dem schwächelnden Bischof.

»In der Ferne findet er eine wunderschöne Muslima und schwängert sie, er der katholische Christ aus dem Schwarzwald. Aber sein Herz aus Stein kann sie nicht lieben, so will er nichts mehr von ihr und ihrem Kind wissen. Trotzdem denkt er, dass sie die große, ja die einzige Liebe seines Lebens ist. Seine Tochter *Teresa* wird gesund geboren und Peter findet einen gütigen Adoptivvater in seiner Heimat: den verwitweten, türkischen Muslim *Akbay*, einen reicher werdenden Immobilienhändler. Akbay erkennt wie augenblicklich, heiratet Teresas Mutter, was Peter nicht erfreuen kann, auch weil ihn gar nichts mehr im Leben erfreuen kann. Sein Lachen war vollkommen dahin, nur noch die Schadenfreude über das Leid anderer Menschen, die Befriedigung seiner Macht- und Geldgier lässt einen funken Freude in ihm sprühen, mehr jedoch nicht mehr. Das ist sein *Herz aus Stein*, es ist ihm jede Sekunde seines Lebens bewusst. Als er selbst wieder in seine Heimat zurückkehrt, weil sein Geld zerronnen ist, bittet er wieder Michel um Neues. Er soll ihm bei der Gründung eines besseren Unternehmens mit dem nötigen Geld unter die Arme greifen. Aber jener Michel verlacht ihn und bejaht zugleich mit dem höhnischen Satz: `Erst wenn du Wicht ärmlich und erbärmlich gestorben sein wirst.´ – Ich kann nicht mehr. Bitte, den Rest kannst du dir doch denken! Bitte!«

»Wer hat dir erlaubt mich zu duzen, Priesterlein? Zur Strafe schenke ich deinem Mund einen Schluck von meinem katholischen Rotwein!« So schüttet er dem bald vom Stuhl fallenden Bischof den Rotwein in den offen gehaltenen Mund. Sezer befürchtet, dass er das Ende der Geschichte doch nicht mehr hören wird. Die Blutung an der Schulter ist nämlich nur weniger geworden. Um ihn wach zu halten, gießt er noch Wasser über den Schädel seines Opfers.

»Los weiter!«, brüllt Sezer ihn mehrmals an.

»Ich kann nicht mehr, bitte!«

»Du liebst doch deinen Gott oder nicht!? Dann predige mir deine Geschichte! Mach´ weiter! Lauter!«

»Jener Michel meint zu Peter, dass es eine rettende Möglichkeit gäbe. Peter solle einfach katholischer Pfarrer werden und wegen neuer Beziehungen zu höheren Stellungen sei seine Leiter zum Bischofsamt mit Sicherheit nur kurz. Er müsse sein Augenmerk auf die kirchlichen Immobilien richten, das stecke ungeheuerlich viel Geld darinnen. Und bei sich lohnenden Angelegenheiten, wie zum Beispiel den Sozialversicherungsbeiträgen aller Minijobberinnen helfe er ihm selbstverständlich in ihrer gemeinsamen Sache. Rasch wird Peter Pfarrer, er paukt sehr fleißig, denn die Macht- und Geldgier steigert sich stets, und erreicht sogar den Doktortitel des Studiums. Und als Arbeitgeber schöpft er den wundervollen Satz der Sparsamkeit mit dem Geld der Kirche: `Gotteslohn ist immer wert mehr als Geldlohn!´ Das ist sein wahrer Spruch für die Anderen, ein Stoßgebet vor der täglichen Arbeit für alle seine `Schäfchen´, wie er sie so liebevoll nennt. – Wasser! Was...!«

Sezer ohrfeigt den Pfarrer auch beinahe liebevoll, damit er nicht ohnmächtig wird, nicht jetzt, es muss doch gleich das Ende seiner Geschichte kommen. Und Wasser schüttet er wieder einmal in sein Gesicht und auch in seinen Mund.

»Bitte eine Pause! Die Geschichte ist... lange nicht an ihrem Ende, du gottverdammter Türke!«

Sezer versteht ihn doch, bleibt gelassen und schießt ihm ohne besondere Regung in den linken Fuß. Der hohe Herr schreit kurz auf, bemüht sich aber weiter zu sprechen:

»*Hedda*! Ja, dieser Peter holt sich wieder die erzkatholische, ach so schöne Bauerntochter als

Wirtschafterin zurück. Und so wird er bald zum Bischof geweiht, kümmert sich besonders um die Immobiliengeschäfte seiner Kirche. Und Heddas Geldspenden für all ihre so genannten Bedürftigen verbietet er ihr selbstredend mit harter Strenge. Beide gelten daher in nicht langer Zeit als herzlos Geizige. Allerdings erscheint eines Tages, als Hedda heiteren Sinnes Peters mehrtägige Abwesenheit genießt, ein *jüngerer Mann mit Hund* bei ihr, um sie um eine baldige Anhörung beim Bischof wegen seiner Wohnung und der Mitmieter im Haus zu bitten. Peter kehrt zurück, gibt sich wegen eines guten Geschäfts dem Alkohol hin und außer sich vor Wut über diese Mieter und Heddas Bestimmen seiner Zeit schlägt er auf Hedda ein, bis sie blutend am Boden liegt. Er lacht und droht:`Misch´ dich nie mehr in meine Geschäfte ein! Ich schicke dich weg!´ Im nüchternen Zustand bereut Peter zunächst seine Tat, bittet sie um die katholische Erziehung seiner unehelichen Tochter *Teresa* bei dem Muslim *Akbay*, worauf ihm der *jüngere Mann mit dem Hund* im alkoholisierten Traum als das *Glasmännlein* aus dem Wald besucht und ihm sagt, dass Peter die schönste Blume des Schwarzwaldes namens Hedda gepflückt habe. Diesem Glasmännlein gibt Peter erwachend die Schuld, der sich darauf vor Zorn in ein Ungeheuer, eine Tanne mit zahllosen Armen mit krallenförmigen Händen, die ihn ergreifen wollen, verwandelt. Schreiend rennt er aus dem Zimmer. Nur um Heddas willen, die ihm immer half, schenkt das Glasmännlein Peter *acht Tage Zeit*, sein Leben von Grund auf zu überdenken. – Ich kann nicht...«

»Wasser kannst du wieder haben. Du bist ein zäher Hund! Das Ende will ich wissen! Oder soll ich dich jetzt vernichten?«, spricht Sezer eiskalt, während er ihm wieder etwas Wasser über das Gesicht schüttet. Peter will trotz aller Schmerzen nicht sterben, nur das weiß er nun noch; er hofft auf diesen anderen Türken.

»Nach diesem Traum schläft Peter wieder ein, aber schlecht schläft er, sieht Bäume aus dem Wald und hört deren mahnenden Stimmen, die ihm nahelegen, dass er sich wieder `ein warmes Herz verschaffen´ solle. Die Menschen, die Hedda vermissen, weil sie bei Akbay mit Teresa, seiner verheimlichten Tochter, lebt, belügt er, indem er sagt, seine Wirtschafterin sei überraschend versetzt worden. Schließlich geht er in den Wald und ruft das Glasmännlein, da er ja noch einen letzten Wunsch frei hat. Peter will sein Herz zurück haben, doch der Schatzhauser kann ihm nicht helfen, da der Handel *Herz gegen Geld* doch nicht mit ihm gemacht wurde. Es fällt ihm aber ein Trick ein, wie er den Holländermichel überlisten kann. Peter geht daraufhin wieder zu Michel und behauptet, dieser habe ihn betrogen, weil all die wertvollen Immobilien der Kirche gehörten. Michel will mit ihm nichts mehr zu tun haben, Geld sei doch nicht alles im Leben! Nein, *Menschen leben wegen ihrer Weltbilder, wegen ihrer Vorstellung von Gerechtigkeit und deren Umsetzung in den Alltag, egal, ob sie böse oder gut sind!* Auch für Peter würde ein solcher Mensch als Rächer kommen, glauben die Menschen, und danach erst, wenn er ernsthaft bereute, würde ihm wieder Glück beschert werden – ja, Glück und Frieden! Und ich – ich bereue!«

In diesem Augenblick rutscht der Bischof erschöpft von seinem Stuhl. Sezer hebt den Wehrlosen wieder hinauf, schüttelt ihn und lässt ihn Rotwein trinken.

»Na also, geht doch! Eine schöne Geschichte über dich und dein verkommenes Leben, du ungläubiges Schwein! Und bestimmt hast du dabei noch immer vieles verheimlicht! Hast wahrscheinlich wegen deiner Macht- und Geldgier auch gemordet!? Aber das will ich gar nicht wissen, denn für dich gibt es ja kein Zurück mehr! Steh´ auf! Stell´ dich vor mich hin, du größter aller Christen! Ans Kreuz kann ich dich leider allein nicht nageln, deshalb wirst du eine andere Art der `Auferstehung´ erdulden müssen. Aufstehen, bitte!«

Der hohe Herr steht sein letztes Mal auf, während er sich am Stuhl stützt. Es gelingt ihm noch, in all seiner eitlen Herrlichkeit Sezer gegenüber zu stehen.

»Brav, Herr Bischof, brav! Es tut mir sehr leid, dass wir uns nun verabschieden müssen. Es war mir eine Ehre, einen Feind Allahs als guten Freund zu bewirten. Sprechen Sie nun Ihre letzten Worte, bitte ein Gebet!«

»Meine Waldwirtschaft thronte damals genau hier an diesem Ort mit einem göttlichen Blick hinunter in die Monbachschlucht! Sehr viel wunderbarer als deine Holzruine, du niederträchtige, muslimische Ratte!«

Sezer lacht verklemmt, bemüht sich, seine Wut zu hemmen, und dankt ihm für den ʿwichtigen Hinweisʾ.

»Und ich möchte auch nicht vergessen, meinen Bruder Mustafa zu erwähnen. Ich liebe und ich hasse ihn, aber jetzt bin ich ein erwachsener Mann und werde ihn rächen! An welchem Bein – Erinnerst du dich? – war seine lästige Schusswunde? Aber egal!«

Sogleich schießt er dem Bischof in den rechten Oberschenkel, so dass dieser auf der Stelle schreiend zusammenbricht. Sezer wirkt zufrieden, gießt den Rest Rotwein über sein Opfer und denkt über seine weiteren Schritte dieses schönen Sonnenabends nach.

»Mein lieber Gottesmann! Deine Geschichte ist nur ein Kindermärchen für Juden und Christen. Die einzige Wahrheit aber erlebst du! Auf Nimmerwiedersehen, *Canim*!« –

Noch nie siegte jemand durch Bosheit, auch wenn *Yörük* und *Peter* und *Hedda*...

Wie unter der Woche üblich öffnet Kalkan die Tür der Familienwohnung einige Zeit nach 16 Uhr 30. Mustafa und Sezer sind nicht da, bemerkt er heute aufgeregt. Viel später erst nach Ladenschluss wird Semiha heimkommen. In der stets fast zeitgleichen Mittagspause besprach er mit ihr bereits, was sie wegen Sezer unternehmen werden. Mustafa war nicht zu erreichen, das störte sie zwar, aber... Ja, es musste wie doch vereinbart dringend entschieden werden!

Kalkan zieht sich ohne Eile um, setzt sich mit einem Glas Whiskey an den Wohnzimmertisch, greift sich sein Handy und telefoniert mit der Polizei. So hat er es mit seiner Frau Semiha in ihrer elterlichen Not dann doch beschlossen. Der Schutz unschuldiger Menschen vor Sezers möglichen entsetzlichen Gewalttaten liegt ihnen mehr am Herzen als Sezers... Sie lieben ihn beide, auch wenn Semiha nicht seine... Und Kalkans Vater *Mücahit* geben sie die ganze Schuld an diesem Unheil in ihrer Familie. Sie beteten heute Morgen schon mehrmals für Edanur und für ihren Sohn Sezer. Allah sollte ihnen allen den wahren Weg weisen!

Und in ähnlicher Weise will Kalkan der Polizei den `wahren´ Weg zu seinem Sohn zeigen. Er berichtet die ganze Geschichte am Telefon so genau, dass die Polizei ihm Glauben schenkt. Kalkan müsse bei der Suche dabei sein, er müsse als Erster mit Sezer sprechen dürfen, das habe er seiner Frau bei Allah versprechen müssen. Sie habe Angst, dass die Polizei ihren Sohn ohne Gespräch töten werde, weil er sich mit aller Gewalt gegen die Festnahme wehren würde. Das war für alle Beteiligten ganz klar!

Die Polizei geht auf Kalkans Bitte ein, dieser spricht von einer versteckten Waldhütte Sezers in der Nähe der *Monbachschlucht Bad Liebenzell*, so dass er sich mit der Polizei auf dem Parkplatz Monbachtal an der Nagold treffen möchte. Das wird nicht erlaubt, denn Kalkan würde aus der Wohnung abgeholt, weil dort zugleich das Zimmer Sezers durchsucht würde; er müsse im Polizeiwagen zum Parkplatz mitfahren, dürfe so weit wie möglich vorausgehen, aber müsse auch verstehen, dass er vielleicht plötzlich selbst ein Opfer seines gefährlichen Sohnes werden könne.

Kalkan zeigt sich einsichtig und sofort beginnt der behördliche Weg mit dem durchdachten Polizeieinsatz im Schwarzwald. Die ersten kleinen Wolken tauchen aus der Ferne auf, noch sind sie weiß und leicht grau, aber eine überraschende Regendecke solle folgen, heißt es im Wetterbericht.

Es ist ein gar nicht außergewöhnlicher Donnerstag Nachmittag am Anfang des wilden Wanderweges zur Monbachschlucht. So einige Radfahrer und Fußgänger sind in verschiedenen Richtungen der wunderschönen Gegend neben den schwerbewaffneten Polizisten unterwegs. Dem Einsatzleiter passt das *so* überhaupt nicht, viel lieber sei er möglichst weit in den Wald mit Autos gefahren, aber Kalkan vereinbarte das genau so und nicht anders, auch wenn es ihm im Augenblick auch unüberlegt und sogar gefährlich erscheint, wenn das sogar einen Schusswechsel zwischen harmlosen Wanderern hindurch oder auch auf sie verursache.

»Das wird aber nicht geschehen!«, denkt Kalkan, »Sezer kann doch nicht ein derartiges Ungeheuer sein! Nein!« Ein mulmiges Gefühl im Bauch regt sich aber dennoch.

Die Polizeihunde wollen zwischendurch manche Artgenossen an der Leine der doch erschrockenen Spaziergänger beschnuppern, das geht jetzt aber nicht! Man läuft hier ja nicht zum Vergnügen durch die berühmte Monbachschlucht, weiß jeder Uniformierte!

»Sagen Sie, ist es noch weit? Dann marschieren wir etwas langsamer. Wir müssen alle fit sein und die Scharfschützen müssen eine ruhige Hand haben, falls wir Ihrem Sohn an seiner Hütte auflauern müssen«, fragt der bullige Einsatzleiter, dessen spitzes Gesicht irgendwie einem Schäferhund ähnelt, entdeckt Kalkan gerade, während er ihm antwortet: »Nein, nur noch durch die Büsche und Bäume diesen Hang hinauf!«

»'Nur noch'? Halt, alle Mann!«, befiehlt er sofort, »Warum führen Sie uns dann nicht von oben hinunter? Dort oben führt nämlich die Pforzheimer Straße durch den Wald? Warum sollen wir für Sie das sich verirrende Wolfsrudel spielen? Wofür brauchen Sie noch so viel Zeit, Mann? Halten Sie uns bitte nicht für so blöd! Augenblick! Ich muss mich bei der Zentrale melden! — Ja, gut. Wunderbar! Sein gestohlenes Auto steht in

Monakam beim *Café Monachorum*. Auch ein Name, na ja. Ja, natürlich kenne ich auch diesen Zuweg zur Schlucht. Nach Nordosten gibt es eine Brücke über den Monbach; am `Maisgraben´ heißt das dort oder so ähnlich! Wir teilen uns. Meine beiden Scharfschützen warten da versteckt im Wald und ich gehe mit den Hundeführern und den Anderen weiter. Ihr sucht ihn von oben von der Pforzheimer Straße aus. Hoffentlich flieht er dann in unsere Arme! Die Waldhütte muss ungefähr auf der geraden Luftlinie zwischen dem `Grillplatz Monbachtal´ und dem Reisig See zu finden sein. Leider sieht man schon dunklere Wolken vor die Sonne ziehen. Bis demnächst!«

»Ich wollte nur...«, beginnt Kalkan schüchtern.

»Egal, jetzt! In etwa 15 Minuten werden wir auf die Waldhütte stoßen. Gleichzeitig wird auch unsere Verstärkung von dort oben bei uns sein. Entweder geschieht der Zugriff eh an der Hütte oder der Täter wird den Waldhang hinunter zu seinem Auto fliehen wollen. Der schnellste Weg ist dann über diese Brücke, die er ja bestens kennt. Das wird so sein Endbahnhof, denn wir versuchen ihn nicht im Wald mit dem dichten Unterholz zu verhaften, sondern jagen ihn mit lautem Hundegebell zur Brücke! Wenn da gerade Wanderer sein sollten, dann eben anschließend! Also weiter!«

Kalkan spricht besser kein Wort mehr, sondern leitet sie weiter, auch wenn der Chef jetzt den Weg kennt. Besser er überlegt wieder, wie die geplanten Sätze zu Sezer hießen. Noch beeindruckt ihn ja diese schöne Natur, auch wenn das soldatische Marschieren keine gleichzeitige Entspannung liefern kann. Sehr, sehr lange Sonnenstrahlen scheinen durch die zahllosen, hohen Tannenbäume hindurch.

»Wie helle, gezielte Scheinwerferlichter im Theater heben sie die kleinen Besonderheiten des Waldbodens für die wachsamen Augen liebevoll hervor«, träumt Kalkan fast romantisch: »Ach, wie schön ist es hier! Wirklich ein besonderer Ort! Und die erfüllend frische Luft! Hoffentlich ist sie nicht bald voller Blei! *Canim*!« –

– Zur selben Zeit schießt Sezer an seiner Waldhütte dem leiblichen Vater Teresas in den Oberschenkel und die Polizei besucht Akbay in seiner neuen Villa:

»Das heißt, Sie haben noch immer keine bestimmte Person unter Verdacht? Auch nicht Ihren gesuchten Yörük, einen bestens getarnten Auftragsmörder?«

»Nein. Warum sollte ich? Was hätte jemand von meinen nahestehenden Menschen für Gründe? Yörük wohnte seit wenigen Wochen mit uns in der großen Villa. Auch Hedda, seine werdende Lebensgefährtin und unsere jahrzehntelange Hauswirtschafterin!«

»Wenn Sie das so meinen! Dann wollen wir nicht weiter stören und...«

»Ach, einen Augenblick noch! Was ist mit der armen *Katze* und meinem neuen Freund Dr. Amon...?«

»So! Arme Katze? Von ihm wissen wir leider noch nichts, aber die Katze wohnt bei seiner Schwester, die Katzenmilbenallergikerin sei. Fragen Sie ´mal nach!« –

– Mittlerweile parken einige Polizeiautos und ein Rettungswagen neben der schwarzen Limousine mit dem überraschten Chauffeur am Waldrand nahe der Pforzheimer Straße.

Der Chauffeur gibt gerade noch seine Erklärungen ab, als der Suchtrupp im dunklen Dickicht des Waldes verschwunden ist. Wolken sind sehr rasch aufgezogen und es beginnt leise rauschend zu tröpfeln.

Niemand weiß, dass in diesen Augenblicken Sezer seinen bewusstlosen Pfarrer mühevoll durch die enge Tür der Holzhütte hineinzerrt und ins Kellerloch mit der durch einen vergammelten Teppich getarnten Eingangsklappe nach dem Gefangenen lachend ruft: »Hallo, Herr Doktor! Operieren Sie noch Weiberbusen oder machen Sie gerade Winterurlaub in Australien?«

Nichts rührt sich da mehr und der großartige Sezer verlässt grinsend die Stätte seines schauerlichen Wirkens in den Wald. In einer winzigen Lichtung hat er sich auf ein weiches Hügelchen ein altes Sitzkissen seiner Großmutter gelegt und zieht vorsichtig ein Kabel aus dem gestrüppreichen Waldboden hervor, dessen Ende man erahnen kann; es muss in der Hütte sein. Der Regen nimmt doch zu, was Sezer etwas ungeduldig werden lässt. Aus einem dornigen Busch holt er den Zündkasten zu sich und hockt sich auf seinen Platz. Irgendetwas murmelt er noch vor sich hin, was sich jeder, der ihn erst seit seiner Wandlung zum islamistischen Massenmörder kennenlernte, durchaus zusammenreimen kann, wohl ein Gebet?! –

Ein wenig unpünktlich um 18 Uhr 10 fliegt alles in die Abendluft des sich verdunkelnden Schwarzwaldes.

»Hallo! Was ist da explodiert?«, ruft der Truppführer seinen Einsatzleiter, der nur antwortet: »Das wissen wir auch noch nicht!«

»Es müsste das gesuchte Objekt gewesen sein. Nur noch wenige Meter trennen uns von dieser Stelle. Eine Menge Holz und andere Teile regnen vom Himmel in die Bäume herab. Und das Wasser aus den Wolken noch darüber hinaus! Wir haben sofort angehalten! Was sollen wir tun?«

»Lasst die Hunde laut bellen und voran laufen. Sie sollen den Täter, wenn er noch lebt, den Hang zu uns herunter jagen. Wir bleiben hier und tarnen uns, damit er noch weiter hinab zur Brücke rennen wird. Und die Spurensicherung mit Einheiten zur Tatortssperrung benachrichtige ich sofort! Was ist mit der Feuerwehr?«

»Wir schließen erst alle im Schritttempo zum Tatort auf, die Hundeführer mit lautem Gebell voraus! Rauch dringt uns durch den Wald entgegen; Flammen sind nirgendwo zu sehen! Sprengstoffspezialisten und die Feuerwehr wären doch wichtig, denke ich. Das war sicherlich eine ganz ordentliche Sprengung! Das sieht jedenfalls hier im Wald vorläufig so aus! Oder?«

Kalkan, der ja bei der halbierten Mannschaft des Einsatzleiters wartet, ist erschüttert und zugleich gelassen, weil er hier versteckt sitzen kann und nichts vielleicht noch Schlimmeres erfahren muss. Der

Einsatzleiter fordert die weiteren Sicherheitskräfte an; alle sollen von der nördlichen Pforzheimer Straße kommen, damit diese hinter ihnen für den Verkehr mit Umleitungen gesperrt werden können. Die polizeiliche Zentrale übernimmt nun das Vorgehen und sagt auch Bescheid, dass nun auch ein zweiter Streifenwagen versteckt nahe des gestohlenen Fluchtautos für den Zugriff bereitstehe. Sie würden abwarten, bis der Täter in seinen Wagen einsteigen wolle. Das wird gut!«

Die Hunde verharren ohne Laut ein paar Meter auseinander im nassen Gebüsch. Beiden und Kalkan rinnt das kalte Regenwasser die Stirn und die Nase herunter. Die Polizisten tragen ja ihre Schutzhelme. Niemand denkt jetzt an irgendein größeres Waldtier, dass ihre Aufmerksamkeit ablenken könne. Aber da raschelt etwas Größeres durch den finsteren Wald an ihnen vorbei. Das gesprühte Regenwasser bildet eine undurchsichtige Nebelwand dazu. Das Rascheln bewegte sich den Hang hinunter. Der Einsatzleiter winkt mit seinem Arm; das Zeichen, die langsame Verfolgung aufzunehmen. Sie marschieren vorwärts, aber Kalkan soll jetzt bitte der Letzte bleiben.

Einige anstrengende Minuten später erblicken sie über einen schmalen Trampelpfad spazieren – ein Reh.

»Verdammt nochmal! Zurück und in die Hocke!«, sagt eher leise der Einsatzleiter zu den Anderen, »Wir befinden uns leider ziemlich genau auf dem geraden Weg zur Brücke hinunter. Der Täter könnte uns sofort in den Rücken fallen! Vorsicht!«

Und schon geschieht das: Ein Schuss ist zu hören, ausgerechnet in ihre Richtung, und ein Hundeführer wird am Arm getroffen. »Auf den Boden werfen!«, schreit der Einsatzleiter und eine dunkle Gestalt rennt den Hang zur Brücke hinunter. Die Hunde bellen immer lauter, wollen folgen, werden aber festgehalten und der Regen wächst und wächst wie die Dunkelheit.

»Täter rennt zur Brücke den Hang hinunter! In spätestens zehn Minuten ist er bei euch! Er ist bewaffnet! Wir folgen vorsichtig! Ein Hundeführer ist verletzt: Armschuss! Ein Streifschuss wahrscheinlich! Bitte oben dem Rettungswagen melden! Er versucht, euch durch den Wald entgegenzukommen!«

Der Regen verändert sich nicht. Aber es donnert und hallt in wuchtiger Lautstärke. Die Blitze schlagen quer über den Himmel! Es stürmte vorher gar nicht.

Nach sieben Minuten sitzt Sezer mit seiner Pistole in seiner Hand auf dem Eisengeländer einer älteren Fußgängerbrücke über den Monbach, um kurz zu verschnaufen. Die beiden im Unterholz lauernden Scharfschützen haben ihn im Visier, meldeten das ihrem nahenden Einsatzleiter und warten nun auf seinen Schussbefehl, weil sich dieser noch wie vorhin abgesprochen mit Kalkan beraten muss:

»Meinen Sie wirklich, Sie können Ihren Sohn jetzt noch umstimmen, sich verhaften zu lassen?«

»Ja, natürlich, er ist mein Fleisch und Blut, wie die Juden sagen.«

»Sind Sie nicht ein Muslim? Ist wahrscheinlich gleichgültig bei so `was! Was jetzt? Wir sind in zwei Minuten am Fußweg zur Brücke! Sie könnten einen Hundeführer mitnehmen, langsam zuerst vor sich gehen lassen, falls Ihr Sohn Sie angreifen möchte.«

»Warum sollte er das tun? Er ist mein Sohn, mein leiblicher! Ich erzähle ihm von seiner Mutter! Sie liebte keine islamistische Gewalt! Nein, sie verabscheute…«

»Er könnte glauben, dass Sie ihn an uns verraten hätten. Ist ja schließlich so gelaufen, nicht wahr?!«

»Gut, Sie haben leider recht. Lassen Sie uns gehen! Vor uns der Hundeführer und Sie bitte neben mir, aber ohne Waffe in Ihrer Hand! Die Schützen sollen nur schießen, wenn er uns mit seiner dummen Pistole mit ausgestrecktem Arm bedroht. Nur dann! Ich werde ihm sagen, dass er seinen Arm bitte nach unten halten soll! Einverstanden?«

»Das klingt zwar etwas schwierig, aber ich gebe es so weiter an meine Männer! Und Sie rufen ihn jetzt mit seinem Namen, während wir uns ihm nähern!«

»Sezer! Sezer, mein Sohn! Hörst du mich? Sezer, ich bin es, dein Vater, Kalkan!«

Sie gehen Schritt für Schritt durch den Wald voran. Sezer blickt neugierig in ihre Richtung und Kalkan meldet sich weiterhin bei ihm: »Sezer, Sezer! Wir kommen! Lass uns miteinander reden! Bitte, Sezer!«

Nach wenigen Sekunden stehen sie ihm gegenüber. Auf dem Geländer sitzend grinst Sezer sie nur an. An das *Glasmännlein* mit den drei Wünschen und den bösen *Holländermichel* mit Sturm, Blitz und Donner im alten Schwarzwald erinnert er sich augenblicklich – in diesem berühmten Märchen mit dem kalten Herz!

Der Regen prasselt auf den Boden, als wolle er hier einen neuen See bilden. Viele tausende Blasen werfen sich. Und viele neugeborene Springbäche fließen den Waldhang in ihn herab, als ob es sogleich Sterbende gäbe. Sezers Mantel ist verschlammt; er muss des Öfteren im unwirtlichen Wald gestürzt sein.

»Baba!«, rief er ein letztes Mal in diese schwere Abendluft, bevor ein greller Blitz seinen Kopf trifft. Während eines gewaltigen Donnerns stürzt seine angebrannte Leiche von der Brücke in den eiskalten Monbach hinab. Sie sahen es mit eigenen Augen und laufen erschrocken zum Geländer, um...

Der Einsatzleiter hält schnell mit aller Kraft den Vater zurück, seinen dort unten liegenden, toten Sohn erblicken zu wollen.

»Das drohende Höllenfeuer der Ungläubigen ist nur eine ihrer unzähligen Lügen!«, dachte Sezer immer. Kalt ist`s im Wald und Kalkan flüstert noch: »*Canim*« –

– Somit ist dieser Einsatz erstmal beendet.

Kalkan, der seinen Sezer nicht erst heute verloren hat, fährt gleich nach Hause zu seiner übrigen Familie. Wie er das alles seiner Frau Semiha erklären soll, weiß er noch gar nicht. Das Unglück ist viel zu groß!

Der schockierte Chauffeur des tot geborenen Bischofs, den er schon vor Ort für die Polizei identifizieren konnte, wird noch zum Polizeirevier mitgenommen und vorerst dort zur gründlicheren Befragung am folgenden Tag festgehalten.

Die Identität der zweiten am Tatort gefundenen Leiche muss noch über den Vergleich mit den Daten der Vermisstenanzeigen geklärt werden. Das dauert.

Sezers Leichnam wird auch noch in der Nacht aus dem Bach geborgen und zur genauen Untersuchung in das gerichtsmedizinische Institut gebracht. Für die vielen Wandergäste des Wochenendes dürfen keine Spuren zu entdecken sein. Den Tod in der Natur, nein!

In der Stadtklinik wird die Schusswunde des Hundeführers fachmännisch fertig versorgt. Er muss schnellstens gesunden, denn Einsätze für seinen spezialisierten Polizeihund lassen nie auf sich warten.

Die Freiwillige Feuerwehr der Gegend hat wegen des stundenlangen Regens glücklicherweise wenig zu löschen und freut sich auf ihr verschobenes Dorffest.

Die Munition von Sezers Pistole wird ebenfalls gründlich untersucht und mit allen Spuren anderer

Morde verglichen. In so ein paar Mordfällen wird ja gerade erst ermittelt. Wer weiß, was sich noch ergibt!?

Die Reste der völlig zerstörten Waldhütte und deren Inhalt können bald entsorgt werden, damit dort vom schlammigen Grund aus dieses ehemaligen Kellers möglicherweise ganz natürlich ein Teich mit kleinen Lebewesen des Schwarzwaldes entstehen kann.

Gras wächst über alles, bestimmt – vielleicht – nie!?

Es nieselt und Kalkan überlegt nicht, was er an diesem Abend hier solle, aber es ist ein Weg, sein Weg. Durch die Stadt zu fahren ist einfach sein Ziel – mit ruhiger Musik im Auto. Das ist sein Weg, 'mal den Stecker zu ziehen, ganz für sich zu sein. Genau wie Gras. Diese Musik ist Gras, das man aber mit Ohren raucht. Genau.

Und in diesem düsteren Dunkel sein eigenes Auto zu fahren, das ist eben auch wie Gras rauchen, fühlt er erstmals. So einfach 'mal wie ziellos fliegen dürfen. Ja, das ist augenblicklich Freiheit! Seine einzige, seine väterlich männliche, eben nur im Rausch.

Semiha anrufen, das kann er nicht. Sie weiß, dass sich das Leben seines Sohnes in ein unvorstellbar Verbrecherisches wandelte, dass es heute sein Ende nehmen musste. Beide müssen sie dies unsägliche Leid tragen. Beide müssen sie versuchen, unmerklich das Leben ihres Adoptivsohnes Mustafa auf einem Allah gerechten Weg zu führen, ja, zu halten, ist er doch ihr einzig verbliebener, gemeinsamer *Canim!* –

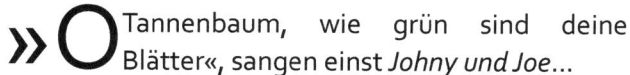

»OTannenbaum, wie grün sind deine Blätter«, sangen einst *Johny und Joe*…

»Ist das nicht ein Weihnachtslied?«, fragt Mustafa lächelnd, während er zusammen mit seiner Teresa im Schlafzimmer ihrer Wohnung liegt.

»Natürlich! Ich fühle mich ja gerade wie im Fest der Liebe! Und ist das dann nicht Weihnachten? Ich freue mich so sehr, dass du gekommen bist, du sturer Esel!«

»Bin ich, obwohl ich ahnte, dass du wieder mit diesem alten Buch anfangen wirst!«

»`Altes ist nicht von selbst schlecht und Neues nicht von selbst besser! Ein ewiger Irrtum der Jugend!´, das impfte mir Akbay schon seit meiner Kindheit ein«, lacht Teresa.

»Hatte dein Akbay noch mehr solche Sprüche für dich auf Lager?«, lacht dazu Mustafa.

»Selbstredend! Und auch noch alle berühmten aus diesem Theaterstück! Was denkst denn du!? Zum Beispiel: `Der Wille und nicht die Gabe macht den Geber´ oder `Das Blut allein macht lange noch den Vater nicht´.«

»Das klingt ja schon irgendwie weise. Das kann ich nicht, aber ich schreibe manchmal Gedichte wie mein Bruder Sezer. Wir üben damit genaueres Deutsch für den Unterricht, also das versuchen wir wenigstens.«

»Ach, hast du ein Beispiel im Kopf? Dann sprich es!«

»Nein, kann nicht! Wir beide müssen jetzt wirklich aufbrechen! Ich habe deinem Vater gesagt, dass wir uns etwa um 18 Uhr auf dem Parkplatz zur Waldhütte meines Bruders treffen würden. Das ist nur noch eine halbe Stunde! Wir müssen los, Teresa! Aufstehen!«

»Ich will aber nicht zu diesem fremden Mann! Nur weil er mich vor etwa zwanzig Jahren gezeugt hat, soll ich mit ihm reden? Nein!«

»Du hast es mir aber versprochen. Dafür musste ich mit dir auch noch dieses Weihnachtslied stundenlang singen. Los jetzt!«

»Gar nicht `stundenlang´! Und außerdem ist das für mich das schönste Lied des Schwarzwaldes, weil seine Tannen weltberühmt sind. Und weil ihre Nadeln, ihre eingerollten Blätter, auch im Winter grün sind. Die Tanne, der Baum des ewigen Frühlings!«

»Ja, grün, grün. Ist ja gut, aber... Teresa aufstehen!«

»Nein. Diesem Vater bin ich eh egal. Du hast mir auch noch nicht geantwortet, was ich eigentlich mit ihm sprechen soll.«

»Wichtig ist mir, dass ihr miteinander redet. Wir wollen doch wissen, warum deine oder seine Hedda dich erschießen wollte. Hast du das vergessen?«

»Ja, aber jetzt weiß ich es wegen dir wieder. Danke! Zur Strafe will ich sofort dein Gedicht hören, sonst werde ich auf keinen Fall aufstehen und auch nicht...«

»Teresa! Ja, gut, meinetwegen. Der Titel heißt kurz:
Baum

Wald um uns
Tannen mit Kerzen
Pilze mit Marienkäfern
Rehe mit Wacholderschnaps
Eichhörnchen tanzen mit Füchsen
Nur du allein bist meine liebste Eiche

Waldhütte in uns
Pfannen mit Scherzen
Morgen mit Dauerschläfern
Hölzer mit männlichem Schatz
Fischen, Jagen mit Opas Büchsen
Nur ich allein war deine größte Beute

Waldhöhle um mich
Abgegriffene Sesterzen
Knochenteile von Schäfern
Dein letzter Kuss eiskaltes Wachs
grelle Augen von grimmigen Luchsen
Nur du allein Quelle meiner Tränen Bäche

Wegesrand bin ich
Ich bin nur noch
der halbe Baum
Weg bist du

Baum.«

»Mustafa, das ist melancholisch. So wie du eben bist. Sprich es mir noch einmal vor! Bitte!«

Und Mustafa trägt es noch einmal vor. Danach zieht sie ihn wieder zu sich ins Bett zurück, sie küssen sich und lieben sich – und sie schlafen allmählich Arm in Arm ein. Dunkel und kaltwässrig wird es draußen. Heißblütig und warmherzig ist es drinnen.

Die Zeit verstreicht. Als Mustafa nach Mitternacht kurz erwacht und auf die Uhr sieht, erschrickt er, weil ihm einfällt, dass er sich mit Teresa doch noch am Abend mit ihrem leiblichen Vater an der Waldhütte treffen wollte. Das ist viele Stunden her! Niemand meldete sich bisher; ihre beiden Handys sind ja auch abgeschaltet. Und jetzt? Weiterschlafen oder was?

Und Hunger hat er auch dazu! »Was soll´s!«, denkt Mustafa und liest durch Zufall in dem aufgeschlag´nen Buch die Stelle, die ihm nun wirklich alles gibt, die Rechas Daja zu ihrem Herrn, dem Nathan, sagt:

»Vornehmlich *eine* – Grille, wenn Ihr wollt, ist ihr sehr wert. Es sei ihr Tempelritter kein irdischer und keines irdischen; der Engel einer, deren Schutz sich ihr kleines Herz von Kindheit an so gern vertraut glaubte, sei aus einer Wolke, in die er sonst verhüllt, auch noch im Feuer um sie geschwebt, mit eins als Tempelritter vorgetreten. – Lächelt nicht! – Wer weiß? Lasst lächelnd wenigstens ihr *einen* Wahn, in dem sich Juden, Christen und Muslime vereinigen; – so einen süßen Wahn!« –

– Auch dieser Abend schritt voran und sehr viele Menschen scheinen sich vom Tag zu erholen, viele jedoch nicht. Viele sind längst hundemüde und dürfen allmählich schlafen. Viele jedoch nicht. Viele denken, dass morgen glücklicherweise Freitag sei, dass sie deshalb spätestens am Nachmittag zu Hause sein würden. Viele jedoch nicht. Und der die Ermittlungen im *Fall »Terroranschlag auf vier Frauen, Stuttgart Zentrum«* leitende Polizeibeamte ruft rasch noch bei Miriam zu später Stunde nach 22 Uhr an, weil es ihm sehr wichtig für die Anwältin erscheint, da ja der tatverdächtige Attentäter der einzige Bruder ihres Mandanten sei! Miriam meldet sich müde und hört so aufmerksam wie noch möglich zu.

»...und der einzige Bruder ist – beziehungsweise `war´ – Ihr Mandant in dem Fall `Villa-Brandstiftung´, Herr Mustafa...«

»Mustafa? Wie bitte? Mein Mustafa! Das darf doch nicht wahr sein! Aber ich verstehe jetzt, weshalb Sie mich noch um diese Zeit...«

»Genau! Die beiden sind Brüder, Adoptivbrüder, und der verzweifelte Vater zeigte seinen jüngeren Sohn wegen dessen islamistischer Morde an und führte uns heute zu dessen versteckter Waldhütte nahe der Monbachschlucht.«

»Danke! Morgen werde ich mit Mustafa sprechen. Zumindest werde ich der Familie mein herzliches Beileid bekunden. Danke, nochmals! Gute...«

»Halt! Das ist noch lange nicht alles! Wir konnten bereits die Pistolenkugeln verschiedener Mordfälle vergleichen. Auch deshalb melde ich mich gerade bei Ihnen! Sie stammen alle nachweislich aus der Pistole dieses Attentäters namens Sezer: Der Mord an dem Anwalt dieses Immobilienhais, nämlich Ihres eigenen Bruders Daniel, der Streifschuss an Mustafas Bein, die Morde an den vier zufällig erwählten Frauen beim Einkaufen und… folglich muss dieser Sezer auch den angestellten Anwalt erschossen haben, sein mögliches Fahrzeug zum Haus des Anwalts war wahrscheinlich sein gestohlenes Auto, das bei uns bereits wenige Tage vorher als 'gestohlen' gemeldet war. Auch sein Fluchtauto! Und, was meinen Sie dazu?«

»Die Motive? Was denken Sie darüber?«

»Der Anwalt unterzeichnete den skrupellosen Brief des Wohnungseigentümers an die Familie, weswegen sie demnächst bestimmt auf der Straße stehen würde. So erklärte es damals seiner Familie ihr besorgter Vater und heute uns. Das dachten sie alle. Außerdem war Sezer Islamist. Vielleicht wusste er auch, dass ihr Wohnungseigentümer ein Jude ist.«

»Aber auch mein Bruder war kein Jude, der seine Religion täglich zur Schau stellte. Also wissen Sie,…«

»Das könnte egal gewesen sein. Jude ist Jude, gerade für einen islamistisch besessenen Attentäter, nicht wahr!? Das sieht man ja auch an den Morden dieser vier einkaufenden Frauen. Sie waren einfach 'sittenlose Ungläubige' für diesen jungen Islamisten.«

»Na, ja. So wird es wohl sein. Da könnten Sie leider Recht haben. Und jener Streifschuss Mustafas?«

»In diesem Fall rätseln wir noch. Mustafa sagte ja aus, zwei Männer hätten ihn auf dem Haidacher Hügel überfallen. Und dieser älterer Herr mit Hund, der Mustafa verletzt fand, berichtete dasselbe. Er ist übrigens ein ehemaliger Kollege von uns, er war als Hauptkommissar hier mein Amtsvorgänger. Seiner Aussage vertraue ich deshalb. Darüber hinaus waren auf allen Kugeln, die wir gefunden haben, teils gar keine, teils Sezers Fingerabdrücke. Keine anderen! Und wie wir auch erst seit wenigen Stunden durch die Aussage des Chauffeurs des ermordeten katholischen Bischofs wissen, war...«

»Wie? *Bischof*? Ermordet? Davon weiß ich nichts!«

»Stimmt, das ist auch erst seit kürzester Zeit in den Medien: Der Bischof traf sich mit Sezer an dessen Waldhütte, sein Chauffeur wartete am Waldrand beim Dienstwagen. Sezer erschoss ihn dort, die Kugeln entstammen wieder derselben Pistole, und sprengte ja die Hütte in alle Windrichtungen in die Waldluft. Es gab also irgendeine Beziehung zwischen dem Bischof und Sezer. Der Chauffeur wüsste nichts Genaueres darüber, sei jedoch bei dem Kampf auf dem Haidacher Hügel dabei gewesen. Er sei nachgekommen zu den beiden, habe seine Exzellenz vor Mustafa mit dessen Pistole in der Hand gerettet. Im Kampf sei der Schuss gefallen, habe das Bein des Täters getroffen, so dass sie beide fliehen konnten. Aus vergebender Nachsicht habe seine Exzellenz den Vorfall nicht bei der Polizei angezeigt. Das müssen wir so glauben, vorerst; denn was treibt da unser katholischer Bischof nachts auf dem Haidacher Hügel mit einem jungen Muslim?! Gute Frage, nicht? Er wisse darauf keine Antwort.«

»Der Bischof? Wirklich?«

»Ja, wirklich! Und jetzt ist er vom Bruder ermordet worden. Grausamst. Einen Schuss erhielt er in die Schulter, einen in den Fuß und einen in das Herz, als ob der Muslim eine Symbolik verfolgte. Seltsam! Aber, wenn das alles so wahr ist, dann habe Ihr Mustafa unseren Bischof mit Sezers Pistole aus irgendeinem Grund bedroht. In wenigen Minuten wird mein Bericht auf dem Weg zur Staatsanwaltschaft sein. Wir werden Mustafa morgen wahrscheinlich verhaften müssen.«

»Verstehe! Danke! Meine Frage wäre da nur, ob das wirklich sinnvoll ist. Stände dann nicht Aussage gegen Aussage? Der Bischof ist tot. Mustafa sagte, er sei mit der Pistole angegriffen worden. Der Chauffeur sagt das Gegenteil. Was wird der Staatsanwalt sagen? Gibt es weitere Zeugen? Was ist mit Ihrem Ex-Kollegen?!«

»Keine Zeugen! Mein Ex-Kollege beobachtete auch nichts. Er kam später dazu. Laut Mustafa hätten der Bischof und sein Chauffeur ihre Pistole danach wieder mitgenommen. Es schweigen alle irgendwie darüber! Am liebsten wäre mir, wenn auch *wir* irgendwie da...«

Sie sind sich einig, schweigen sei besser! Miriam will nun Mustafa anrufen, aber hört noch von *Amons Tod*. –

– Gras, das ist es. Aber echtes, einfach über alles hinweg.

Es nieselt und er überlegt nicht, was er mitten in der Nacht hier solle, aber es ist ein Weg, sein Weg. Durch die Stadt zu fahren ist einfach sein Ziel – mit ruhiger Musik im Auto. Das ist sein Weg, 'mal den Stecker zu ziehen, ganz für sich zu sein. Genau wie Gras. Diese Musik ist Gras, das man aber mit Ohren raucht. Genau.

Und tief in der dunklen Nacht sein eigenes Auto zu fahren, das ist eben auch wie Gras rauchen, fühlt er immer wieder. So einfach 'mal wie ziellos fliegen dürfen. Ja, das ist Freiheit! Vielleicht seine einzige, seine jugendhaft männliche, eben nur im Rausch.

Während sein Auto auf den regennassen Straßen in einer schönen Wohngegend am Stadtrand langsam dahingleitet, muss er plötzlich an einer mehrstöckigen Villa hinter der meterhohen Gartenhecke ein großes, flackerndes, funkensprühendes Licht entdecken.

»Feuer!?«, das schießt wieder augenblicklich durch seinen Kopf. Er bremst, stellt das Auto rechts am Gehweg ab und rennt mit seinem Smartphone in der Hand die Straße hinüber durch das geöffnete Gartentor. Eine Gestalt mit einem Hund neben sich steht vor dem seitlich brennenden Haus unter seinem Regenschirm und sieht tatenlos zu.

»Hallo! Kann ich Ihnen irgendwie helfen?« schreit er aufgeregt. »Angerufen haben wir schon lange, den Retter!«, antwortet gelassen der Mann unter dem schützenden Schirm, »Aber ich spaziere mit meinem Hund seit Stunden immer wieder um das Haus, um nachzusehen, wann du endlich erscheinst, Mustafa!«

»Aber, aber – hier brennt ja gar nichts! Das sind Scheinwerfer, die mit flackerndem Licht einen Brand vortäuschen. Was soll das denn bitte?«, fragt er völlig überrascht.

»Erkennst du das Haus etwa nicht? Sieh dich genau um! Schön, dass du heute schon da bist. Das wussten wir ja nicht, hofften es aber! Na? Und? Wo bist du?«

»Ach, ich träumender Dummkopf! Die neue Villa Akbays, Teresas Vater! Und Sie! Ja, Sie sind der ältere Mann mit dem Hund vom Haidacher Hügel! Und was soll das hier bedeuten?«

»Geh´ mit!«, winkt ihm kurzerhand der ehemalige Hauptkommissar zu, »Ab in die Villa, da regnet es ja nicht! Das Feuerlicht schalte ich gleich auch noch aus. Akbay muss mit dir persönlich reden. Komm!«

Im Wohnzimmer der Villa weckten sie den im Sessel schlafenden Akbay und begrüßten sich, so dass sie nun endlich über Mustafas Vergangenheit und Zukunft reden können – mitten in der Nacht.

»Mustafa, was möchtest du trinken?«

»Mir ist ziemlich warm vor Aufregung. Bitte ein Vanilleeis mit Schokosoße, wenn das möglich ist.«

»Ist das möglich?«, fragt Akbay in die Richtung seiner Küche und erhält sogleich ein »Ja!« als Antwort.

Mustafa erkennt staunend diese etwas unterwürfig wirkende Männerstimme, aber er weiß im Augenblick nicht…

»Mustafa, wir beginnen ´mal mit zwei berühmten Sprüchen aus Lessings Drama *Nathan der Weise*.«

»Nicht schon wieder! Hört das denn nie mehr auf?«, denkt sich Mustafa dazu.

»`Die Menschen sind nicht immer, was sie scheinen. Doch selten etwas Besseres!´ und weiterhin `Mache deine Rechnung nur nicht ohne den Wirt!´«

»Hat das etwas Bestimmtes mit mir zu tun?«

»Ja, Mustafa, wir vermuten, dass *du* deine Anwältin heute Abend nicht mehr gesprochen hast. Stimmt das? Denn *wir* haben das durchaus getan.«

»Ja. Warum?«

Akbay erzählt ihm, dass Sezer gestern Abend von der Polizei bei seiner Waldhütte gejagt und, dass er dort im Wald kurz nach 18 Uhr von einem Blitz tödlich getroffen wurde. Mustafas Eltern wüssten das bereits, weil sein Vater Kalkan die Polizei zu Sezer durch den Wald zur Hütte führte. Die Hütte habe Sezer vorher in die Luft gesprengt. Und Akbays neuen Freund, den Schönheitschirurgen, den Bruder der Anwältin und des ermordeten Immobilienhändlers, dem er noch vor wenigen Tagen sehr viel Geld gegen die drohende Insolvenz geschenkt hätte, hätte der irrsinnige Sezer vor der Sprengung im Keller seiner Hütte verdursten lassen. Und den leiblichen Vater Teresas, den Mustafa zur Waldhütte bestellt habe, der...

In diesem Augenblick wird das spezielle Vanilleeis von hinten leise gebracht bei Mustafa auf den Wohnzimmertisch abgestellt und Mustafa bedankt sich nickend mit einem kurzen Seitenblick hoch zu diesem Mann. »Sie sind das!«, erschrickt er.

Akbay antwortet ihm: »Ja, ich brauche dringend einen hervorragenden Chauffeur! Er war ein in seinen Kreisen sehr bekannter Autoknacker, verbrachte zur Strafe deswegen einige Zeit hinter staatlichen Gittern, ist jedoch kein Totschläger oder Mörder, sondern eine sehr gute Leibwache! Außerdem, mein lieber Mustafa, beichtete er uns, dass ich damals nicht wegen eines Sekundenschlafes den Unfall hatte, sondern weil mir jener leider gute Mitarbeiter namens Yörük – oder wie auch immer er in Wirklichkeit heißt – ein Schlafmittel verabreichen konnte. Ich sollte also einen tödlichen Unfall haben. Und hier, mein lieber Freund mit seinem Hund, er riet mir damals, sofort nach dem Unfall ein gezieltes Blutbild machen zu lassen; so wurden Spuren dieses Giftes nachgewiesen. Schmeckt das Eis noch?«

Mustafa blickt ihn mit großen Augen an, nickt aber danach lächelnd mit seinem knappen Ja-Wort.

»Bestens! Nun erst zurück: Der Drahtzieher vieler dunkler Geschäfte ist tatsächlich sein ehemaliger

Arbeitgeber gewesen: Der Bischof *Dr. Peter Pfleger* mit seinem Hauptsitz in Freiburg. Allah hab´ ihn selig!«

»Wie bitte? Was ist das für ein komischer Spruch?«

»Und nun musst du ganz besonders aufpassen, mein Sohn, denn deine Teresa wird es dir sonst nie verzeihen! Mein Freund und Helfer, die Polizei, spricht jetzt mit dir!«

Mustafa stellt den fast leeren Eisbecher ab und lehnt sich in seinem Sessel zurück, um sich irgendwie noch besser entspannen zu können. Er ist ganz Ohr mit Schweißperlen auf seiner Stirn geworden.

»Der Vater Teresas hat seine Tochter als kleines Mädchen zur Adoption frei gegeben. Nicht, weil er sie nicht hätte ordentlich erziehen können, sondern weil er wegen seines Berufs und später wegen seines hohen Amtes öffentlich kein Kind haben durfte. Er versklavte seine Jugendfreundin zu Teresas Erzieherin im Haus Akbays. Aber er missbrauchte sie hier auch als Spionin für seine eigenen Immobiliengeschäfte. Er kaufte sich jenen Mann namens Yörük, um ihn gegen alles und jeden einzusetzen, was und wer auch immer ihm im Weg stand, bis er ihn eines Tages selbst mit der Waffe deines Bruders ermordete und im Schluchsee versenkte. Die Brandstiftung an Akbays alter Villa lag natürlich auch in der Händen Yörüks! Er hat Akbays neuen Freund Amon, den Schönheitschirurgen, in den Ruin getrieben, indem er sein Gebäude, in dem Amon die Stockwerke für seine Privatklinik und sein kleines Pharmaunternehmen mietete, immer und immer wieder teuer renovierte und umbaute und den gutgläubigen Amon mit viel zu hohen Geldbeträgen dafür bezahlen ließ. Und er war auch der Auftraggeber der sechs Morde am Bruder Amons, an seinem geschäftlichen Konkurrenten Daniel und dessen Familie, auch wenn die Polizei bisher noch nicht weiß, in wie weit er einem größeren Kreis des organisierten Verbrechens angehört haben könnte. Ja, in dieser Vergangenheitsform spreche ich dabei. Weil dieser Verbrecher gestern Abend kurz nach 18 Uhr ermordet aufgefunden wurde. Dein grausamer Bruder Sezer hat das vollbracht, wahrscheinlich war er sein zufälliges Opfer, unser *Peter Gerle* aus einem kleinen Dorf im Schwarzwald. Kurz nachdem er Vater der kleinen Teresa geworden ist, freute er sich, dass ein Muslim sie adoptierte, was er rasch auf verbotenen Umwegen in Erfahrung brachte, und ließ seinen Nachnamen durch eine einfache Silbenumstellung mit den Buchstaben *Pf* seiner Lieblingsstadt Pforzheim in *Peter Pfleger* umwandeln. Deine Anwältin berichtete uns das vor ein paar Stündchen, was Akbay allerdings schon lange Jahre selbst weiß, weshalb er ihm die alte Brandvilla verkaufte, anstatt sie seiner Tochter Teresa schon heute zu schenken, du verstehst. Eine wirklich sehr schnell und bestens arbeitende Frau, deine Anwältin! Und nun erstmal `Prost´! So zwischendurch ist das nötig! Akbay, fährst du dann bitte fort mit dieser wundervollen Geschichte?«

Mittlerweile haben alle vier Männer ein Getränk vor sich stehen, sitzen `gemütlich´ zusammen, während der ältere Polizeihund auf seinem eigenen Teppich schlummert. Prost! Und Akbay spricht weiter:

»Und nun, mein lieber Mustafa, dreht es sich um deine Wenigkeit und den Mord am Anwalt Daniels. Wie geschah dir das denn so plötzlich, Mustafa!?«

Mustafas Gesicht wird blitzschnell kreidebleich. Was soll er nur darüber berichten? Dem Vater seiner Teresa offenlegen, dass er ein Mörder ist? Oder das weiterhin verheimlichen? Auf solche Fragen lügen?

Akbay versucht, Mustafas gefallenen Blutdruck schnell wieder in die Höhe zu jagen:

»Beim Gartentor am Fuß der Hecke um das Haus von Daniels Anwalt fand die Polizei ein paar gehäufte Zigarettenkippen. Er wurde zwar mit Sezers Waffe erschossen, aber Sezer war doch Nichtraucher. Oder müssen wir erst deine trauernden Eltern fragen? Und mein Freund weiß, dass du an der Mauerruine beim nächtlichen Grübeln gerne ´mal die eine oder andere Zigarette rauchst. Natürlich haben wir einige davon dort in der Tüte auf dem Tisch aufbewahrt. Und meine Teresa weiß, dass auch du Nichtraucher bist. Stimmt das so alles?! Aber egal! Wenn die Polizei auf Verdacht den Speicheltest all dieser Zigarettenstummel mit einem Test deines Speichels, also dem einzigen Bruder eines Massenmörders, vergleichen würde, dann... Ja, dann würde dich meine Teresa auf der Stelle verlassen! Haben wir da Recht? Was meinst du, mein lieber, so unschuldig wirkender Mustafa?«

Mustafas Blutdruck steigt dadurch leider nicht, im Gegenteil, er sinkt und sinkt. Sein Körper zittert schon, weil er friert. Und leicht schwindlig ist ihm dazu. Wird er gleich auch erschossen und im Garten vergraben werden, fragt er sich übertreibend – oder doch nicht?!

Seine Gedanken sind im Augenblick nur: »Zu meiner Linken ein kleines, blitzgescheites Polizistchen, zwar ein ehemaliger, aber ist er wirklich 'ehemalig'?! Ein großer, starker Knastbruder gewaltbereit, aber nicht als mein eigener Leibwächter zu meiner Rechten, in der Mitte vor mir der mächtigste Sultan thronend und auf meine ihn zufriedenstellende Antwort harrend, mit dessen Tochter ich vor wenigen Stunden heimlich in ihrem Bett war, und darüber hinaus auch noch am Fußboden sitzend der scharf gemachte Schäferhund mit seinen gefletschten Zähnen, der nur auf die falschen Worte aus meinem Mund lauert, um sein Bestes an mir beispielhaft vor seinen drei Herrchen ausüben zu dürfen! Und zuletzt ich, der winzige Wurm im Kreis, der zufällige Mörder hoffentlich nicht einer ihrer besten Freunde! Ein übler Alptraum! Ein ganz übler! Bitte, lasst mich aufwachen! Bei Allah!«

»Prost miteinander!«, das fällt Mustafa zum Glück aus dem Mund, so dass sie alle freundlich lächelnd den nächsten Schluck aus ihren Gläsern nehmen, während Mustafas Smartphone klingelt und vibriert.

»Entschuldigung!« meint er und blickt kurz darauf.

»Das ist sicher Teresa!«, sagt ihm lächelnd Akbay.

»Ja. Und was soll ich jetzt machen?«

»Nimm das Gespräch an und teile ihr mit, dass du heute Nacht nicht auf dem Haidacher Hügel vor dich hinträumst, sondern dass du wegen des Wetters bei deinen besten Freunden auf ein kurzes, nächtliches Schwätzchen in einem trockenem Haus verweilst.«

Mustafa antwortet Teresa genau das. Und sie erwidert nur recht freundlich, bevor sie weiterschlafen würde: »Sag´ deinem Oberfreund dort, dass auch er nur nicht die Rechnung ohne den Wirt machen sollte! Das begreift er sofort! `Gute Nacht´ noch!«

»Was heißt das?«, fragt Mustafa in die nächtliche Runde. Akbay lacht und meint, dass er seiner lieben Teresa eine Aufgabe gegeben hätte, die sie natürlich ganz in ihrem Eigensinn lösen werden würde. Mustafa verstehe gar nichts mehr, was er auch nicht müsse, flüstert ihm der Ex-Polizist zu.

»Mustafa, jetzt zu deiner Aufgabe von mir! Du bist ein kluger, junger Mann. Allah ist mit dir! Wenn die Polizei jene Speicheltests durchführen würde, gäbe es trotzdem noch keinen Beweis, wer den Anwalt mit Sezers Pistole erschossen hat. Das wissen nur deine besten Freunde. Daher wirst du Folgendes für deine Zukunft tun! Merke dir alles haargenau! Es wird nie dein Schaden sein und es wird dich zugleich vor vielem Schaden behüten! Als Erstes sprichst du mit Teresa nicht über diese Begegnung. Du weißt nichts Neues. Das hättest du nur so schnell erfunden, um sie zu beruhigen. Aber du erzählst meiner Tochter, dass du in meinem Unternehmen zum Immobilienkaufmann ausgebildet werden möchtest. Das willst du plötzlich werden. Bitte sie darum, dass sie mich für dich bittet, denn sie wird dies aus mehreren Gründen brauchen.«

»Entschuldigung, aber warum soll ich...?«

»Wer erbt wohl die ohne Betrügereien erworbenen Immobilien Teresas leiblichen Vaters? Er hat keine weiteren Kinder und er ist tot. Und Teresa hat das Abitur und wird vielleicht noch Pflegemanagement studieren wollen. Das war ´mal ihr Traum, ein kleines, sehr gutes Seniorenheim zu besitzen und bestens zu führen. Aber sie ist wie ihre Mutter, `ein Herz von einer Seele´, sagt man, meine leider verstorbene erste Frau, die ehemalige muslimische Geliebte des katholischen Peter. Deshalb haben sie sie im Gedenken und in der Hoffnung an die berühmte `Mutter Teresa´ Indiens mit dem Namen *Teresa* getauft. Du wirst sie zu ihrem Glück führen müssen und sie zu deinem Glück! Das ist Liebe! Das muss man lernen, wenn es einem nicht gegeben ist.«

»Sie meinen, diese Brandvilla könnte...«

»Aha, du kannst noch mitdenken zu dieser sehr frühen Stunde! Unserer Stunde! Sehr gut! Als Nächstes wirst du...«

Diesmal klingelt Akbays Smartphone; er blickt überrascht darauf, entschuldigt sich bei den Anderen und nimmt das Gespräch sofort an, weil es Mustafas Anwältin Miriam ist, die ihn um diese Zeit sprechen will. Dann könne das nur etwas äußerst Wichtiges sein, denkt er.

»Verzeihung, dass ich Sie wecke, aber es lässt mir seit Stunden doch keine Ruhe. Ich muss Ihnen das daher so schnell wie nur möglich persönlich mitteilen. Und ich möchte es Ihnen nicht nur schreiben!«, sagt Miriam aufgeregt.

»Ja, bitte. Guten Morgen! Was denn nun?«

»Ich bin erst gestern spät Abend nach 22 Uhr schon schlafend im Bett liegend von dem Hauptkommissar angerufen worden, der Mustafa, meinen Mandanten, wegen der Brandstiftung an Ihrer Villa... aber das ist gar nicht so wichtig, sondern, was ich völlig wegen meiner Halbschlafes übersah, ist, dass mein Bruder Daniel doch der Eigentümer der Wohnung, also des ganzen Hauses, der Familie Mustafas war. Er ist ja tot. Und, weil ich Mustafa nicht telefonisch erreicht habe und es auch ihm nicht nur schreiben wollte, habe ich seit dieser Zeit gestern schlafen wollen, was ich aber nicht zustandebrachte, deshalb rufe ich sie jetzt doch endlich an, weil sie doch Teresas Vater sind und Mustafa mir ihre Handynummer für solche Notfälle gab. Unser Mustafa, dessen Tante ich ja bin, ist der Erbe seiner Familienwohnung samt Haus und noch viel mehr Immobilien Daniels, da weder mein toter Bruder Amon noch ich zuerst in der Erbfolge stehen. Das teilte mir schon der Polizeibeamte mit. Das war alles. Danke. Sagen Sie es bitte Mustafa? Das wäre mir eine große Hilfe! Danke für Ihr Verständnis. Danke.«

Akbay bedankte sich bei ihr und meinte, das könne alles noch bis heute im Lauf dieses Freitages warten. Er fragte sie auch lieber nicht mit einem gespieltem Entsetzen nach dem Tod ihres Bruders Amon, von dem er ja bereits von seinem Freund mit Hund durch dessen bestehende Drähte zur Polizei und zur Presse erfahren hat. Er übernehme diese Sache gern. Sie solle sich da keine Sorgen machen und erstmal beruhigt ausschlafen. Nichts sagt Akbay zu den wartenden Gesichtern, das sei jetzt für sie alle nicht wissenswert. Immer diese Geschäfte! Ja, die Geschäfte würden auch sein Leben bestimmen. Und nun wieder zu Mustafas Leben:

»Mustafa, du wirst also bei uns deine Ausbildung zum Immobilienkaufmann beginnen. Oder, wenn du noch vorher das Fachabitur erreicht haben könntest, dann machst du eben ein duales Studium in meinem Unternehmen. Wo war ich vorhin stehengeblieben?!«

»Ich weiß nicht. Ich habe so eine kaufmännische Ader doch gar nicht. Und mein Deutsch, wissen Sie!«

»Arbeite an dir! Wir helfen dir, aber nur dann, wenn du dich bemühst! Einen anderen Weg kann es für dich nicht mehr geben. Du hast selbst mit einer Pistole in der Hand diese Weiche gestellt. Wir waren das nicht!«

»Aber warum unternimmt man denn nichts gegen derartige Verbrecher? Ist das nur meine Schuld?«

»Immer gilt als Grundsatz der einsichtige Spruch ›Wo kein Kläger, da kein Richter!‹. Das bedeutet, dass jede Straftat zunächst geahnt und anschließend bei der Polizei gemeldet und angezeigt werden muss, damit diese tätig werden kann«, mischt sich der ältere Mann mit Hund ein, »Und weißt du, Menschen mit großer Macht über andere Menschen sind als Täter von Untaten verschiedenster Art immer erstmal gut geschützt. Das ist nicht einfach in dieser Welt. Wirst du nicht ebenfalls durch das Schweigen deiner besten Freunde geschützt? Das ist die große Macht, die sie dir überreichen. Nutze sie zum Guten! Unbedingt!«

»Aber ich kann...«

»Du kannst das. Und was du noch nicht kannst, wirst auch du erlernen. Wir waren alle einst sehr junge Männer, die viel zu lernen hatten. Deine Teresa wird dir dabei helfen, Mustafa! Und jetzt sieh vor die Haustür um die Ecke! Dein neues Auto wartet draußen auf dich. Teresa hat es für ihren Liebsten ausgesucht! Steige ein und fahre zurück zu ihr! Sie sehnt sich nach euch beiden! Werdet glücklich! Heute naht euer erster Tag und morgen der Zweite. Guten Morgen, *Canim*!« –

Akbays Chauffeur händigt Mustafa die Papiere und Schlüssel für seinen neuen Wagen aus. Er kann das Erlebte und Erfahrene noch alles nicht so fassen.

Schweigend verabschieden sie sich nickend. Es wird alles gut werden, das wissen sie. »Erinnert mich daran, dass ich Miriam die neue Stelle als meine Chefanwältin anbiete!«, sagt Akbay, da bellt der ältere Hund einmal kurz und Akbay streichelt ihn und flüstert nur: »Brav, *Canim*.« –

– Morsch und verwelkt, so wirken die Mauerreste auf seinem Haidacher Aussichtshügel Pforzheims urplötzlich im Gedächtnis Mustafas, so dass das neue Auto flüchtig daran vorbeifährt und bei Teresas Haus wie ein freier Vogel noch ganz bewusst landen wollte.

Mustafa holt seine Teresa bittend aus ihrem Schlaf und befehlend aus ihrer Wohnung. Alles ist ihm viel zu viel, deshalb wagt er es, jetzt selbst zu bestimmen. Und sie folgt ihm. Sie packt übereilt ein paar Sachen zusammen und setzt sich in den ihr bekannten Wagen.

Glücklich ist er deshalb noch lange nicht, nein, ihn drückt wieder die Melancholie in den Rand der ihm bekannten Verzweiflung. Wachsen soll er, erwachsen sein, zumindest dieses endlich werden! Es fehlt ihm wieder jene Kraft, die man von ihm verlangt, die man ihm schenkte. Wo ist sie hin? Wo bist du, Canim?! –

Und ich, wer bin ich, der diese Geschichte erzählte? – Man nannte mich in der ägyptischen Antike *Bastet* und auch `mal *Sachmet*, wenn ich Böses tat. Meistens bin ich Schmusekatz´ und sehe zu, was Menschen so vollbringen. Auch bin ich heutzutage manchmal Hund und früher eines Waldes Geist oder auch der Stadt. Durchaus ein deutscher Bayer, a Mensch so unta d´ Menscha, der jahrzehnt`long vüi zug´hört hot. Und sogar so zwischendurch ein Baum! Ein Auto, wenn es sein muss. Und hier, ja, hier musste es so sein. –

»Ein verlängertes Wochenende?!«, freut sich Teresa. Und Mustafa fährt mit nur einem bösen Ziel mit ihr in ihren geliebten Schwarzwald hinein.

Doch vorerst singen sie schon wieder hocherfreut »O Tannenbaum«, als ob dies Lied die Hymne eines neuen Ufers ihres gemeinsamen Meeres wäre.

Ich halte an, nur kurz, beim kleinen Bahnhof zur Monbachschlucht, in der sein falscher Bruder Sezer sein so bedauernswertes Leben in den Monbach gab. Und Mustafa denkt an *Blitz*, an Gleise, an einen schweren Zug, an einen Schrankenübergang. Wozu?

Wir fahren weiter, irgendwann abseits des guten Weges in den Wald auf ein noch unbeflecktes Gleis, das durch die Lichtung führt, die an dem fernen Horizont den Sonnenaufgang sanft berührt. Halt! Die Türen sind verschlossen. Teresa träumt, er küsst sie schnell. Ein weiches Rauschen in den Tannen am dunklem Waldrand ist zu hören – doch nur auf einer Seite, der rechten immer! Die Lok, sie naht von links und ihre Lichter blenden. Ihr Bremsen quietscht und quietscht so sehr, dass alle Ohren bersten müssten. Vier Augen der Fahrer, sie prallen zusammen: Mustafa und Mücahit! – Doch Teresas Stimme ist es, wie Akbays Herz es ohne kleinsten Zweifel wusste, die letztendlich so laut schreit, so laut sie es nur kann:

»Wir sind zu dritt! *Gib Gas, Canim!*«

Tief erschrocken zögert er noch immer, grübelt weiter – aber ich, sein liebes Auto, Canim, rase hinaus ins weite Feld und Mustafa fühlt nun die Welt, so tief er sie nur fühlen kann, weil jene beiden, *Johny und Joe*, gerade für ihn und seine Teresa gestorben sind...

Gib Gas, Canim!

– Gras, das ist es. Aber echtes, einfach über alles hinweg. Gras so grün wie das junge Leben, ihr Leben!

Und weil *sie* nicht gestorben sind, so leben sie noch heute... Unsere Teresa, jene geborene *Teresa Gerle*, mit mindestens einem in Liebe gezeugten Kind, ihrem gemeinsamen Canim, und auch niemals zu vergessen – wie die andere Hälfte eines wundervollen Baumes nicht nur ihres Schwarzwaldes –

mit ihrem *Mustafa Canim* –

ENDE

NEIN

ERBEN